我心念的那一亩三分地

◎ 崔光明　王秀芬　毕稼州　著

中国农业科学技术出版社

图书在版编目（CIP）数据

我心念的那一亩三分地 / 崔光明，王秀芬，毕稼州著. -- 北京：中国农业科学技术出版社，2025.4.
ISBN 978-7-5116-7280-3

Ⅰ.I267

中国国家版本馆CIP数据核字第2025DR6140号

责任编辑　史咏竹
责任校对　马广洋
责任印制　姜义伟　王思文

出 版 者	中国农业科学技术出版社
	北京市中关村南大街12号　邮编：100081
电　　话	（010）82105169（出版中心）　（010）82106624（发行部）
	（010）82109709（读者服务部）
网　　址	https://castp.caas.cn
经 销 者	各地新华书店
印 刷 者	北京建宏印刷有限公司
开　　本	170mm×240mm　1/16
印　　张	16.5
字　　数	225千字
版　　次	2025年4月第1版　2025年4月第1次印刷
定　　价	82.00元

版权所有·翻印必究

自序一

说起写作，我是极其不擅长的。

记得小学时，除考试外，平时写作文基本上我都是缠着我三姐帮我写。每个周末都有作文作业，对我而言简直就是"艰难度日"。为了完成作文，我会一直跟在三姐后面，软磨硬泡，三姐很不情愿帮我。因为这样代办，对我而言是一点帮助都没有的，作业还是应该由自己来完成。但我宁愿接受三姐提出的任何条件和任务，只要她愿意帮我写作文。印象最深的就是让我擦她的自行车，那是我俩去乡里上学必要的交通工具，擦完她还要细致地检查，如果有不干净的地方就要求我返工一次。有时母亲都看不下去了，会来帮衬："你就帮她写写怎么了？"三姐满脸的抗议，但看到我实在写不出的憋屈样，加上我任劳任怨的表现，也就无话可说了。从此，不会写作文的自我认知就这样深深地刻进了我的脑海，到了中学，语文作文也都是硬着头皮凑字数、将流水账进行到底。

时至今日，我依然不擅长写作。新冠疫情期间，闲来读了一些给儿子买的新课标必读书目，才知道如果想写出动人的文字，首先需要有丰富的文学积累和深厚的文学素养，而这些都不是短时间内就能形成的。如此不懂写作的我，却总想着要写一本书。其实我的出发点很简单，只是想朴素地记录，记录我及我的家人在故乡的那一段岁月，留下作为普通人的一丝痕迹。但真正让我下定决心做这件事情的还是我的同乡崔光明，我俩同为游子，同样热爱故乡的一片热土，同样对故乡有着深深的眷恋之情，而且他从小就酷爱文学，一直没有间断过用文字来表达对故乡及亲人的情感。是他的鼓励和支持让我下定了决心，决心是有了，但水平就在那里，写作的过程是煎熬而漫长的。经常晚上睡前想好了写什么，结果第二天真正开始准备写的时候却是理不清头绪，下不了笔，这也是导致这本书一直拖延到现在才出版的原因。这本书从开始动手写到现在已经有 4 年多的时间了，2023 年年底，光明就问过我，咱们的书还出版吗？无论如何这本书是到了该出版的时候了，如果以后还有什么更多的想法可以考虑再版，那都是后话了。

当时动念写这本书时，一位师兄就曾问过我，现在都网络时代了，想记录什么用网络就好了，为什么还要用出版纸质图书的方式？我总觉得，网络上的文字看得见，摸不着。而纸质图书不仅看得见、摸得着，而且还能闻得到，那淡淡的墨香味有着一种神圣感、亲切感、留存感。

记得在一期三联生活周刊上，王珊的《人世间的一点声响》中有这样一段话："人在这个世上生活了那么多年，他们一定有自己的性格、爱好、悲喜，他／她在这个世界上有过声响，即使这个声音很小，也是值得被记录的。"看到这句话的时候，我内心特别感动。也更坚定了我完成这本书的决心。

这本书由光明和我共同完成，主要由光明来完成。由于文学素养的差异，我们的文字风格大相径庭。光明的文字优雅、深邃、有内涵；而我的文字则很随意，想到哪里就写到哪里，纯粹就是想记录我及我的家人在故乡那片土地上发生的一些故事，留下我们在那片土地发出的声响。另外有两篇文章是我的儿子毕稼州的作文，因为我常常会和他讲起我的父母、我的姐妹以及我在那片土地上勤奋、努力的故事，这些也深深印在他的脑海里，变成了他的作文素材。作文写得还不错，于是也收录了进来。

书终于要出版了，内心还是有点激动的，这本书对于我们和我们生活过的那片土地都是弥足珍贵的记录。我也完成了自己的一个小小心愿，也愿每个人都能珍惜这世间的美好。书中如有不妥之处，敬请批评指正。

王秀芬

2024 年 4 月 17 日

自序二

偶阅一则漫画，甲问："你觉得活着的意义是什么？"乙答："不知道啊，我看他们都活着！"

我不知道，有多少人一生中是活在这样的人云亦云中。一则拷问，问倒了多少人，也问哑了多少人！每个人终究都会死，那活着的意义又是什么？值得深思，耐人寻味。

记得有位哲人如是说："人生本无意义，是你赋予了其意义。"人生就像心跳的波动线，从开始到规律性起伏再回归到一条直线，整个人生也就结束了。纵向波像经历，横向波像阅历，如何在这个起伏中创造更多的波，或许便是人生的价值了。

从求学到工作，离家已有几十年，梦中却总回到老家，尤其是那份与小院落的牵绊，总也纠缠不断。于是乎，我突然有了想写点什么的冲动，毕竟来到世间一回，不为其他，或为安慰，或为见证，或为解脱，也算是叙述一种"意义"吧！

从小受父亲的影响，炕头边放着的那一摞《山西民间文学》，让我在懵懂中对书产生了极大的好奇和兴趣。无论是煤油灯下给我"倒歇"，还是村镇集市庙会带我看戏（晋剧），父亲用他的独有的方式影响着我，这些也算是培养文学爱好的一种土壤吧！父亲把他从农耕文明里沉淀和积累的"知识"润物细无声般毫无保留地传授给我，也许简朴，也许"土气"，但亲切、自然。我开始用我的方式和视角理解父亲，尝试记录父亲农耕的一些细节，回忆一些我与家人们在一起的有趣的细节与日常，我想这不仅是对他辛勤劳动的尊重，也是对家庭历史和文化传承的一种纪念吧！

我喜欢文学，但孤陋寡闻。也从没想过怎么下笔，更没想过要写书。得益于同学的鼓励和引导，才有了写这本书的萌芽，此是后话，先按下不提。因每个人知识储备不同、视角不同、认知不同，判断事物的标准也不一样，如何通过我的视角记录家乡的点点滴滴，以传承家乡的人文，启迪读者思考，我没敢想得那么伟大，只当是生活的流水账。

我用最土的文字叙述乡土人情，用最细的情节演绎家长里短，用最浓的情感悟出人间冷暖，用最真的故事记录儿女情长。留给自己，留给读者。留给孩子陈年旧事，留给别人思考空间。

崔光明

2024 年 4 月 20 日

目 录

故乡的人

我与世界的约会 …………………… 王秀芬 003
我的父亲 …………………………… 王秀芬 004
我的班主任 ………………………… 崔光明 008
我的爷爷 …………………………… 王秀芬 010
我的母亲 …………………………… 王秀芬 014
母亲的鼾声 ………………………… 王秀芬 017
身　影 ……………………………… 崔光明 018
我的爷爷 …………………………… 崔光明 020
发小们，你们还好吗？ …………… 崔光明 021
母亲的喜与悲——母亲节感怀 …… 崔光明 023
矮小中的高大 ……………………… 毕稼州 025
没用的儿子 ………………………… 崔光明 026

故乡的伴

陪　伴 ……………………………… 崔光明 031
如　命 ……………………………… 王秀芬 033

故乡的食

枣糕——心中的那份甜	崔光明	039
那一盘"葵花籽"	王秀芬	041
砂火锅的那缕香	崔光明	043
那一口乡情——红烧饼	王秀芬	046
"荞"心不改的深意	崔光明	048
那根老冰棍儿	崔光明	050
地皮菜	崔光明	052
捣（米）糕	崔光明	054
挠的境界	崔光明	056
拌汤人生	崔光明	058
笼鏊（ào）上的那团火	崔光明	059
小米的七十二变	王秀芬	062
端午吃粽子	王秀芬	065
糖水罐头	王秀芬	067
小米不小	崔光明	068
又见炊烟	崔光明	071
儿时的野味	王秀芬	073

故乡的物

沤　麻	崔光明	079
千层底布鞋	崔光明	080
那一个包，那一卷帘	崔光明	082
妈妈做的布鞋	崔光明	083
手工布鞋	王秀芬	084
纳鞋垫	王秀芬	087
土炕里的秘密	崔光明	089
制炕坯	崔光明	090

笨鸡蛋 ………………………… 王秀芬 093
槐 米 ………………………… 王秀芬 094
记忆中的咸菜缸 …………………… 王秀芬 095
宅 院 ………………………… 王秀芬 097

故乡的景

故乡的小河 …………………… 崔光明 103
秋 色 ………………………… 崔光明 104
我身边的大树 …………………… 崔光明 105
故乡的土路 …………………… 王秀芬 106
故乡的春 ……………………… 崔光明 108

故乡的事

我和乡音的故事 ………………… 王秀芬 113
换西瓜 ………………………… 崔光明 115
不流汁的糖三角 ………………… 王秀芬 116
勤工俭学 ……………………… 王秀芬 118
糖 果 ………………………… 崔光明 119
界 线 ………………………… 崔光明 120
五对父母一个娃 ………………… 王秀芬 120
父亲的矛盾 …………………… 崔光明 122
猎"狐"行动 …………………… 崔光明 122
除夕的泪水 …………………… 崔光明 123
打麦场上的 Happy ……………… 崔光明 125
草帽下的"交易" ………………… 崔光明 127
美"甲" ………………………… 崔光明 129
"刨钉解牛" …………………… 崔光明 131

春　耕	崔光明	133
育人——写给我的学生们	崔光明	134
摘豆角	王秀芬	136
电线杆下的期待	崔光明	137
由一张兔皮想到的	崔光明	139
清晨的那盏灯	崔光明	141
团　聚	王秀芬	142

故乡的习俗

心中的年	崔光明	149
心中的年	王秀芬	149
年　货	王秀芬	151
古朴的庙会	崔光明	156
借桌椅	崔光明	159
从一场婚礼说开去	崔光明	160
光明家的炕围画	崔光明	163
懵懂的"彼岸世界"	崔光明	165
"贱名"时空	崔光明	168
偏　方	王秀芬	169

故乡的思念

"回不去的故乡——让我好痛"	崔光明	175
桥边的那堆火	崔光明	177
窗边的那只眼睛	崔光明	179
寻"魂"之旅	崔光明	180
脚上的那个泡	崔光明	183
心语"馨"愿——2021年10月7日于CZ6528航班上	崔光明	186

当秋雨遇上挠	崔光明	188
心中的山水	崔光明	189
2021年暑期探亲记	王秀芬	190
雪中寄思	王秀芬	193
心　路	王秀芬	194
回家的路——写在2021年清明节	王秀芬	197
再闻《春节序曲》	崔光明	199
北方的秋雨	崔光明	201
那年中秋月正圆	毕稼州	202

故乡的日常

乡村的一天	崔光明	207
担　子	崔光明	209
午　餐	崔光明	211
午　餐	王秀芬	213
儿时玩具（男生版）	崔光明	215
儿时游戏（女生版）	王秀芬	218
那盏煤油灯	崔光明	221
"圪蹴"下的往事	崔光明	223
城乡"双栖"人的生活	崔光明	225

故乡的变化

传统的耕作方式	崔光明	231
30年前的生态循环农业	王秀芬	232
灯	崔光明	233
农村娱乐方式的变迁	崔光明	235
昙花一现的沼气池	崔光明	237

空"心"的村落 …………………………… **崔光明** 238
鹊儿窝的担忧 …………………………… **崔光明** 240
乡村振兴在路上 ………………………… **崔光明** 242
若村里建好了,你还会回来吗? ……… **崔光明** 243

后　记……………………………………………………… 247

故乡的人

我与世界的约会

王秀芬

母亲一共生过六个孩子。我正是第六个。在我出生之前,除去夭折的第四个孩子外,家里已经有了四个孩子,但只有一个男孩。哥哥是家里的第三个孩子。三姐出生后,父母就有过将她送人的念头,毕竟四个孩子对于家境贫寒的父母来说确实负担不小,但终没舍得。

母亲说她在知道怀了我之后,就去乡上的卫生所做了人工流产,当时给她做人工流产的是卫生所里一位技术水平比较高的医生,做完以后还给母亲看了一眼。之后母亲就踏实地回家了。回家后,母亲毫无顾忌地干着各种农活,肩挑背扛,上山下梁,一直觉得没有任何的异样,直到怀孕六七个月的时候,母亲才觉察肚子里好像还是有东西,去乡卫生所检查后医生说孩子还在,但由于月份过大,卫生所条件有限,不建议做引产,建议回家自然生产。

20世纪70年代的农村,生孩子是不去医院的,每个村都有一个接生婆,村里妇女生孩子都由她来接生。我们村的接生婆孩子们都叫她三娘娘(三奶奶)。她腿上总是打着裹布,头上罩着头巾。我也是三奶奶接生的,我生出来以后,三奶奶说的第一句话不是男孩女孩,而是"这孩子什么都不缺,胳膊腿儿都有"。

接下来等待我的是送人计划。父母开始托人打听想要抱养孩子的人家,为了让我以后的生活能过得好一点,当时打听到的是县城的一户人家。对于住在山沟沟里的父母来说,把我送到县城条件好的人家是他们认为能给我的最好归宿了。已经和人家说好了,等满月了就来家里把我抱走。至于我最后为什么没被送人,最真实的原因是母亲的不舍,还有一个原因是满月的时候,只有7岁的哥哥说:"别把她送人了,长大了我养她。"最终的结果是我被留了下来。

我的父亲

王秀芬

阴历正月的北方,天气依旧寒冷。远山苍茫,水墨自然成。西北风呼呼地吹着,肆意地拂着干树枯枝,没有一点客气。偶有喜鹊登枝,不为求偶就为求食。冷不丁地飞来一只乌鸦,哇—哇—哇,发出令人厌烦的叫声。

记得那是2018年3月5日(阴历正月十八),我正约了同事一起去吃饭,突然接到二姐的电话,电话那头二姐还未开口便传哭音:"四儿,大大没了。"我傻呆呆地拿着电话好半天没挤出一个字。我在想,这怎么可能?父亲不是一直都好好的吗,这也太突然了,我还没有……我真的还有好多事想与父亲分享,但父亲却不辞而别了。父亲走的时候我们五个儿女都不在身边,因为他久病在床,大家都忙于生计,并没有察觉到他要离开的迹象。这一刻,我能感受到父亲离开时是多么的不舍和孤独,一定会有很多遗憾。难道真的就一刻也等不了?我的泪水在眼里打着转,整个脑袋像瞬间灌了几斤[①]二锅头一样懵,眼睛无神地看着不远处,僵硬的腿已经不再由我指挥,刚才还是一片蔚蓝的天空瞬间便没有了色彩,我想是我的

[①] 1斤=500克,全书同。

天塌了。

我已记不清我用什么方式赶到的火车站，购票，登车。车徐徐启动，我倚着窗，望着窗外向后移动的景物，我的泪水再也止不住，奔涌直下。曾经有多少次的回家之路，是那么急切和期待，是那么兴奋与激动。然而，这一次却不同，我害怕下车，害怕接受这个事实，害怕面对未来的一切，因为父亲那座山倒了，我再没有了依靠，我懦弱得像那个"卖火柴的小女孩"一样蜷缩在车厢的角落里，无助地等待着"审判"。这一刻，仅有火车转弯减速时与铁轨的摩擦声与我同在。回忆着父亲生前的点点滴滴，我极力克制着自己思想的无序与慌乱，泪水再一次模糊了我的视线，也模糊了我的记忆。

父亲的后事，简单而庄重。按当地的风俗，该有的都有了。都说天国没有病痛，我不想让父亲再有任何遗憾。记得出殡那天，风特别大，用来祭祀的花圈全被吹倒了，我虽然不迷信，但我却懂，父亲是不想走，但他终究还是走了。他带着他的不舍走了，他带着他的"说话不算数"走了，他带着他无法兑现的诺言走了。他心中有太多的牵挂，有母亲、有儿女，更有他念念不忘的村里的一切，临终唯一的夙愿就是能回到村里看看，却终因病情突发，未能如愿；他"说话不算数"，他答应过我们当生活条件好了就跟我们去享清福，可现在条件是好了，他却走了；他的诺言是与母亲白头偕老、相守一生，忘记了自己的诺言，"自私"地走了。当乡亲们帮衬着，将父亲的棺木慢慢抬起，一步一步离我而去时，我才真正懂得了什么叫作"割舍"。按家乡的风俗，筑起新坟当天女儿是不能送的，我只能眼睁睁地看着父亲离去，直至消失。送葬队伍扬起的尘，给天际线填充了仅有的一点点的动态，但我心中的天际线却是空无一物，我在想，难道这就是所谓"万物归于尘"。

时节如流，转眼间父亲离开我们已整整三年了，在这过去的一千多天中，我无时无刻不在想念父亲。想着他瘦瘦的脸、温暖的手、勤劳的背影。每一次在梦中相见，都亲切如生，梦醒时分又让我长泪满襟。记得那是在一个漆黑的夜晚，我走到家附近的十字路口，带着祭品，跪下来，诉说着我的思念之情，眼前仿佛看到父亲的影像，他依然那样慈祥、那样的瘦。絮絮叨叨说了近半个小时，我仅能靠这种特殊的"通信"方式表达我的思念之情，有时候觉得能做一个与父亲在一起的梦，都很满足，都很温暖，尽管时而清楚、时而模糊。

父亲是爷爷抱养来的。都说抱养的孩子聪明、勤奋。小时候的父亲很是任性与淘气，关于他淘气的事情，他自己可能碍于情面不好意思讲给子女听，只是听母亲说起过，母亲也是嫁到村里来以后才听邻居说的。因为当时家里穷，父亲脚上仅有的一双鞋子前面已经磨得脱线开口了。有一天，家里要来客人，爷爷奶奶顾及面子，千叮咛万嘱咐交代父亲不要让客人看到他破了洞的鞋子。谁承想，等客人到了后，父亲却偏偏坐到了客人的对面，还把自己的小脚丫翘得老高，生怕别人家看不见，故意晃来晃去。结果，你都能猜到，等着他的必定是爷爷的一顿数落。父亲不仅小时候淘气，长大后也淘气。他总是喜欢逗村子里的男孩子们玩，村里每个男孩小时候都有一个父亲给起的外号。有一次，有个叫改青的男孩对父亲给他起的外号很不满意，觉得太难听了，于是就到家里找爷爷告状来了，爷爷把自己珍藏很久舍不得吃的好吃的拿出来给了改青，才把男孩哄好送回家。等晚上父亲从地里回来后，自然又少不了爷爷的一顿数落。

在我的记忆中，父亲一直都很瘦弱。脑海里经常闪过这样一幕：父亲用他那不足一米六、近百斤的身躯，扛起口袋长一米八、重达两百斤的粮食，只见他右手抓着扎口，左手摇摆着，努力地保持着平衡，咬着牙一步一步走向目的地。小身板下压的是大智慧，肩上更有大目标，一切的艰辛都是为了供我们兄弟姊妹五个读书。

父亲是一个重视教育的人。他坚信"书中自有颜如玉、书中自有黄金屋"。我儿时在农村，重男轻女的思想依然存在，让女孩子读书的思想难以被村民们接受，更不用说供其上大学了。无论别人如何非议、经济多么拮据，对我们上学的事，他不受干扰、从未退缩。父亲不仅思想前卫，而且还非常关心我们的学习，他会积极主动地和班主任老师沟通交流，及时掌握我们在学校的学习情况，并对当时高考的热门参考书和复习资料了如指掌，并专程坐大巴车往返一天去太原给我们买参考用书。在父亲的默默付出下，我们也算争气，五人全考上了大学，成为远近十里八村唯一实现"五子登科"的家庭，这让父亲甚是骄傲和自豪，也算是完成了他的夙愿。开心的同时，父亲却老了，腰弯了、背驼了，其中艰辛，只有他自知。

父亲是一个勤劳的人。母亲说刚嫁过来的时候，家里都找不到一个带"金字旁"的物件，那可真叫个穷得叮当响，用一穷二白来形容是再合适不过了。家里除了一只空空如也的大黑柜子外，什么也没有。那时的"自力更生、艰苦奋斗"可绝不是一个口号，是每个家庭的真实写照。为了给家里多收"三五斗"，父亲总是起早贪黑去开荒。他总是早上4点多就起床，晚上摸黑才回来。熬过冬夏，送走春秋。后来，在父亲的艰辛付出下，我家成了全村第一户配齐"三大件"的人家，即自行车、上海手表和缝纫机。当然，这都是在我家五个孩子上学之前。在我们上学以后，家里便没有再添置过任何东西，一切收入均无条件地用于上学。父亲咬牙坚持着，从不喊累。

父亲是一个好钻研的人。他勤于钻研、崇尚科学，是村里有名的"农民科学家"，凡事都爱琢磨琢磨。他是村里很多农业新技术的带头人，他是第一个尝试在玉米行距间进行豆角间作种植的人，他曾用野生杜梨苗作为砧木嫁接果树，他是村里第一个敢去种西瓜的人。20世纪90年代的农村，信息很不发达，家里唯一的一台小收音机，就是父亲的信息源，左右不离手。印象中，也没见父亲参考过什么资料，却种出了个头肥硕而口感脆甜的沙瓤西瓜。至今，我还记得自己站在田地里看着满地的西瓜时那骄傲的表情以及满满的成就感。父亲也由此成了挑瓜能手，简单一上手，百分之百的好瓜，从无失手。

父亲算是村里的文化人。早期曾当过几年小学教师，后来又去太原做过电工，后因"六二压"政策返乡。父亲写得一手好毛笔字。全村会写毛笔字的人也就两三个，父亲便是其中之一。

在我的心里，父亲是一个了不起的人。他是那个时代走在前沿的人，他是崇尚文化的人，他是有抱负、意志坚定的人，他还是一个有趣的人。父亲的一生应该是无悔的，他用自己的一生完成了实现了他的愿望，给后辈留下了宝贵的精神财富，他永远活在我们的心中。

我的班主任

崔光明

20世纪80年代，我正值初中。那是一个纯真质朴的年代，凤凰和永久牌自行车在当时就是奔驰与宝马。因交通条件限制，距镇上超过5里[①]的学生都须住校，我也成了年龄最小的一批住校生。

初中生涯教过我课的老师少说也十多位吧，印象特别深刻的是我的班主任L老师。L老师凭其独有的个性和教学方式成为众班主任中最具特色的一位，严、冷、静的特征体现在他的日常和"我行我素"上。中等身材，头发有点谢顶，常着一件深蓝色的中山装，军用式大裆裤，干净锃亮的皮鞋，甚是精神。骑一辆"二八大杠"自行车，还有一本常揣在他上衣口袋里的语文教科书，这便是L老师的全部行头。

---

① 1里=0.5千米，全书同。

每天早上晨读，大部分同学是认真的，有个别捣蛋鬼会在课室里追逐打闹，时不时心惊胆战地爬到涂有绿色石灰波浪线的窗户玻璃下用手指擦一个小孔侦察一下，看L老师是否来到，若有来到，会马上机警地回到自己的座位上，装模作样读起书来。

冬天的早晨，天寒地冻。L老师来到校门口，习惯性地下车推车跨过铁门，径直走向教室，大约有50米的样子。在教室外用力踩住自行车的支架，向后一拉后座架，算是停好了车。然后轻轻地推门进来，不上讲台，先到炉子旁边掀开炉盖看看炉温，顺势暖暖手，同时用他犀利的眼神环顾四周，巡查着教室里的每个角落，接下来会沿着桌椅过道绕教室一周，检查卫生，排查安全隐患，连后排空置区鲜有的烟头、纸屑、瓜子皮也不放过，有时蹲下来检查课桌，每一个细节都逃不过他的法眼。

检查完毕，L老师会重新回到炉子旁边拉一张凳子坐下，背对着学生，嘴里念叨着学校的"校纪班规"，严肃地宣布着他的"三大纪律、八项注意"，教室里此刻异常安静，连根针掉地上都能听见，说明同学们还是很害怕L老师的。

宣布完纪律，开始上课了。只见他从他的右侧口袋里取出那本"久经考验"的教科书，声音不太高，提醒学生翻到课本第几页，"今天我们学《鲁提辖拳打镇关西》"。不紧不慢的语速，一句原文，一句注解。时不时挠一挠他少发的头顶，或许是在思考吧。他讲课时胸有成竹、自我陶醉的状态是很值得现在的老师学习。L老师是很少在黑板上写字的，初中三年都没看到他在黑板写过字。要想记好笔记，必须认真听讲。

上课期间，偶有教务处的领导敲门打断，示意他出来一下有事要谈，L老师通常头也不回地继续讲他的课，小小的眼珠晶莹透亮，眼角的余光彰显着他的威严和原则，不接受任何打扰，哪怕是"天王老子"来了也不行，坚决不能干扰他的教学秩序。

印象中，L老师是神一样的存在，他是一个"有定力、有态度、有取舍、有目标"的管理者，用"治学严谨，管理有方"来形容是不为过的。不夸张地说，也许他是学校里唯一打通"拒绝"二字任督二脉的老师，在他的庇护下，我们班同学基本很少参加学校杂七杂八的劳动或活动。他总能找到方法和说辞顶住学校的重重压力，智慧地将学校安排的杂事与我们班撇清，用他的话："学生是来学习的，学习是第一要务。"

直到现在我才领悟老师的高情商，"学会拒绝，才是一个人真正成熟的表现"。干脆地拒绝，不是傲慢，不是冷漠，而是最好的尊重。只有果断拒绝不想要的，才能赢得自己想要的。人生不易，要活成什么样，你自己说了算。再次感谢我的班主任L老师教会我们那么多做人的道理。顺借此文祝L老师身体健康，万事如意。

我的爷爷

王秀芬

爷爷的物件

想起爷爷，脑海里首先印出的是他温暖的笑容以及笑的时候下巴上一跳一跳的山羊胡子，记忆里马上涌现出门前磨掉皮的小板凳，那是爷爷闲暇时的座椅，还有那个特别有年代感的铜酒壶，那是每天中午正餐之前爷爷用来小酌温酒的器具，还有一个很大的茶杯，那是爷爷每天午睡起来后用来泡茶的。潮水般和爷爷共同生活的片段涌来，满腔的温情在身体四处扩散，仿佛又回到了那幸福而安宁的童年。

爷爷的"痛"

爷爷生于甲辰年（1904年）的阴历二月初二，幼时总听爷爷自称"真命天子"，可能是因为民间有"二月二龙抬头"的习俗吧。我出生时爷爷已经七十多岁，关于他年轻时的生活所知甚微，只晓得他年轻时曾在太原做厨师，好像参与过满汉全席的制作，爷爷的亲人很少，奶奶是从河南逃荒来的，结婚后生了几个孩子都没有存活，后来抱养了姑姑和爸爸，还有个侄儿每年春节后会来拜年，后来听爸爸妈妈提过这位侄儿的亲人都去世了，是爷爷出钱雇人把他们的遗体运回来安葬又将侄儿抚养大的。奶奶在我大姐出生后没有多久就去世了。按照常理来讲，爷爷遭受的磨难也不少，丧子之痛、丧妻之痛，但我从来没有见过爷爷陷入悲伤的情绪，也许到我懂事的时候，爷爷身边孙子辈们围绕膝下，悲伤早已淡化了。

爷爷的疼爱

我的童年，严格来讲，应该是我们兄弟姐妹的童年，都是在爷爷的陪伴下度过的，爸爸妈妈要去生产队劳动，挣工分，照顾孩子的重任理所当然都落在了爷爷身上，他会很耐心地帮我们穿衣服、喂饭、喂水、给我们梳各种可爱的小辫儿，有牛角辫子、朝天辫子……至今还能记起爷爷手中的温度。爷爷对我们的疼爱如此纯粹，甚至会有点不讲理，曾听妈妈提过，有次哥哥上学不知道因为什么被老师打了一巴掌，爷爷很心疼，找到学校和老师理论，不能随便打他的孙子。我是家里最小的孩子，小时候又比较乖巧听话，自然是家里的"宠儿"，爷爷更是亲切地唤我"虎子"，还记得有次爷爷赶集回来，笑眯眯招呼我过去，递给我一个漂亮的头饰，一根绳子上串了两个特别大的红色圆珠子，亮晶晶红艳艳煞是好看，花了好几块钱，妈妈还小声埋怨两句，那时候的好几块可是了不起的大钱呀，我戴上后别提小伙伴们多羡慕了，我心里可美呢。我家最捣蛋、经常被我妈揍的三姐，爷爷都没有舍得骂过一句，顶多会说，"你怎么会这么不听话呢，给你梳了辫子吃了饭，怎么还是哭……"也听三姐讲过她小时候不懂事的很多事，其中一件记忆犹新，爷爷背着她去找他的老伙伴，七十多的老汉背着三四岁的胖娃，本就不是件容易事，爷爷累了要放下调皮的三姐，可一张罗蹲下，背上的三姐就放声大哭，爷爷没有办法又舍不得责怪，只好背着她在土墙上靠一会，站起来继续走，她说爷爷后背的温度她到现在似乎还能触摸到。

爷爷的自留地

小时候的物资有多贫乏，那个年代在农村生活过的孩子都有体验，而我们要比其他孩子幸福很多，早春爷爷会在自留地种点菠菜，用来调剂我们整个冬天只能吃到土豆、白菜、胡萝卜、酸菜、咸菜的胃口，爷爷每天中午常会喝二两白酒，我们则早早坐在炕头上等着爷爷做菜，尽管当年少油少调料，但那嫩绿鲜美的菠菜经过爷爷料理，吃到嘴里嫩嫩滑滑软软的感觉至今难以忘怀。爷爷还会在自留地里为我们种上十来苗香瓜，那可是那个年代的奢侈食品啊，记得从爷爷挖窝种上开始，三姐就几乎天天拉我去看，快到成熟的时候，恨不得整天守在那儿。由于肥料不足，爷爷种的瓜并不大，可对于我来说那种瓜的味道却是最美、最难忘怀的，那是童年幸福的滋味。

爷爷的集

我的家乡阴历逢四、逢九（即农历日期的末位数字为四或九时）赶集，我家距集镇五里，爷爷几乎每集都会去打上一斤酒，赶集这天也是我和三姐最最开心的时候，因为爷爷每集归来，都会给我俩每人带一个红糖大烧饼，那是一种发面饼，在吊炉里烤出来，香甜可口，酥而不脆，直到现在依然是我们最爱的食品之一，也是每次回老家都必须要吃的美味。

爷爷的年

过年，那是我们农村小孩最盼望的时刻了，穿新衣，吃细粮和肉，拜年时还能挣几角压岁钱，而我们则会更幸福一些，因为几乎每年爷爷都会养一头猪，临到过年会杀猪，每到这天，我家不大的院子都会挤满来买猪肉的人，猪肉大部分会被卖掉，但那又有什么关系呢，爷爷的巧手，用留下不多的肉给我们炸丸子、做过油肉，那时候的肉可真香呀！爷爷还会用猪下水和猪骨头甚至猪血给我们做各种各样的美味，年前年后爷爷中午的下酒菜会很丰盛，围坐在跟前和他分享下酒菜的我们脸上都洋溢着春光，至今念念不忘的是爷爷用煮骨头的汤给我们做的"粉托"，爷爷走后，再也没有吃过。

爷爷的"坚持"

爷爷身体一直很好，常常自诩"一个去痛片都没有吃过"，这主要得益于他生活规律、心态好。听妈妈讲过，爷爷六十来岁的时候经常头晕，晕得厉害了就睡，多睡一会就好了，现在想来应该是血压高，可我有了记忆后，爷爷头晕的毛病都几乎没有犯过。爷爷从来不用拐杖，记忆里一直是挺拔的身姿，一直力所能及地帮着爸妈干一些家务，剥玉米、喂鸡、喂兔子、做饭……我们一天天长大，爷爷也八十多岁了，但看上去似乎没有变化，童年的我一度以为爷爷不会再变老，更不会有一天消失不见，但现在想来，其实爷爷八十五岁以后，身体还是不如之前了，假期回去后，爷爷干一会活儿就有疲惫的迹象，但他从来不说，休息一会，会继续接着干。

爷爷的守与望

上高中后，我们去县城上学，只有节假日才能回去，每次回家，我亲爱的爷爷都会早早地坐在家门口等，还不时跑到房后面眺望，远远看到爷爷，感觉心立刻有了归属，那种喜悦的心情我不知道用什么词语描绘更加合适，大声叫一声"爷爷"，心都是甜的，而爷爷则笑眯眯说声"回来了"，然后把攒了很久我们爱吃的东西端过来，盯着我们东瞅西看。每次离别时，爷爷都会随着爸妈送我们很远，尽管我们几步一回头地喊着让他们回去，他们依然会暂时化身为雕塑，目视我们渐行渐远。

爷爷的离

离别是人生必须经历的功课吧，一直身体很好的爷爷突然间病了，不吃不喝地躺着，我们请假回去看到爷爷时哭了，他还安慰我们："别哭，爷爷死不了，过段时间就好了。"听妈妈说，爷爷就这样躺了半个月，很少吃东西，即使到最后，也没有麻烦任何人，只在临终前喝了一些以前不是很喜欢喝的米汤，把他剩下的零花钱交给了妈妈，等哥哥回来了看了一眼，溘然长逝。就这样，在1994年的春天，时光带走了最疼爱我们的九十岁的爷爷，也带走了我的心，我的爱。

爷爷，我真的很爱您，很想念您，已经三十年未见了，与您共度的时光历历在目，您是我一生温暖的源泉。说忘记太难，期待来世的相逢，爷爷，您一定要认得我。

我的母亲

王秀芬

母亲生于乱世，时值解放战争（1947年），为避战乱，时处婴儿期的她差点被姥姥抛弃，思虑再三，姥姥终究还是没舍得。母亲排行老七，有六个哥哥，她既是老小，也是家里唯一的女儿。

嫁给父亲那年母亲只有十八岁。对于女人而言，出嫁或许是改变命运的一次机会。母亲长相白净，身材均匀。据说，当时上门说媒的都快踢破了姥姥家的门槛，她硬是没同意，却唯独同意了父亲。当时，爷爷托付村里的一个大爷去帮着说媒，大爷口才了得，妈妈就答应了，没想到嫁过来后才发现，爷爷家的情况比自己家还要差！

母亲只上过三年学，在母亲日常记账的小本子上写的很多字都是谐音字。母亲持家过日子是一把好手，家里孩子多，为能给孩子们做衣服，母亲认真学了裁缝。母亲的手很巧，至今还记得她给我做的泡泡袖上衣，前胸绣花，比别人家花钱买的成衣还要别致、漂亮。

家里虽不富裕，母亲却总能用自己的勤劳和智慧让我们的日子过得有滋有味。记得大姐、二姐和哥哥三个人同时上高中的那年，三人每周都会骑车从县城回家一趟，每次返校前妈妈都会准备好带到学校的各种干粮，有发面饼、咸菜、大豆、瓜子等，作为接下来一周的补给。妈妈做的干辣椒炒苤蓝咸菜非常好吃，在我心目中那是少有的美味，若在现在，都可算得上是网红产品了。

母亲干农活也是一把好手。以前生产队里挣工分，她总能拿到第一。五十岁之前，母亲是从没剪过手指甲的，因为新长出来的指甲在干农活的过程中早就被磨掉了。秋冬时节，西北风一吹，手上全是裂口，母亲用医用胶布包扎一下，丝毫不会影响她干活，我感觉母亲对疼痛已经麻木了。

从大姐八岁开始上学，到我十六岁上高中开始住校，其间的二十多年时间，母亲每天早上都早早起床给我们做饭，从未间断过。在我印象中，从未有一次是让我们饿着肚子去上学的。直到我自己有了孩子后，才慢慢体会到这种坚持的伟大。

母亲对我们的关心和爱护无微不至。记得我上高中的时候，有一次生病胃不舒服，吃不了东西，母亲拿着暖瓶装了小米粥送到我的学校来。高中在县城，县城距我家的有二十多公里①，母亲晕车，但为了能给孩子送上一口可口的饭菜，她也是豁出去了。当那份夹杂着五月鲜豆角的小米粥摆在我面前时，我被其浓香陶醉了，因为只有妈妈味的粥才是这样的。

　　母亲还曾客串过小商小贩。为了贴补家用，家里养了四五十只鸡，鸡蛋攒到一定数量的时候，母亲就会装篮拎着到乡上挨家挨户敲门去卖，不怕被拒绝，不怕多走路。记得有一次是母亲进到一客户家，我在外面焦急地等着，那种不自在，至今记得清清楚楚。

　　2013年5月，母亲突然查出患有脑淋巴瘤，当接到三姐的电话时，感觉如同五雷轰顶。虽然如此，母亲也算是幸运的，在我们不懈的努力和精心照顾下，母亲持续与病魔战斗着，几次复发，几次化疗，母亲都挺了过来，但生活质量却受到了不小的影响。有时会觉得母亲越来越像一个孩子，变得娇气、蛮不讲理。但换个角度想，一个常年与病魔作斗争的人哪来好的心态，加上母亲之前身体一直都非常好，她总是从内心不能接受自己病病歪歪的样子。2020年3月，母亲又突发脑梗。我们姐妹也心生抱怨，为什么老天就不能放过她呢？

　　现在受脑梗影响，母亲不怎么爱说话了，因为说不清。但唯独能听清发音的就是还能唱几句《东方红》，我想这首歌应该已经深入母亲那一代人的骨髓里了。

　　每晚睡前夜深人静时，我总会默默祈祷，让母亲过得好一点、舒心一点、长寿一点！

---

① 1公里=1千米，全书同。

母亲的鼾声

王秀芬

母亲的鼾声伴随我长大。我是家里的老幺,比姐姐哥哥们多的一项特权就是我可以长期"侵占"母亲的被窝,在去县城上高中住校之前,我一直和母亲一个被窝睡觉。母亲时而高亢时而柔和的鼾声是我童年时的摇篮曲,亦是我少年时的催眠曲,深深地印在我的脑海深处。即使上了高中、大学以后,假期回家也会偶尔钻进母亲的被窝,听着母亲的鼾声入眠,感觉全身每一个细胞都找到了自己最舒适的姿势,是那么惬意。

哪曾想到,如今母亲的鼾声却成为她与我们之间唯一的声音交流模式。从2020年3月患脑梗以后,母亲的语言功能逐渐退化,直至完全丧失。但母亲在熟睡的时候,鼾声还是儿时记忆里那熟悉的声音。轻轻闭上双眼,一幕幕画面从眼前闪过,大清早我们几个孩子还钻在被窝里时母亲蹲在炕洞前烧炕的情景、母亲在烈日下播撒种子的情景、母亲在煤油灯下纳鞋底的情景、母亲在缝纫机前给我们赶制新衣裳的情景……她是那么的精神抖擞、勤快麻利、永远不知疲倦。然而,当下,除了那熟悉的鼾声,一切的一切都变了,母亲一天天消瘦,自己已经没有一丝一毫的自主意识,我们帮她翻身后安置成什么样子她就一直保持什么样子。极少情况下睁开眼睛也只是眼仁吊在眼角,一直往斜上方瞅。

夜越来越深,听着母亲时断时续的鼾声,夹杂着制氧机的隆隆声,我久久难以入眠,这次回家我仅能陪母亲住5天,明天就是返程的日子,我多想再多听听这伴我成长的鼾声,让它在我心底的印痕更深。愿明天太阳升起的时候母亲的病痛能减轻一分,愿母亲的鼾声能继续一直陪伴着我,直到地老天荒。

身　影

崔光明

　　北方的春天，寒气渐消，万物复苏，千杨万柳白絮飞"雪"，急不可待地迎接着绿的使者。又到了春耕的季节，黄土高原上，丘陵地里微干的土壤表面不时被春风唤起一阵阵的沙尘，四周萌动的蒿草开始润绿，绒绒的像一层地毯在收边。单调得只有一种色彩的土地里被一个白点、一个黑点和一个黄点诗意地点缀着。白点是用来施作底肥的编织袋，黑点是父亲，黄点是家里的那头老牛，父亲正在春耕。

　　幽静的山谷中不时传来"哒—哒，往—往，往—远—望，哎"，这是父亲耕种时，与牛交流的专用语言，只有牛和他懂。牛喘着粗气，打着沉重的喷鼻，低着头往前使劲地拉着犁铧，一步一个蹄印，泥土快速向旁边翻滚开来。父亲左手推犁，右手执鞭，脚踩在刚翻起的新土垄上，很是艰难，一左一右，摇摇晃晃，远远望去，父亲的脚步与老牛的步伐惊人地一致。这个画面从艺术的角度看是唯美的，从生活的角度看是孤独的，也是无奈的。

　　父亲头戴草帽，脸被晒得黑黝黝的，手中的长皮鞭在父亲手中基本上是一个摆设，打在空中啪啪作响，却很少落在牛身上，只用作震慑，因为父亲舍不得惩罚老牛。用父亲的话说，万千种动物，牛是从来不与人为敌的，它很是辛苦，任劳任怨，勤勤恳恳。烈日下、暴雨中，当你挥汗如雨时，再看看你面前的牛，凝视一下它的眼神，可能会体会到牛的无限委屈和臣服，你怎么还忍心再去鞭打它。

往返耕作几十个来回，已耕与未耕的土地界限很明显，为了缓解老牛的疲惫，父亲会停下来休息，他把犁深深插入土中，防止牛随意拉动犁受伤。他夹着鞭子走到地垄边，找块平整的地儿席地而坐，抽袋烟算是苦中休闲。只见他熟练地取出旱烟袋深深地挖几下，直到觉得挖满为止，再用拇指细心地修整着烟袋头，取一盒包装盒上书有红色"平遥"二字的火柴划燃，点燃烟袋，在天潮湿时要重复多次才能点燃。父亲深吸一口，直到确认烟袋确实是点着了，才算放心。身边的"开心果"狮子狗会及时地走位到场，那条招摇的尾巴殷勤地绕在父亲的身边，算是互动。父亲若有所思地看着远方，地垄边的小溪清澈缓流，远处公路上不时有摩托车、农用车穿梭而过，使稍显荒凉的山谷显出一丝活力。这个世界上除人之外所有的物种都是以很单纯的意义存在的，牛是用来耕地的，狗是用来看家的，唯独人被赋予多重生存的意义，也由此得以享受更多生活的美好，同时，也将承担所有困苦与经历。

父亲在耕作前一天晚上都要给牛加料，好让它第二天有力气干活。或是玉米或是油籽饼，少量多次，直到牛全部吃完，再提一桶水放到料槽里，咕咚咕咚，看着牛吃饱喝足，才算放心。记不清父亲前后一共养了多少头牛，精心、用心、爱心是他的法则，他总有办法把一头骨瘦如柴的牛喂到膘肥体壮。父亲习惯将牛称作"老伙计"，发自内心地把它视作家庭成员之一。

经过一下午的耕作，一块农田变得细整，基本具备了播种的条件。夕阳西下，到了回家的时间，牛身上的汗水被夕阳照耀得晶莹透亮，卸下耕具，一身轻松，父亲扛着犁铧。狮子狗当先锋，开心地摇摆着尾巴在前面领路，一狗、一人、一犁、一牛，依次出场，不算宽的山路上，在阳光的映衬下如同西游记中的画面，安静和谐、朴素自然。

有一年暑假，带孩子回老家，和爷爷一起玩，看到爷爷的手，孩子问：爷爷的手为什么是黑黑的？爷爷要不要去上班？童言无忌，孩子的世界是真实的。劳动人民的生活也是真实的，户外劳作不可回避紫外线的照射，不可回避面朝黄土背朝天，不可回避传统农耕方式，是这一方水土养育了这里一代又一代人。尽管每年都有所改变，但贫瘠的土地只能维持人们的温饱，却不可能对生活有太大的改变，于是现在越来越多的年轻人外出打工，村子成了真正的留守村（老人）。

未来，可能农田都是机械化耕种，可能再也看不到如此耕作的画面，虽然清苦但却唯美。

我的爷爷

崔光明

对爷爷的印象一直不是很深刻，记忆中有两个小细节一直难忘。一个是难住爷爷的提问："天是软的还是硬的？"另一个是爷爷生病发高烧时身体不停地哆嗦，儿时懵懂无知的我却误以为爷爷是感到"高兴"才如此。

岁月的长河流淌越久，记忆越朦胧。记忆中，爷爷是一个很怕冷的人。小时候，家里没暖气、没炉子，石砌的窑洞里全靠烧柴火的土炕来御寒。只见爷爷身着深灰色粗布棉袄，穿了几层尚且不知道，只是觉得再加一件可能入过道门都有困难了，腰间扎一条白色多皱的布腰带，右手夹在腰间呈"O"状，佝偻着身躯，脚擦着地走，夹着一捆玉米秸秆，一路带灰、掉叶，进门时寒气被他引流入屋。放下柴火，靠近墙角取一根"Y"形树杈做成的简易烧炕工具，将秸秆用力顶入炕洞中。划燃火柴，一股浓烟冒出，将窑洞内空间垂直分为上下两层，猫着腰才能看清地面，整个屋子内充斥着浓浓的柴火味，还夹杂着爷爷的咳嗽声。

火光由小到大，烟气也慢慢地散去，炕洞中发出"噼噼啪啪"的声响。爷爷拉一个小板凳守在炕洞旁，不时地翻一翻、捅一捅柴火，昏暗的窑洞后墙上映着爷爷高大的身影，"红光满面"的爷爷一边烤着手、一边顺手掏出旱烟袋用力地挖上一"锅"，借着烧红的柴火秆引燃，快速地"吧嗒吧嗒"吸上几口，若有所思地盯着炕洞中跳跃的火苗，过着他的"休闲时光"。

发小们，你们还好吗？

崔光明

你的小名有多久未被人唤起？你的乳名有多少人还记得？你成长的历程，只有发小最熟悉。一起穿开裆裤长大，可谓知根知底！发小是指父辈互相认识，从小一起相伴长大的玩伴，长大后又经常在一起的朋友。多少年后，与他们以微信群的方式见面，仿佛又回到了儿时，沟通的画面充满童真与趣味，也尽显沧桑与苦难。

昨晚，被我的发小拉入一个10人的小群，群的名称是"×××村'70后'聊天群"，群里的成员全是与自己一起长大的发小。我习惯性地把他们名字改成了各自的小名：×娃、×牛，×毛……浏览着这些生动的名字，深切感受到在那个并不富裕的年代，父辈们为了让孩子们茁壮成长，特别热衷于起比较贫贱的名字，也寓意"命硬"。几十载春秋已过，大家已不再是少年，而这些名字却深深地镌刻在每个伙伴心中，仿佛就在昨天，叫起来是那么亲切、那么朴实、那么自在。

大家在群里聊生活、论国事、唠家常,基本上都用语音。我回复了一条文字,算是打招呼。发小谦虚,说她没文化,说发的文字她理解不了,还说我可能连家乡话都不会说了,所以一直打字。我知道这算是激将法,没想那么多,索性直接语音回复,因孩子正在写作业,不方便语音,所以才打字,算作是解释吧。

从小到大,从童年到现在,我们都各自为自己的事业和家庭打拼着,基本上都离开了故乡。人虽未居在农村老家,魂却一直在,梦里也一直恋着这里的山山水水,一草一木。有的发小们埋怨着自己当初没好好读书,只有用语音聊天方觉顺畅,也是为了提倡用语音聊天吧。

说起人到中年,每个人的感受不同。最开始是眼角,后来是发丝,再后来是整个身体的摇晃;中年无枝可栖,无路可退,人生百年,终有归宿。当父辈们用日落之光,擦亮风霜,离弦而去时,留给孩子们的是他们隐隐的痛。

多少年来,受时空的限制、环境的不同,大家均有发展、各有进步。值得欣慰的是大家都还记得本初,还记得这群一起玩泥巴长大的玩伴,为提议建这个群的伙伴点赞。

大家相约在晚上有空时就在群里聊,我自作主张地将群名改成"×××村'70后'网上新农村",发小提出显得生分,我马上又改回,反复斟酌,又改成"×××村'70后'发小群",大家一致认同。也许是我话多,群主把群主的权限也转让给了我,我又返还给她,不抢贤、不争风,不想在这个原本清澈的圈子里有什么功利行为和虚的名头,实实在在,反倒自在。

世界上有两个自己,一个在白昼面带微笑,一个深夜独自惆怅。生活,也许大抵都如此,有时见尘埃,有时见星辰。所以大家会在晚上在各种群里找回丢失的自己。也许年龄只是一个岁月的符号,希望每位发小都有与之匹配的内涵，或天真、或无畏、或沉稳、或纯粹，活得像自己，勇于见别人，才是对生命最好的馈赠！

祝好发小们，感谢有你们！

母亲的喜与悲——母亲节感怀

崔光明

五一长假结束了，一番周折，重新回到工作岗位，忙了一阵，下班后打通了母亲的电话："吃饭没，在做什么？"与母亲寒暄几句。母亲说："你回来时我不觉得，当你离开后我才知道我有多痛，好几天了，我都像得病一样，身上没精神，太想你了。"我瞬间哽咽，泪静静地往下流。

是啊，长年工作在外，仅靠鲜有的几天假期是不足以表达对父母的孝心的，陪伴的重要性愈加显现出来。特别是父母年龄大了以后，更觉得自己在他们心中的分量一天天地增加，用他们的话说，我就是他们的"靠"。

在新农村土地确权后，家里有几十亩地，虽说我早已提醒过父母只把种田当作养老的一种方式，二老却以他们还能继续耕种为由坚持着。春耕已结束，玉米粒已经在土壤里安营扎寨，只是还没出苗，零星的农耕活儿就是种点马铃薯、菜豆什么的。5月2日一早，母亲就早早到邻居一位叔叔家帮忙切土豆种块，理由是春耕备耕时，叔叔帮了好多忙，又是运肥料，又是送种子，母亲是不愿意欠人情的人，以这种力所能及"还工"的方式来找到心理的平衡。

家里的电饭锅坏了，母亲想买一个，我准备好就要出发，突然肚子一阵剧痛，母亲担心我南北差异水土不服，爱子心切的她马上找来了两支藿香正气水让我快速服下，喝完后好了很多，拿起车钥匙正要出发，母亲突然说："瞧我这老糊涂，藿香水中含酒精，你喝了就不能开车了。"啊，我一脸郁闷，哭笑不得。

隔了一天，我带着母亲到城里购物。母亲坐的副驾驶上，我给她系好安全带，行驶途中，母亲"自豪"地说，有我这样一个儿子，逛街购物也自在，我默默听着，心里却翻江倒海。是啊，自古有"养儿防老"的哲学，用发展的眼光看问题，更是后继有人的表现，也是母亲自信的底气。很久没陪着母亲出来走走了，心里万分愧疚。

一边走一边陪母亲聊天，母亲怯怯地问我一个银手镯要多少钱，并说要是贵就不买了。我观察到母亲的忐忑，答道："管它多少钱，选一款您喜欢的直接买了不就得了，想那么多做什么。"母亲没说话，但能感觉到她的满足。到了金店买了一款心仪的银手镯戴在手上，母亲端详着，嘴里喃喃道："我只是见邻居家的婆婆们都戴了，我心里不想不如人。"母亲"攀比"的心直接说出来，让我这个当儿子的只剩下了惭愧的份儿。

母亲为了节约电费用的是10瓦灯泡，我执意给换成25瓦的。"太暗了，什么都看不见。"我抱怨着。母亲总是说："有个亮就行，保证绊不倒就好。"

每次回来总要到药店买几盒降压药，母亲血压高，这就是护身符。每次离开时，我总是嘱咐父母：不管闲事，不生闷气，吃好、喝好，睡好就是你们生活的重点。

母亲七十多岁了，还是一如既往地给我端饭，我起身说我自己来，她总是说："你安心与你爸喝两盅吧，我还能动。"我接受着"少年般"的宠爱，吃着"妈妈味"的猪肉粉条烩菜打卤的面条，就一口猪头肉，与父亲碰杯，一饮而尽。父亲很有兴致，不住地表扬母亲做的面条是天底下最香的饭，吃了还想吃，我也这样认为。

相聚的时光总是短暂，母子一场，有幸成为母亲的骄傲与自信，我还是很知足，至少母亲的精神不是孤单的，是富有的，只希望能有更多的时间陪陪父母，让他们能安度晚年，开心、健康、快乐！

矮小中的高大

毕稼州

　　一个人也许矮小，但他却可以绽放出高大耀眼的光芒。我认为我的姥爷就是这样的人。

　　姥爷长得不高，160厘米左右的个子。小平头，那些头发如整齐划一的军队，规整、笔直。眼睛虽不大，却藏着勃勃生机。鼻子下面是厚厚的嘴唇，他的嘴唇永远微微上挑。他的脸永远是那样慈祥。我总是喜欢听母亲给我讲姥爷的故事。我还记得母亲反复讲的这样一件事……

　　当时，姥爷家并不富裕，作为普通农民的他也就只能让全家人吃饱。姥爷有五个儿女。农村里大家并不重视教育，少有人将自己的孩子送去上学。但是姥爷与他们都不一样，他坚持要让他自己的孩子受教育。母亲常和我说："如果没有姥爷当时这样的决定，也就没有现在的我。"

　　让这样多的孩子上学，对于一个只能吃饱的家庭来说负担很大。但是姥爷坚决不放弃，默默地将一个又一个比自己还高还重的大麻袋背到了自己的肩膀上。

　　那样的大麻袋装满后近200斤，比姥爷还要高一些。我常常思考，姥爷是用怎样的意志坚持下来的。

　　我的脑海里浮现出了姥爷的背影。一个瘦小的男子扛着一个又高又重的麻袋，豆大的汗珠从脸上落下，他停了停，看着麻袋眼神更坚毅了！他再一次扛起，一步一步慢慢地走向了远方。

他的努力得到了回报，他的孩子都上大学了！但是他却因为长时间的超负荷劳动病倒了。

姥爷得的是肺病，很痛苦。长时间戴着呼吸机，他一定十分难受，但每次他看见外孙或外孙女时，总是强打着精神微笑。姥爷的病一日重于一日，他住院了。医院几次发下来病危通知书，姥爷却一直坚持着。脸上依然是那样和蔼。我还记得最后一次看姥爷，他依旧笑着看着我。他对我说："姥爷现在感觉好多了！再过几天就可以出院了！"医院又一次下发了病危通知书，也是最后一次。

姥爷去世了。他用自己的肩膀扛出了儿女的未来，用自己不计回报的付出换来儿女的幸福。在我眼里，他是伟大的，他虽然平凡，但是正是这平凡中的伟大让人感动。

因为，一个人的伟大不在于他的高大或是他的矮小，而是在于这个人的付出和他所绽放的光芒！

没用的儿子

崔光明

马上就是谷雨了，北方的山野开始不同程度地吐绿。榆钱成串，桃花杏花竞相开放。柳絮飞过，接下来登场的便是可爱而略带微绒的绿芽。在迎新迎绿的氛围中，让百姓们最苦恼的便是门前那一座座高高的玉米囤。

玉米行情差的年份，谷贱伤农，没有人愿意贱卖一年的辛苦得来的果实。春雨如油尽显贵，淋在囤上全是愁。几场春雨的光顾，让父亲犯了愁。"便宜点也卖了吧，再不卖可能会发霉或出芽了，卖多少是多少。"父亲无奈地发着牢骚。于是，多方联系，终于等来一买家，择日正式出售玉米。

出售玉米是以玉米粒重量为结算单元的。脱粒的过程已今非昔比，原来传统的"一锹一铲一簸箕"的时代已结束。取而代之的是大型铲车直接把玉米往脱粒机斗里倒，机器翻转后通过脱粒道直接将玉米粒喷到车厢内，装满即走，下一辆车接力继续装。效率提升了很多，人工只是体现在边角的收拾和打扫当中，主力全靠铲车。铲车师傅娴熟地摆弄着铲车，几个来回下来，玉米已经脱粒过半。

在农村，干活久了，中间需要休息缓一下，在南方叫"茶歇"，在北方叫"打间"。在农村便是随便找个地方坐一下，抽支烟，喝口水，唠唠家常，仅此而已。

初春的北方，早上冷，中午热。来收购玉米的几个小伙嫌热，躲在门楼后面的阴凉里乘凉。一个坐在菜窖边，另一个靠木梯站着，边吸烟边与父亲聊天。"大伯，帮你干活的是你女儿和儿子？"父亲摇头说："不是，是女儿和女婿。儿子在外地，离得好远，没用，靠不上。"父亲一句家常，直截了当地阐述了我在他心中的价值和意义。我通过"千里眼和顺风耳"听到了他的直白与感叹，甚是惭愧！

常言道："父是子的胆，子是父的威。"仔细想想，什么是胆，什么是威呢？

从小坚韧。父亲八岁丧母，家徒四壁，与爷爷相依为命，仍对生活充满信心，这算不算胆？

小时候，去姥姥家走亲戚，父亲推着"二八大杠"自行车，我坐前，父亲在后，大冬天冒了一身汗，将车推上近50度的后沟坡，这算不算胆？

秋收，凌晨4时起来打着手电筒，拎起一根扁担，第一个赶到田里，挑起沉甸甸的谷子，健步如飞地挑回来，披星戴月，迎着晨露，这算不算胆？

20世纪80年代，为了丰富我们的生活，父亲花375元买了春笋牌黑白电视机，我家成为当时村里唯一一个有电视机的人家，这算不算胆？

为了保护好果园的苹果，父亲一个人睡在几条木棍搭建的临时窝棚里守夜，这算不算胆？

大学升学交学费，家里现金不够，父亲摸黑到左邻右舍去筹借，这算不算胆？

暑期，父亲去砖窑上打工，近距离感受"龙窑"的高温，这算不算胆？

为了给表姐家孩子治病，父亲只身一人到北京，寻找本族老亲（骨科专家），这算不算胆？

冬天，父亲冒着严寒，赶着牛车"吱吱扭扭"地到6公里外的镇上粮站交公粮，交不了就不回来，这算不算胆？

父亲用其独有的存在影响着我，让我在面对困难时更有决心和勇气去克服。他的一举一动、一言一行，为我树立了榜样。他影响着我的性格和行为，也影响着我的价值观和人生观。他是一个好父亲，我很珍惜与父亲的关系。我从他身上汲取了诸多勇气和信心，让我成为一个更好的人。

父亲是农民，在平凡的生活中，练就了他坚韧的胆、不屈的心，而平庸的我却不能成为他年老时坚强的依靠，离家乡这么远，我什么忙也帮不上。

故乡的伴

陪 伴

崔光明

"晨兴理荒秽，带月荷锄归"。平凡的生活，练就了坚强的意志，父亲几十年如一日坚守着自己的心中"桃花源"，习惯了山村的"柴门犬吠、风雪夜归"。与他时光同步的不仅有农耕，还有那只守着他的狗狗。

俗话说："儿不嫌母丑，狗不嫌家贫。"说起我家的养狗史，那可能要追溯到20世纪70年代了。那时候，家里条件差，一家人仅能勉强度日，养一条狗必定是累赘与负担。父亲却坚持说："有我们一嘴吃的，就不能让狗饿着，对待狗要像对待家人一样。"

从我上学到工作，与家人聚少离多，与父亲在一起的时间屈指可数，于是狗便成了父亲最忠诚的陪伴者。春天陪父亲播种间苗，夏天陪父亲打

父亲出发去田里劳作

药锄禾，秋天陪父亲开镰秋收，冬天陪父亲踏雪打猎。父亲则把狗当成了他生活的一部分，习惯了傍晚时分扯着嗓子喊狗回家，习惯了吃宴席时不时给它夹几块肉扔在桌下，习惯了狗打架受伤后给它消毒包扎，习惯了每年除夕夜系一条红丝带在它脖子上，习惯了去地里干活时用车载上它。鞍前马后，寸步不离。是保镖，是伙伴，还是战友都不重要，重要的是"陪伴"。

每一次上地，只要父亲一推出电动车，狗狗便会蹦上去，如卫士般陪着父亲到田边。父亲在田里劳作，狗狗便守在公路边的电动车旁耐心等候，直到中午或晚上父亲"下班"。尽管它不会说话，但它与父亲的交流却是最多的。它天生听觉敏锐，平时躺在院子里休息时，冷不丁尾巴一摇，必定是父亲从外面回来了。用父亲的话说："狗是'土心'，它能提前感知到主人的脚步与声音。"多少次它在梦中狂吠，惊醒之余才恍如隔世，我才知道原来狗也会做梦的。

人有生老病死，狗也一样。狗的寿命只有10~12岁，虽不足以陪伴我们一生，但与人的情义却很长。记忆最深刻的要数那只狮子狗了，那年那天，狮子狗早晨起来勉强吃了点东西，一步三回头地走出院门，走向田野，便再也没有回来。傍晚，父亲不见狮子狗的踪影，着急地寻遍了整个村庄，问遍了街坊邻居，最终还是扫兴而归。父亲拽了个小板凳静静地坐

狮子狗

在房间的过道旁，狠劲地抽着烟，时不时向门外看看，屏住呼吸听院子里的动静，心里期待能有奇迹出现。第二天天刚亮，父亲便起身赶到狗窝边查看，里边依然是空空如也。父亲安慰我说是狮子狗老了，迷路了，兴许哪天就自己回来了。唯一的念想就相册里狮子狗的一张照片，父亲时常会翻开看看，粗糙的手指抚着相片，一遍又一遍。

生活在继续，家里养狗也从未间断过。通人性的狗不论我离家多久，只要一听到我的声音，立刻会摇着尾巴冲向我，热情地又是爬又是蹭。我想，也许陪伴，就是爱的意义吧。不论是狗还是人，都会因为爱，而产生温暖，产生力量，会有一种特别踏实的感觉。因为陪伴，不再孤单，不再犹豫，不再空虚。因为有了狗，父亲的生活里多了一种陪伴，更增加了父亲面对生活的信心和勇气。

陪伴是最长情的告白，而守护是最沉默的陪伴。狗不仅陪伴着父亲，同时也改变了父亲，感恩所有来到我家陪伴我们的狗。

如 命

王秀芬

狗是人类的好朋友。今天，狗成为人类的宠物，而在 20 世纪 80 年代的农村，狗可不是作为宠物来养的，它们有着自己的使命，看家护院、保护鸡群，作用大着呢。

如命是我家狗的名字。说起如命这个名字，其实是个人名，是我六舅母弟弟的名字，有一年过年我们兄弟姐妹去六舅家拜年，听到表姐说他舅舅叫如命，哥哥觉得这个名字挺好玩，就记住了，后来就给狗起了这个名字。

　　如命是一只标准的本地土狗，黑白相间的毛色，是同村的海忠爷爷家的狗生的，它来我家的时候我大概四五岁、三姐七八岁，它是和我、三姐一起长大的。刚来到家里的时候，因为想自己的妈妈，喂饭怎么都不愿吃，三姐就用手当作容器，抓着饭一把一把地喂它。说来也真是奇怪，同样的饭放在碗里就不肯吃，而抓在手里就会吃得干干净净，或许是饭抓在手心里有了温度，如命能感受到其中的爱和温暖吧。还记得很清楚的是，每次三姐喂完饭，哥哥都会在一旁问，今天如命吃了几把饭啊？三姐不仅用手抓着给如命喂饭，还每天领着如命一起跑步，拿一根一米左右的小棍，一边握在手里，另一边则由如命含在嘴里，就这么并排着跑，我属于他们后面那个跟屁虫。就这么跑着跑着我们都长大了。

　　如命做看家护院的工作绝对是一流的。任何陌生人都进不了我家的院子，更别说进我家的屋门。印象特别深的一件事情是，因我家住在山脚，有一个住在山顶叫福金的小孩，每天要骑车到乡里上学，为了能省点时间和力气，说好了把自行车放在我家院子里，人是都同意了，但狗可没同意。每天早晚福金同学上下学推车放车的时候，如命都要汪汪叫个不停。福金也真是个有心的同学，他把如命当作了家里的重要成员来尊重，到周末的时候，福金同学特意在家给如命做了鸡蛋拌汤带过来，很认真地和如命交代了他在我家放自行车的事情，希望和如命做朋友。第二天上学福金再来推车，如命真的没再汪汪叫了，也不知道是它真的听懂了福金的话，还是因为吃了人家的鸡蛋。

　　如命因为它的尽职尽责，曾差点丢了性命。有一次村里来了一辆卖西瓜的三轮车，卖瓜的是几个年轻小伙。三轮车开进我家院子下面的空地时如命就追在车后汪汪叫，等走的时候如命又扑出去追着咬，其中一个小伙把西瓜刀直接抛向如命追赶的方向，好巧不巧，飞刀直接扎进了如命的后胯，三轮车则扬长而去。如命受伤后就不再回家，它认为自己受了这么重的伤,应该是活不了了,无论我们怎么叫它,它都不肯回家,而是用三条腿跳着朝和家相反的方向走去。我也是在那个时候才知道通灵性的狗是不死在自己家里的,它不想让主人伤心。当然,我们也是决不会放弃如命的,我们顺着它伤口滴下的血点一路找过去,找到后每天给它送吃的,给它吃生鸡蛋补充营养。几天后,如命觉得自己身体逐渐恢复了,才肯跟着我们回家。如命恢复后,留下了一道3厘米左右的刀疤。即使受过这么严重的伤,如命却一点也没改变,依然不遗余力地守护着自己的家。

　　如命在我家还有一个重要任务,那就是保护鸡群。为了补贴家用,家里喂了四五十只鸡,夏天的时候,鸡通常会成群结队地去附近的玉米地里觅食,这就让黄鼠狼有机可乘。黄鼠狼来的时候,会追得鸡到处乱窜,一群鸡咯咯乱叫的动静还真是不小,每到这时,母亲都会一声令下,如命则不论是在吃饭还是在睡觉,都会像离弦的箭一样冲出去,偌大的玉米地,它能很快地找到鸡群所在的准确位置,把黄鼠狼赶跑。偶尔也有出击不及时的时候,有一次有一只鸡被黄鼠狼叼走了,如命穷追不舍,硬是把那只被叼走的鸡从黄鼠狼嘴里夺了回来,其间到底发生了什么,我们并不知情,因为这一切都发生在一人多高的玉米地里,我们只能闻其声,而结果就是如命叼着那只鸡回来,把它放在了母亲的脚边,还带有一丝愧疚的表情,如同在自责没有保护好鸡群。

　　如命抓野兔是一把好手。有一次,如命和我们一起上山梁去秋收,正在忙活之际,突然看到一只野兔飞驰而过,哥哥随口喊了一句:"如命快去抓住他。"如命得令后,真的起身追了出去,谁也没想到它真的会把兔子给抓回来,狗是肉食动物,但如命却不会自己享用猎物,而是把兔子叼回来放在母亲的身边,在如命的身上,我看到了狗的无限忠诚。

　　如命活了10岁左右,我记得大概是三姐高二的时候,纵使是万般厉害的如命,也没有逃过偷狗贼的毒手,如命最后是被偷狗贼偷走的。得知消息的三姐嚎啕痛哭，直到现在想起来也是非常痛心的。遗憾的是，我们竟然连一张和如命的合影都没有，在那个年代的农村，拍一张照片确实也是一件很不容易的事情，但是如命一直都活在我们心里，它永远是我家的一分子。

故乡的食

枣糕——心中的那份甜

崔光明

说到枣糕，像极了初恋，一是甜，二是黏。

长年置身南方，念念不忘北方美食，但真正打动味蕾的要数家乡的枣糕了。这不，老同学时常因为欠我一顿枣糕而耿耿于怀，想起来，满满的感动，浓浓的乡情。

北方虽有吃糕的习俗，但并不是什么时候都能吃得上的。在物质匮乏的年代，须等到逢年过节、盖新房、搬新家、庆生日等重大活动，才能吃上一顿糕。因糕与"高"谐音，从而被赋予祝福吉祥、美好的使命，有"步步高升、年年高"的含义。金黄的色泽，软糯的口感，香甜的味道，再加上红枣红色与黄米黄色完美搭配，这也是人们在重大场合选择吃糕的主要原因。

在晋、冀地区曾流传着这样一句民谚："三十里的莜面，四十里的糕，二十里白面饿断腰。"意思是，吃了莜面，可走三十里山路；吃黄米糕可走四十里山路；而吃了白面，仅能走二十里路就已饿得直不起腰来了。吃精制白面做成的馒头和面条很快会让人又感到饥饿，而口感粗糙的荞麦、莜麦、黄米等一类粗粮则会让饱腹感持续较长时间。黄米是糯性食品，打成糕，韧性增强难以咀嚼，再经过油炸（做成油糕），则更加难以消化。早期人们生活条件差，能省则省，偶尔吃上一顿枣糕能顶一天，正是因为黄米耐饥不易消化的特点。

秋冬时节，农耕的人们完成一年的耕耘闲了下来，家里的大事也普遍安排在这个季节。迎着寒气，厨师从凌晨3时就开始忙碌。院子里扯一块大帆布，用砖搭起高炉，燃起炉火，火花四溅，吹风机隆隆作响，大铁锅上放一个黏土烧制的多孔底的笼屉，铺上笼布，水开了，蒸气弥漫，把提前泡好的精挑细选的黄米面一层一层地撒在笼屉里，再厚厚地铺一层上好的去核红枣，然后再铺一层黄米面，再撒一层枣，以此类推，90摄氏度高温下重复着这一项工作，又是搓、又是撒，整整要忙碌三四个小时。早上6时，厨师持刀站在大瓮前，掀开上面的粗纱布，大瓮里弥漫着红枣香甜的味道，一刀下去，红黄相间的黄米糕与红枣整齐地呈现在断面上。携两片热气腾腾的枣糕，再舀一碗猪肉炖粉条大烩菜，街坊邻居各持一碗，屋子里已是满满当当，挤不下的就到院落里，一口菜、一口糕，顾不上与别人说话，不知是热糕糊了嘴，还是吃起来过于专注，那种满足感不亚于在家门口享受五星级饭店的盛宴。

枣糕

传统农村的这种慢生活，人们过得快乐、自在、无忧无虑。这里民风淳朴，邻里和睦，多少年来过着与世无争、世外桃源般的生活，这也许是另外一种境界与幸福吧。

时下的乡村振兴战略，明确农业农村农民问题是关系国计民生的根本性问题。目标就是"让农业成为有奔头的产业""让农民成为有吸引力的职业""让农村成为安居乐业的美丽家园",相信在政策的引领下,人们吃起枣糕来会更甜、更香、更有劲,在外的游子们亦会更眷恋家乡。

那一盘"葵花籽"

王秀芬

说起"嗑葵花籽",也许大家都很擅长,以兰花指托底,葵花籽尖向内,横向垂直架于四门牙间,只听"的、的"两声,葵花籽壳被压裂,手指敏捷地顺势一转,舌尖一舔,葵花籽仁便顺利入口。这一简单动作让葵花籽顺利实现完美转身,既体现价值,又完成使命。如今,葵花籽被赋予了品牌,如"洽洽""傻子"品牌,既可作为闲暇时的零食,又可作为聊天时遇到尴尬时的过度。

对我而言,葵花籽不仅是一种零食,还充满了童年的美好回忆。每次吃到葵花籽的时候就会有一幅特别温馨的画面浮现在眼前——秋高气爽的季节,大家各戴围巾,包裹严实,围成一圈"打葵花"。时间把我带回到30多年前的那个上午。

吃罢早饭,准备好一大块塑料布(其实是把各种化肥袋拆开拼接而成的)、镰刀、编织袋、手套等用具,踏着金秋微寒的晨露,边走边欣赏着沿途的鸟叫与秋色,路边不时会有让我们分心的酸枣,像一个个小灯笼一样悬挂在干枝上,有刺保护着。姐妹们一路打打闹闹上山(丘陵地)"打葵花"。说起"打葵花",其全程是"铺、割、摇、抖、拨、晒"等流程的生动体现。

先说"铺"。到地里后,首先是建"基地",由力气大的哥哥把十余株向日葵连根拔起，整出一块平地来，把大块的塑料布铺在上面，这就是"打葵花"的"主战场"。然后就地取材，将向日葵秆做成约半米长的棒子。

接下来是"割"，就是割葵花盘。金秋时节，整片田中向日葵上部的叶片均为淡黄色，花盘背面发黄，花盘边缘微绿；舌状花瓣凋萎或干枯，苞叶黄褐；用镰刀顺着饱满下垂的花盘背轻轻一削，花盘就会被取下；也有秆已干枯的，割起来较为费力。大家就近顺手扔成一小堆，我负责把向日葵盘上的小黄花先"擦"掉，三姐负责把"擦"掉小黄花后的花盘装在塑料袋子里运到刚才建好的"主战场"。

然后就是"捶"环节，伴随着棒子在花盘上"乒乒乓乓"地演奏，葵花籽会像下雨一落下来，加上"抖"环节，葵花籽会尽数掉下来。而对于生长不正常或还未完全成熟的花盘，可能仅靠"捶"和"抖"是无法将葵花籽全部取下的，还要增加"拨"环节，用手指像弹"吉他"一样，来回抚动，较青的籽粒就会掉下来。其间，兄弟姐妹间会互相逗乐，互相叫着彼此的"外号"，其乐融融。大姐、二姐会根据多年的"江湖经验"判断哪个花盘的葵花籽更好吃，推荐大家逐个品尝，尝到中意的花盘，会非常重视地放在一边"攒"起来，等回家时连着花盘一起带回，晾在屋前的窗台上晒干，有事没事路过时就会抠几个下来嗑，靠在窗台边嗑葵花籽的那种闲情逸致，那种发呆的状态，真是无法用语言描述。手指熟练地从花盘上把葵花籽捻下，送到口中，感受着生葵花籽的自然之香、油料之味，这也许才是我记忆中真正的葵花籽的味道。

最后一个环节是"晒"，就是将打下的葵花籽堆起来装入袋子中运回，找个干净的空场晾晒起来，隔两个小时用花刮（形状如同《西游记》中猪八戒用的九齿钉耙，是木制的农具）均匀地搅动一下，确保葵花籽通风、均匀受热。这样的葵花籽晒出来质量高，好吃、好卖。到了晚间还要将葵花籽聚拢成堆，用大塑料布盖起来，避免晚上返潮，等第二天太阳升起来后再摊开,这样反复晾晒,直到彻底晾干。晾干后的葵花籽就可以归仓了。

晾晒好的葵花籽大部分会作为商品卖掉,留一小部分自己吃。一般有两种吃法,原味炒着吃和煮五香葵花籽吃。炒葵花籽与雨天最配,下雨天一切农事活动都被迫停止,也就是这个时候才能有点闲暇时间,炒上一盘葵花籽,坐在炕上一边嗑一边聊天,那种松弛感很是舒服惬意。炒葵花籽的火候非常重要,一不留神就会火大炒过了,炒过的葵花籽会微微发苦。母亲一般会在过年的时候煮五香葵花籽,用的调料其实很简单,也不过就是盐、花椒、八角这些普通的调料,但这几种简单的调料经由母亲的搭配后,煮出来的葵花籽味道却是那么不普通,记得有一次春节后返校带了一些五香葵花籽给同宿舍的室友们吃,从那以后我每次回家室友们都点名要我给他们多带一些"母亲牌"五香葵花籽回来。现在回想起来,五香葵花籽好吃的一个关键原因应该是用煤火慢慢煮。煤火煮葵花籽是个耐心活,需要在煮制过程中不时地翻搅,避免煮煳。

味蕾是有记忆的,母亲那一盘五香葵花籽便是我们五姐妹味蕾上一抹化不掉的乡愁。

砂火锅的那缕香

崔光明

说起美食,有感于"舌尖上的中国"中的一句旁白:"高端的食材往往只需要最简单的烹饪方式。"觉得其语言直白、洒脱、到位。传统的就是最好的,深以为然,今天特别想写一写父亲做的砂火锅。

砂火锅

比起铜火锅，砂火锅除了易破损外，几乎没什么缺点。记忆中的砂火锅是平定一带烧制的。根据文献记载："平定窑始于唐，兴于宋，后因战乱而失传。"平定作为"砂器之乡"距今已有近260多年的"耕陶史"，以其独有的黏土和无烟煤为原材料烧制砂器。可能你只能听说过民歌中"平定的砂锅亮晶晶"，却不知道其"生于大火，进过皇宫"，以其"烧饭不变色、炖肉不变味、煎药不变性"，流传至今。

最初的记忆里，家中的砂锅是父亲是用玉米换来的，这也许是物物交换的实践吧。在农村，没有人会过多计较交换粮食的多少，因为朴实的农民坚持认为粮食是自己地里种的，觉得不值钱，从而忽略了其中有多少"沉没成本"。

新砂锅用水内外洗刷干净，就可以往锅里装食材了。火锅的食材分装是很讲究的，依据当地人的饮食习惯与口味，按"下素、中丸、上荤"的顺序分层装入。上层的荤菜能让用餐人快速地摆脱饥饿感；中层的丸子类食材（有荤有素）满足了用餐人对口感与风味的需求；下层的素菜可以解决用餐人控制油腻的问题。总之，砂火锅由下到上是色、香、味俱全，使人不仅吃好、吃暖、吃饱，而且吃了还想吃，肚饱眼不饱。

砂火锅下层的素菜种类有白菜、黄花菜、菜豆、马铃薯、粉条、海带丝等。白菜须切成长 10 厘米、宽 1.5 厘米宽的条，黄花菜、菜豆、粉条、海带丝等装锅前要充分泡水洗净，否则会煮不软，造成口感差的体验。中层有肉丸子、炸甘薯块、炸马铃薯、鹌鹑蛋、蟹棒等；上层放烧肉、排骨、带鱼等食材，基本是熟食，块要大，须提前加工好，要么煎，要么炸，要么卤。上层的食材整齐有序地摆好，如伞状，至此食材基本装锅完成。

一切就绪，就该加入火锅汤料了。"好锅汤决定"，汤料是火锅的灵魂，基本上是烹饪烧肉或蒸煮鸡肉、兔肉时的汤汁，因其在煮制过程中放足了各种香料，如花椒、辣椒、八角、茴香、陈皮、桂皮、盐、葱、蒜、姜等，既炼制出动物纤维中的油脂，又将各种香料融为一体，热烈、浓厚，有道是"汤如美酒一饮而尽，舌舔唇边回味无穷"。用勺子沿着火锅中心筒壁缓缓浇入浓汤，距锅沿 1 厘米处停止注汤，盖好锅盖，准备加热。

火锅的热源是木炭。木炭是木材、木料经过燃烧，或是在无氧炭化的条件下形成的固体燃料。在很早以前，我国商代和战国时期冶炼武器都用木炭，还可以利用木炭吸取空气中的湿气从而观测天气的变化。听父亲说，新中国成立后曾用木炭的燃烧热驱动火车行驶。

父亲用自制的铁筷（用普通 8 号铁丝截得）夹几块颗粒较大但不会超过火锅中心烟囱直径的木炭放入炉中加热，待几分钟后，木炭燃烧变红，再用铁筷将其夹入火锅的中心烟囱中作为引火物，随后再夹入大小不一的木炭，然后用扇子扇动入风口适当给氧助燃，有时也用春节放礼花用过的废纸筒，套在火锅中心筒上起到引流加强动力的作用。

随着炉火越来越旺，火锅里的汤汁受热膨胀从锅盖的缝隙里渗溢出来，火锅的香味也随着咕嘟咕嘟的声响从中飘出。为了保证食材能充分入味，加热期间需要再添加一次汤料和木炭。

直到一声"开饭了"，用餐的人们会以火锅为中心团团围坐，这时候的热情,尽人皆知,就是要将其消化掉。没有太多的交流,只见筷子与勺子频繁相遇,用餐的人们顾不上等食物完全凉下来,就已经将整个锅内的美食清理得所剩无几,时不时会听到父亲在旁边照应的声音,"要不要加汤,要不要补点木炭。"

酒足饭饱后,大家的结论就是"这火锅真是好吃"。用丁丁的话说"这才是真正的人间美味"。每年春节必吃火锅才有过年的仪式感,特别是爷爷做的火锅,味道独特,意犹未尽!

多少年来,父亲一直用最简单、最原始、最传统的烹饪方法演绎着他的火锅传奇,用他心目中的最高规格接待自己的亲朋好友。虽说天下没有不散的筵席,父亲却能在平凡的生活中坚持着他的那份初心,那份生活的热情,让日子过得如同火锅之火,红红火火,有热情、有温度、有味道。

那一口乡情——红烧饼

王秀芬

我的家乡在山西省晋中市寿阳县西北部的一个小山村,小时候家里很穷,最好吃的东西莫过于爷爷每次从集上买回来的红烧饼。爷爷每逢赶集都会去打酒,每次都不忘给我和三姐买两个烧饼回来。烧饼的味道深深地刻在脑海里,成为一种乡情。

国庆回家路过乡里,天淅淅沥沥下着小雨,卖红烧饼的大哥生意很好,居然一个存货都没有。想买的话就需要等,至少要20分钟。都到门口了,能错过吗?那必须等啊!趁着刚出锅的热乎气,美美地啃上一个,一个红烧饼下肚,感觉身体里每个细胞都透着满足感。

红烧饼

　　红烧饼是用 30% 的发酵面和未发酵的白面和在一起,并掺少许麻油、碱面,以擀槌擀开,内包红糖和面粉混成的糖心,外上搭涮,撒以芝麻,用烤笼烧烤而成。红烧饼之所以好吃,多半要归因于烤笼。烤笼由上下两部分组成,下面是铁制的平底铁锅,上面的锅盖除了一个通气口以外,其他的部分都用很厚的泥巴糊起来。锅盖开启的方式也很特别,是用一根木棍利用杠杆的原理把锅盖翘起来,用这样的方式烤出来的烧饼想不好吃都难了!红烧饼好吃的另外一个原因或许是这烤笼下面的泥灶吧!烤烧饼用的灶台也是用泥巴堆砌而成,而且用炭火烧烤,因此很好地保留了面的原香。

　　一个饼,一段情。每每说到或吃起红烧饼就会想到从小背我们长大的爷爷。爷爷那半驼的脊背,爬在爷爷背上的我,那每隔五日定能盼到的红烧饼,是我童年最美的回忆,那香甜的饼也成了我离乡二十余载魂牵梦绕的乡情。寒衣节马上就要到了,托姐姐买几个爷爷和我都爱吃的红烧饼捎到他的墓前,将我对爷爷的思念和乡情一起放飞!

"荞"心不改的深意

崔光明

收到来自家乡的"思念"——荞面，甚是兴奋。禁不住诱惑，立马和面捻卷，剁椒、切蒜、烹酸汤，酸汤荞面捻疙瘩一气呵成，再补点灵魂——滴几滴家乡的陈醋，用勺尝一口，酸爽、有嚼头、有韧性，口感极好，不愧是老家的粗粮，真是应了一句民谚"讨吃的放不住隔夜食"，狼吞虎咽的同时也不忘蹦出四个字：地道、好吃！

说到荞面，我确信与它是一对冤家，一直怨恨它。最早结下这个梁子的时间应该是在镇上读初中时。那时物资匮乏，住校时连基本的白面都保证不了，菜、油、粮全是自带，食堂里为了让食谱好看（其实是为了遮缺米少面的丑），时不时就搞一顿荞面。刀削面厚如戒尺，饸饹则半生不熟。慢慢地我发现，我吃不了生、冷、硬的东西了，一吃硬的东西便会引发胃痛，胃病也由此而生，从此对荞面产生莫名的怨恨与反感。

酸汤荞面捻疙瘩

记忆中父亲是一直在种植荞麦，用父亲的话说，种荞麦一来为弄点口粮，二来为牲口备点穰草用来过冬。

专业地讲，荞麦又称为三角麦，原产于亚洲，种子三角形。种皮坚韧，深褐或灰色。花白色，由蜂等昆虫传粉。特别是它适合种植于气候凉爽的干旱丘陵。黑苦荞，有"黑珍珠"之称，外壳呈深黑色，营养价值极高。荞麦作为粗粮全身是宝。开花可酿蜜，荞面可增加膳食纤维摄入，有抗氧化、抗炎、抗癌等功效，尤其是对有高血糖、高血压、高血脂、高体重、高尿酸的"五高"人群，有着非常好的辅助治疗作用。

另外，北方大多以荞麦皮做枕芯，因其富含芸香苷，有助睡眠，而且夏天枕荞麦皮枕头会有清热解暑的感觉。此外，荞麦皮枕头对头晕、耳鸣等有一定的缓解效果。荞麦皮做的枕头透气性好，可以缓解疲劳，让人一觉醒来更有精神。

记得三年前去美国时，因担心孩子不习惯国外的枕头，行李中还特意备了两个荞麦皮枕头。到了美国，一切安顿好后，孩子枕着从国内带来的荞麦皮枕头呼呼入睡。在异国他乡，看着他们酣睡的样子，心里感到特别欣慰。心底多少有点感激这一捧荞麦皮了，怨恨荞麦的情绪也开始化解。

我的思绪从旧日的回忆回到了眼前的美食。喝一口酸汤，从里到外都是爽的，夹一块豆腐，精细有劲，舌尖一搅，一勺荞面捻疙瘩就已下肚，粗粮细作，为了这一口，从不嫌工序的烦琐，同时也感谢母亲教会了我多种做荞面的方法。无论是荞面碗托、荞面饸饹、荞面凉粉、荞面捻疙瘩，都各具风味，味道独特。

有感于"能屈能伸"的荞面，也算是做到了"面"尽其才。认真想想，荞麦的品质和精神还是值得学习的，其不惧干旱，不畏严寒，能抗荒莠，种植省时、省力且高产，高营养、能治病，若把其比作是一名员工的话，它也是绝对优秀，颇具竞争力的。

随着人们生活水平的不断提高，细粮成为人们最重要的主食，粗粮则成了奢侈品。瞬间觉得荞麦"高大上"起来，与荞面的"爱恨情仇"似乎也化解了很多。只想多年以后，自己仍能、仍会饶有兴致地下厨做一碗地道的酸汤荞面捻疙瘩，酸爽入口，有面可食、有情可念、有乡可思！

那根老冰棍儿

崔光明

吃完晚餐，带孩子去散步，路过门前的小卖铺，孩子不由自主地走近冰柜，熟练地拉开玻璃门，取出两支雪糕。"多少钱？"我问。"一元。"哇，这可能是现在最便宜的雪糕了吧，我好奇地审视着外包装，是"老冰棍"，孩子说这个比5元的圆筒冰激凌还好吃。

孩子兴致勃勃地用舌头舔着雪糕，"老冰棍"的字眼如同时光隧道瞬间把我带回童年。

20世纪70年代，冰棍看似便宜，才5分钱一根。可在那个年代，物资匮乏，10元钱都是大钱，家里实在太穷了，家家户户都精打细算地过日子。炎炎夏日偶尔能吃上一支冰棍，甜甜的味道，冰冰的感觉，那是绝对的奢侈，是一种休闲，更是一种独特的浪漫！

那时候农村刚通电，冰箱、冰柜几乎是见不到的，村里的小商贩也顶多是卖醋和卖冰棍的。卖醋的通常赶个牛车，卖冰棍的通常是骑一辆自行车，后车座上用自行车废内胎绑一个白色的木箱子，箱子上面放一块白色的棉垫用来隔热保温。

夏日伏天，骄阳似火，烈日当空，似乎要把路上的行人快晒化了。大杨树上的知了大动干戈地"值着班"，院中的鸡窝里鸡妈妈正"咯咯哒、咯咯哒"一本正经地酝酿着它们的成果。一声"卖冰棍儿，冰棍"，唤醒了被炎热驱赶避暑午休的孩子们，每每听到这声吆喝，屋子里的孩子们心里都在打鼓，急不可待。热切期盼着父母们早早听见这声吆喝，能主动给自己5分钱，允许自己跑出去把那根尊贵的冰棍请进来，放到自己的嘴里。幼小的心灵里反复演练着这个场景，若父母们迟迟没反应，就会怯怯地去提醒："妈妈，好像有卖冰棍的来了。"

时间好像停止了，只听到"扑通扑通"的心跳声，偷偷地察言观色，看父母的表情与心情，一旦获得父母的许可，孩子们则如弹簧般弹出，顾不上系鞋带，直奔目标，生怕小商贩走了或冰棍卖光了。展开那只汗津津的手，将一枚五分硬币递给那个卖冰棍的，水汪汪的小眼睛直勾勾盯着他的手，只见他揭开冰棍箱垫，随着一股"白烟"般的凉气冒出，递过一支冰棍。交易完成，心里乐滋滋地如燕子般返回，等不及到家，就在门口的大柳树下，急不可待地撕开那层包裹在外面的纸，伸出馋猫般的舌头，先将包装纸内侧的冰棍汁细舔一遍，这才轮到冰棍，先是端详着冰棍的棱角，舍不得用力去舔，更不会去咬，吃得时间越长越过瘾。随着时间的流逝，冰棍受热开始融化，舔食上边的同时也要招呼好下边，不舍得浪费掉一滴一粒。那一刻，没有过多的言语可以描述，周围的一切似乎安静了许多，身体从内到外都是冰爽的，顾不上与任何人打招呼，因为实在太好吃了。

记得在暑假，为了减轻家里的负担，几个小伙伴结伴去勤工俭学，漫山遍野地去刨药材，有黄芩、柴胡、马马草……刨回来晒干，去镇上供销社卖掉，尽管金额不多，多多少少也能给家里填补一点家用。那时若再听到有卖冰棍的吆喝声，就主动多了，可以大胆地提出来想吃冰棍了。

其实，那时候的冰棍只是有甜味的冰块，味道远不及现在的雪糕好吃。但是，品尝老冰棍的感觉，不亚于吃一顿饕餮大餐，那缺少奶味，冻得硬邦邦咬不动的老冰棍的味道，深深地烙在我记忆的深处，挥之不去，思之即来。

也许，那甜甜的味道、冰冰的感觉不是来自那根冰棍，而是少年的味道吧！

地皮菜

崔光明

"就是这一溜溜沟沟，就是这一道道坎坎。就是这一片片黄土，就是这一座座秃山……"每每听到这个熟悉的旋律，就想起了故乡。《就恋这把土》替我诉说着心中永远的信仰。

工作在南方，每每想起家乡，说到小时候的故事，由衷地感到兴奋和留恋，也许真的是老了，总是那么念旧。真可谓，一提"心潮"，我就"澎湃"。

春季的北方，万物复苏，在春雨的滋润下，杨柳吐绿，白絮飘扬，植物含羞，扭扭捏捏捧着花苞漫步走来。20世纪80年代受条件限制，很少有蔬菜大棚，春季在北方很少能吃上新鲜的蔬菜。吃顿饺子，也只有用冬储的白菜加上粉条来做馅，若能吃上韭菜鸡蛋馅则是一种奢侈，因为韭菜刚发芽，很嫩很新鲜，口感极好，如若馅里还能拌上一种黑色的野菜，那绝对是极品，简直是五星级待遇。这种野菜看起来黑乎乎、脏兮兮的，摸起来跟苔藓差不多，尤其是在有羊粪的草丛下面，刚下过雨后，认真去找，肯定会冒出一大片，这就是我最爱吃的地皮菜。

地皮菜，学名叫普通念珠藻，属于一种真菌和藻类的结合体，看上去很像是胶质的薄膜在地上铺展开来，因其是贴着地皮长的而得名，它长得跟木耳很像，因此也叫地木耳，但它比木耳要黏得多，我们习惯叫它"羊鼻涕"。很多人看其长得黏糊糊的，令人嫌弃。其实，它的蛋白质、维生素含量都很高，做菜炖汤极美味，可以清热降火，炒鸡蛋、包饺子能提鲜，别提多香了！

小时候，有雨后上山去采野蘑菇和木耳的习惯，三五个伙伴相约，穿上雨鞋，提上竹篮，跨过小河，上山去啰！因平时没有太多的娱乐项目，这种户外探险活动颇受孩子们喜爱。身着各种颜色衣服的小朋友们，点缀着翠绿的松山。松山像传说中的五指山，五脊四沟，山上的松林郁郁葱葱。据祖父说他小的时候这座山已经是这样了，苍翠鲜绿，空气清新。山脚下一条小河如玉带般蜿蜒而过，福泽着村庄里的一代代村民。踏在软软的、厚厚的松针落叶上，很难判断哪里有地皮菜生长。一般是选择比较潮湿背阴的地方寻找，地皮菜多是被一层松针覆盖着，很难一下子取到篮子中，要有很大的耐心才能采集，为了吃，也是豁出去了。

因为上山的人多，无形中形成了竞争，总想着自己能"多收三五斗"，总希望自己能率先找到大面积的地皮菜，总有个信念支撑着自己向前寻找。虽是北方，天气并不热，但还是被这爬山越岭的行为搞得满头大汗。采摘的过程中不时会有人大喊一声，"呀！有蛇！""呀！有松鼠！""呀！有兔子！"都认为是小题大做，没什么大不了的，避开就好了，从容地与自然和谐相处。

几个小时的寻找，最终带着半篮子的成果返回，坐在院子的小板凳上，长吁一口气，认真地捡去枯叶和杂草，想象着如何让妈妈烹饪更好吃。也有时急不可待，找个蘑菇洗净，撒点盐放在铁火圈上烧着吃，虽然味道单一，但总觉得这才是正宗的"山珍"。每一次上山采摘，总是信心满满，特别有成就感，漫山寻找的过程像在寻宝，领悟到"向前的动力是源自希望"！

捣（米）糕

崔光明

"石磨豆浆加油条，原汁加原味。"门口的早餐店里店员吆喝着，周围的街坊邻居很多都喜欢光顾这家店，就冲着这"石磨"二字。随着时代的进步，工业革命的加速，越来越多的机械代替了原有的工具，效率是提高了，但你是否留意到，机械加工后的食物失去了原有的香味。你知道其中的原因吗？直白地说，石磨是低温研磨，没有破坏植物蛋白，机械高速磨，不可避免地升高了温度，破坏了植物蛋白，所以觉得没味儿。这也是人们热衷于选择石磨产品的原因，真可谓"传统的就是最好的"。对于自己的胃，总是在"回味"以前的味道。

有一次到同学家串门，一进院子满院是花，有夹竹桃、海棠、吊红钟、仙人掌，更有一株球径很大的仙人球，种在一个大石柱上，正在质疑怎么能种到石头里，走近一看，原来是一个旧的石臼。石臼，也叫捣米臼，是舂米用的器具，通身由一块大的石头整体雕刻而成，内圆外方，上宽下窄，安在土里，只把臼口露出地面。随着石碓或木碓一上一下地磕碰，稻谷也便在石臼里脱了壳，露出了黄色或雪白的米粒儿。再捣、再砸就可将米研成粉。

记忆中，最深刻的就是用石臼捣黄米做黄米糕了。石臼的位置在村里海拔最高的一户老宅院门口，在这里能居高临下，俯瞰全村。据说因这个石臼坚硬，没有石屑，颇受邻居们的喜爱，村里但凡有红白喜事都在这里捣米。

捣米，捣的是黄米。黄米在去皮之前叫黍子，属于单子叶禾本科作物，一年生草本植物，生长在北方，耐干旱，叶子细长而尖，叶片有平行叶脉。

黍子全身都是宝，黍子的籽实是可食用的黄米，黍子秸秆可切碎作为饲喂牲畜的草料，黍子穗可制作成笤帚。将快成熟的黍子穗收集起来，拍打掉籽实，剩下的黍枝穗，绒纤细密，用铁丝绑紧扎好穗秆，整压平实，阴干，就是很好的清扫工具笤帚，结实耐用，环保节能。

黍子的籽实淡黄色，去皮后称黄米，再将其研磨成面俗称黄米面，性黏，常用作来做年糕、酿酒。黄米营养很丰富，富含蛋白质、碳水化合物、B族维生素、维生素E、锌、铜、锰等营养元素，具有益阴、利肺、利大肠之功效。

记得第一次去捣米是在筹备姐姐的婚礼时，按家乡习俗婚事第一餐就是黄米枣糕。一大早，随父亲扛着一袋黄米爬到村里的最高处，找到石臼，先用清水将石臼清洗干净，晾干。舀一瓢黄米倒入石臼中，用石碓反复砸捶，其间还要用粗、细两种规格的过滤筛进行过滤，经过细筛的面粉即可直接使用；粗筛上截留的较大的碎米粒要返回到石臼中再次捶砸，直到能过细筛为止。舀米、过筛、再捶、再砸、再过筛……反反复复，一袋子黄米整整用了半天的工夫才全部研成粉末，虽然自己不是捣米的主力，但一上午的"摩拳擦掌"已然将我变成了一架胳膊发酸的皮囊，手指上也磨出了血泡。

我尝试着去拖动那袋研好的面粉，可没能拖动。父亲将筛子和其他较轻的工具交给我，"你背不动，我来吧。"父亲说。我拖着疲惫的双腿跟在父亲身后，父亲一边走，一边回头说，累了吧，你看这庄稼人有多辛苦，你要努力学习，走出大山，要加油啊，孩子！我似懂非懂地点点头。

嚼在嘴里劲道的、香甜的黄米糕与苦涩的汗水的味道成为鲜明的对比。生活中，"付出才有回报"这个浅显的道理一再地警醒着我。父亲背着黄米面下坡的背影瞬间高大起来。只希望他的背一直不要驼,一直挺拔得像座山一样,这样我才有安全感。

在此,想特别引用一句艾青的诗:"为什么我的眼里常含泪水?因为我对这土地爱得深沉。"

挠的境界

崔光明

挠是家乡的一道美食。广告词说得好:"好面汤决定。"对晋中寿阳人而言,吃挠则由天定。秋雨连绵,降低的不仅是气温,还有人的热情。于是乎,当地百姓便用特有的饮食来化解雨天带来的惆怅与无聊,那便是吃挠。盘腿上炕,舀一碗挠,蘸上酱汁,一抹一蘸,香煞老汉。这道美食也成为寿阳人的最爱。久居异乡,得闲归来,若是吃不上一顿挠,那此行是没有灵魂的!

挠为何会有如此魅力,让游子们如此钟情?莫急,且听我慢慢讲来。作为一道民间美食,挠是寿阳所独有的,有着明显的地域特色。俗语有"热祁县,冷寿阳",各个地域的美食是由其当地人文、历史和气候决定的。

相传在南北朝时期,鲜卑族南下山西,在夏州(寿阳县宗艾镇下州村)设立了州衙,派驻鲜卑大将库狄回洛任刺史。因大量军民涌入夏州,地方接待能力受限。当地居民突发奇想,把米、面、菜蔬混合在一起下锅煮制,紧急应对,从此便留下了民间制作挠的工艺与方法。经过约1500年的演绎、创新与改良,寿阳民间制作各种挠和蘸酱的技艺更加精细、成熟，食材也更加讲究，挠逐渐演变成为寿阳人待客、宴请的必备美食。

挠是如何做成的呢？找一敞口大铁锅，加水大火烧开，加入洗净切段的菜豆和马铃薯块，加水烧开，再加入大米、小米，待米煮烂后，将玉米面粉或小麦面粉沿锅边撒入，中间留空通气，盖上锅盖中小火焖煮，待面粉不黏牙时改为小火焖。焖好后用擀面杖顺时针搅拌，直到将米、面、菜搅烂融为一体，挠就算"促"成了。

虽然都是搅拌，但在做挠的环节叫"促"，文字生动地表达了这个工序的作用和意图，就是为了让米、面、菜在人工的搅动干预下，充分融合，达到"精颤颤"的境界，可见古人的智慧不可小觑。

吃挠要配以爽口的蘸酱。番茄酱、西葫芦、马铃薯加辣椒，再点缀以小葱、香菜，则更加色泽鲜艳，爽心悦目，令人垂涎欲滴。"一抹一蘸，香煞老汉。"对于挠的钟爱，当地人这样描述与表白。吃一碗挠，额头冒汗，力量大增，浑身舒坦，吃挠更是一种境界和享受。

挠作为寿阳人的家常便饭，与不烂子、焖拌汤齐名，形成了美食"三结义"，但挠却一直占据头魁，声名远扬，长久以来滋润着寿阳人的味蕾。当吃挠成为极有仪式感的事情的时候，人们逐渐将其引申为一种信仰或图腾，既是对生活的尊重，也是对自己的犒赏，更是对美好生活的一种向往。

一个"挠"字，体现的精神与意境不同。但心境如同遭遇秋风时，挠就是提振信心与勇气的重要载体，它催人奋进，动力十足，不仅体现不屈的精神，更蕴含着热情的魔力。与"挠"相遇，绝非纠缠，而是静后能定，不屈不挠！

拌汤人生

崔光明

说起吃,那永远是件幸福的事,胃的饱稳,带来心的安逸。再加上"妈妈的味道",那可以说是令人吃劲十足。天下唯有美食与爱不可辜负。在你的心目中,什么样的美食让你回味无穷?什么样的美食让舌尖上留下"灵魂"?什么样的美食让味觉留下永久的记忆?对我而言,集众宠于一身只有拌汤。

美食和文化有着密不可分的联系,它反映了一个地方的风土人情,甚至是政治和经济状况,传统美食一直深受大众喜爱,我们日常接触最多的,莫过于所在区域的传统美食和家庭美食。拌汤,对素有"面食之乡"的山西而言,绝对是北方"极简"面食中的一种,因其制作简单、入口爽滑、口感饱满、回味悠长而深受人们的喜爱。在那个物质匮乏的年代,靠一点面粉、鸡蛋和番茄就能迅速做成一道大餐,而且老少皆宜,确实是不容易的事,这也正是拌汤的魅力所在。在我的记忆中,母亲就是用拌汤把我喂养大的。

准备一个小奶锅,加水加热,持一小盆放入半碗面粉,加少量水顺时针方向反复搅拌成絮状,直到没有干的面粉为止,然后下入烧开的开水中;再打入一个鸡蛋(蛋壳上开个小孔洒入),将香菇、木耳、油菜、番茄、豆腐切小块放入;最后取大勺倒少许食用油加热,放花椒、大蒜、葱、生姜、香菜、生抽、老陈醋以及适量的盐,一锅靓丽美味的拌汤就出锅了。

拌汤要趁热吃,拌汤中如果没有放香菜和老陈醋那是没有灵魂的。红的番茄、黄的鸡蛋、黑的木耳与香菇、绿的葱与香菜、白的豆腐与面粉，色彩斑斓，舀一勺放在舌头上回味无穷。若在冬天，再嚼一瓣大蒜那才过瘾。

食材本身有它自己的属性，我们既要保证在制作的过程中保留它独有的味道和营养成分，又要能够将它与其搭配的食材融合在一起，使它们共同作用，达到我们想要的效果，做饭很简单，但要做到色、香、味俱全，就很不简单了。拌汤虽然看起来"极简"，但做起来并不简单。其太过普通，无非那些常见食材的排列和组合，却不是每个人都能成为"拌汤大师"。拌汤的制作过程就是资源的整合，食材的选择、火候的控制、调料的搭配，与谁拌、与谁混、与谁调、如何调、如何烹。从烹饪美食联想到人生，如何选择资源、整合资源才能让我们的人生出彩，让我们的人生处在高光时刻，那是值得我们思考的。

喜欢做美食的人，那一定是热爱生活的人。因为其可用饱满的热情，在最短的周期内，进行各种创新与尝试，既考验胆识，又锻炼耐心，既体现融合，又学会变通，而且允许失败，大不了从头再来。

只有学会创新与尝试，才能让你更加光彩照人，才能让你在人生道路上更加成熟。

笼鳌（ào）上的那团火

崔光明

"举头望明月，低头思故乡"。提到明月，便想到月饼，想到月饼更联想到笼鳌，想起了笼鳌上的那团火。

中秋节作为秋季最隆重的节日，与春节、端午节，并称为我国三大传统佳节。经元、明两代，中秋吃月饼的风俗日益盛行，且赋予了其特有的"团圆"之意。说到月饼，形式可以说层出不穷，风格各异。随着科技进步，老传统、老手艺逐渐被科技取代，"打月饼"的传统手艺也正淡出视野，尤其是北方的"笨"月饼。

北方的"笨"月饼可能少了南方月饼的细腻与含蓄、丰富与多味，既没有咸蛋黄的油香，又没有冰皮的爽滑，更多的是粗犷、豪迈地表达一种意境美，酥脆的外皮，纯色的红糖加上核桃仁、芝麻、松仁、葡萄干制成的馅，独具特色，尤其是再加上那色彩艳丽的青红丝（西瓜皮刨成丝加糖煨制而成），可以说是别具一格。之所以定义为"笨"月饼，不是月饼笨，而是体现在烤制器具、烤制工艺和方法上，因为那是用"笼鏊"加柴火一气呵成烤制的。

打月饼的原料有白面、胡麻油、红糖、核桃仁、芝麻、青红丝；所使用的器具有笼鏊、簸箕、柴火、月饼模；制作流程为和面、擀皮、撒馅、捏脚、印花、涂蜜（糖醋汁上搭刷）。打月饼用的面粉均是自家地里种的麦子直接磨制而成，筋道爽滑，嚼起来充满麦香。

和面。要打出好月饼，和面是关键。和面时，将碱面倒入面中。水烧开，自然晾至能下手为止，倒入面盆反复搅动，软硬合适。和好的面要醒够 30 分钟，再揉，会稍软一些，只有面揉均匀了，才能打出合格的饼。

拌馅。月饼馅，各有喜好，味道各有不同，但原料中都少不了红糖、核桃仁、花生仁、葡萄干、芝麻、青红丝、玫瑰花瓣等。坚果类的果仁要先炒熟出油，然后破碎。据个人口味，酌情加减馅料，再与熟面、胡麻油，充分拌和起来。

压模。月饼呈什么形状，关键在模具。过去，北方的农村，家家户户都几套精致的月饼模具。模具均是由硬质的木料（常用梨木或枣木）雕刻而成，厚实耐用，久磕不裂，久用不蛀。在一个约 3 寸[①]厚的木板上，用凿子凿出一个深约 1 寸的圆坑，圆坑的大小与月饼直径相同，坑壁是莲花花纹，坑底刻有图案，通常有嫦娥奔月、花好月圆、年年有余、鱼闹莲、牡丹富贵、双喜临门等。除了圆形的月饼模，还有葫芦模及动物造型模等。打月饼时，在模子里刷上油。将包了馅儿的生面饼塞到模坑里，拇指用力摁入，压紧，再轻轻往面板上一磕，沾了油的面饼很易从模子里掉出，然后就可放到笼鏊上去烤了。

烤制。烤制的器具叫笼鏊。笼鏊中间高四周低，也叫作鏊子或鏊盘。是农家烙饼的器具，用铸铁做成，平面圆形，中心稍凸。它是一种从远古相传至今的炊具，生产饼类，山东、山西等北方地区民间常有使用。

首先要将笼鏊盖上的木柴点燃，当笼鏊内的温度达到烤制的温度时，用油擦（麻草皮捆绑沾油）擦笼鏊，均匀地涂刷上油，然后将打好的月饼一个个放入，每个饼之间要留有空隙，并用针锥在上面扎几个小孔，以防起泡。盖上笼盖，开始扇动簸箕，助力笼盖上的柴火燃烧。扇火人围着笼鏊边转圈边扇，确保火候均匀。每一簸箕扇出，笼盖上的木柴瞬间变得通红，火星四溅，柴烟四散。柴火的温度是极高的，一不小心极易烫伤人。烤制过程须先小火慢焙，再慢火升温。若急用大火，极易将饼烤焦。烤制过程须寸步不离，要反复挪开笼鏊盖查看月饼成色，并适当调整笼鏊盖上柴火的温度。经过 20 多分钟，当月饼被烤得上下金黄，经涂蜜（由糖、蜂蜜和醋调制的甜汁，北方叫上搭刷）工序后，便可以出炉了。月饼一出炉，远远就能闻到香气，沁人心脾。

出笼。刚出炉的月饼还要盖上方形印章，在金灿灿的圆饼上中心盖上红色印章，代表天圆地方，来日方长，亦有喜气吉祥之意。

北方的面食品种多，每一种都承载着一种文化，每一种都饱含着深

[①] 1 寸 ≈ 3.3 厘米，全书同。

情。"笼鏊笨月饼",既无华丽的外衣,又无甜腻的味道,所有食材均很普通,却别具特色,不仅是农村中秋节的传统美食,也是馈赠亲朋好友的上乘之选,颇受人们的青睐。

月饼是制成了,可我的目光却还停留在笼鏊上,停留在笼鏊盖上的那团火上。它燃烧起来若仙若幻,每扇一次,都充满希望、充满热情,扇走了过去、迎来了未来。烤制结束后,移开未燃的柴火,用水浇灭,裂痕均匀的木炭便呈现出来,有一种"天生我材必有用"的气概与豪迈。

或许,我们的怀念和留恋,只是想找回那份传统,找回那份记忆,找回那份朴素与童真,找回那段激情燃烧的岁月吧!

也或许,这里的"笨",就是笨在"不忘初心"吧!

小米的七十二变

王秀芬

我国的两大主要口粮是小麦和水稻,但对于山西寿阳人而言,谷子(小米)才是第一大口粮。一日三餐中必有一餐是有小米的。从早起的稠饭、中午的豆汤捞饭到晚上的和子饭。

先来说说稠饭。稠饭这个词对于寿阳以外的人来说不太好理解。为什么叫稠饭?是因为它稠吗?还确实是,稠是相对于小米稀粥而言的,一个"稠"表现了饭最后呈现的状态,在品相上相当于大米饭,叫作小米饭的话应该更容易被人理解,但我的家乡世世代代都叫它稠饭。

稠饭是我们寿阳人的传统早餐。一年365天,除了大年初一到初五吃饺子外,其余的360天,天天都吃稠饭。早上起来,没有选择焦虑,烧水、下米、炒菜一气呵成。对于当年上初中的我来说，稠饭就不仅仅是早餐，而且还是午餐。因为初中要去乡里上，离家较远，中午需要从家带饭，早上吃的啥，中午就带啥，稠饭加山药丝丝（即马铃薯丝）放在铝制饭盒里，往书包里一塞，就是午餐了。中午的稠饭和一早吃的味道还是有些不同的。装在铝制饭盒里的稠饭经过3～5公里泥土山路的颠簸，再经过老师食堂泥炭火的炙烤，等到中午打开饭盒时，稠饭常常已经结成了各种大小不一的饭团，山药丝丝不规则地散落其中，经过重重"洗礼"的稠饭的味道，只有吃过的人才知道。

稠饭里经常还会加一些"熬煮"①，熬了红薯的稠饭会有一丝甜甜的味道，是我最喜欢的；而我最嫌弃的"熬煮"莫过于胡萝卜，虽然它也是甜的，但吃起来总感觉有一种怪怪的味道。

稠饭的经典配菜是山药丝丝，根据季节的变化也会炒一些应季菜，如初夏西葫芦成熟的时候，会炒西葫芦菜；夏季菜豆采摘季，会炒菜豆；冬季酸菜腌好时，会炒山药丝丝酸菜等。

稠饭还会变颜色。每当家里有人过生日的时候，母亲都会提前一个晚上泡上一小碗的红豆②，用红豆和小米一起做，稠饭因此变成了红色，寓意以后的生活红红火火。我们姐妹上学离开家直至成家后，每逢生日，母亲都会提前给我们打电话，并在生日当天做上一锅红稠饭，把美好的寓意延续下去。

豆汤捞饭是适合夏季吃的一种特别爽口的吃法。需要的食材和红稠饭一样，与红稠饭不同的是，豆汤捞饭要在锅里的小米煮到适当火候时把米饭从米汤里捞出来，而关键就在这个火候。捞得太早，米生；捞得太晚，就捞不出来了。所以说，做豆汤捞饭还真是个技术活。还有一个技术要

---

① 所谓的"熬煮"就是在做稠饭时，水开后在锅里放的红薯、胡萝卜、马铃薯等根茎类蔬菜的统称。
② 寿阳人所说的红豆，实际上是红芸豆。

点，那就是捞出来的米饭一定要放在砂锅里。记得小时候，一跨进家门，手都顾不上洗，就迫不及待地先舀上一大碗凉豆汤灌下肚，瞬间全身清爽。捞饭也有不放红豆的，这种捞饭一般只做给月子里的乳母吃，经典搭配是擀面汤和捞饭。

米饸饹也是适合夏天吃的一款美味。其做法比做稠饭多两个步骤，做稠饭的时候最好软一点，然后放一点盐，用类似擀面杖的棒子搅拌上劲，然后用压饸饹面机压在篦子上晾凉。米饸饹的经典配菜也是马铃薯，但不是炒的，而是凉拌的，里面还可以放胡萝卜丝、绿豆芽和黄瓜丝。凉拌马铃薯丝说起来是一道简单的菜，但也是需要拿捏火候的，马铃薯既要断生，还得保持它的脆性。写到这儿我已经开始流哈喇子了，刻在骨子里的记忆中的味道已经刺激了我的味蕾。

母亲做的米饸饹

接下来就是大家比较熟悉的小米粥了。寿阳人的小米粥也分好多种，有大家普遍认知中的小米粥，还有红米粥。小米粥因功能的不同在稀稠度上有区别。如果小米粥出现在夏天的午餐中，那一定特别稀，这时的小米粥不是主餐，他的作用相当于现在快餐中的饮料，一般是用来解渴的，特别是地里辛苦干活一上午，回家先来上凉凉的一碗；而如果小米粥出现在晚餐的话，那它会比较稠，一般就是以它为主食了，这个时候小米粥里一般加一些红芸豆，做成红米粥。我小的时候，家里八口人，红米粥都是用大铁锅

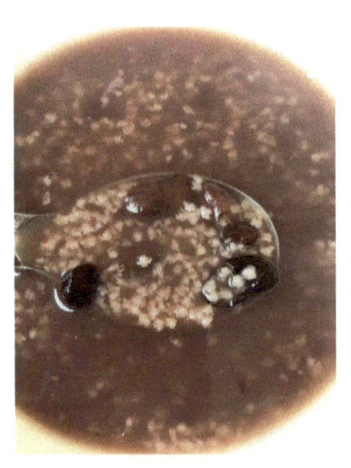

红米粥

熬，红米粥也有经典配菜，那就是黄瓜丝拌老咸菜①。夕阳西下，白天的燥热也慢慢消退，家人们各自舀上一碗粥，围坐在院子里，姐妹们不时拌着嘴，馋嘴的鸡儿们不时蹭过来寻找是否有掉在地上的米粒，小狗卧在侧门边等待着自己的晚餐。美好的一天随着香喷喷的红米粥下肚而结束。

和子饭也是一款经典晚餐，我又把它叫作懒人饭，因为它做法很简单，锅里加水，水开后依次加入小米和各种蔬菜，蔬菜的品种完全可以就地取材，可以加马铃薯、菜豆、加卷心菜（甘蓝）等，也可以加面条，待所有食材都煮熟以后，可以加入盐和醋直接出锅，也可以用油炝个锅。母亲很是民主，饭出锅的时候会征求我们的意见，当然拿油炝过后自然会更香些。寒冷的冬天，坐在暖暖的炕头上，吸溜一碗母亲做的和子饭，暖的不仅是身子，还有心。

如果说20世纪90年代前的寿阳人是被小米养大的，我想没有人会否认。春夏秋冬，寒来暑往，每个记忆的片段里都有小米的身影。对小米制成的各种美食的惦念似乎刻在了每个寿阳人的基因里。别人的乡愁咱不知道是什么，寿阳老乡的乡愁不过是一碗山药丝丝稠饭、一碗红稀粥、一碗米饸饹。

端午吃粽子

王秀芬

小时候，每逢端午节，母亲都会在我们姐妹们还未起床前，就把现采

---

① 老咸菜是用自家腌制的咸菜进行二次加工而成。因为头年秋天腌制的咸菜到翌年入夏的时候，随着气温的升高就会发蔫、变质。智慧的母亲就会在入夏前，把咸菜切成丝，先上锅蒸，蒸完以后放到阳光下晒干，等夏天吃的时候须用水泡开。

的新鲜的艾叶掖在我们的双耳后。端午清晨，伴着浓浓的艾叶清香，我们从睡梦中缓缓醒来，随后粽子的香味也不甘示弱地冲入鼻腔，粽香与艾香轮番上阵，顿时睡意全无，沉睡的胃也被彻底唤醒。于是，从被窝里一骨碌爬起来，准备享用这一年一度的美食。

我家的粽子有两种，糯米白粽和大黄米粽子。大黄米是由自家种的黍子碾的，足量供应，糯米是则是要花钱买的，一向节俭的母亲自然是舍不得多买的，一般只买 2 斤，家里 8 口人，每人大概能分到 2 个。糯米白粽为了区分白粽和黄粽，母亲会把白粽以两个为一组系在一起。每人先分一组白粽，如有富余，则爷爷拥有优先享用权。母亲和父亲经常把自己那份留出来，分给我们几个孩子吃。

说到粽子的形状，母亲包的粽子有 5 个角，除了包粽子时自然形成的三角形状的 4 个角外，还有 1 个是空的装饰角，样子很是好看。到目前为止，我还没有在市面上见过和母亲包的粽子一样漂亮又精致的粽子。遗憾的是，母亲的手艺并未传给我们。虽然每次母亲包粽子时，我都会搬个小板凳坐在旁边，一边帮母亲拿放到粽子里的红枣，一边欣赏母亲那行云流水的动作，但从未上手实际操作过。

母亲包粽子的手艺，要归功于她要强、不愿求人的性格。记得母亲常常讲起，刚结婚的时候她并不会包粽子，每到端午就得麻烦邻居的奶奶，之后便下决心苦练，在从邻居奶奶那里学习了基本技术要领后，母亲利用在大队干农活的间歇，用地垄边采的细长形叶子代替粽叶，用土代替米，一遍一遍不厌其烦地练习。功夫不负有心人，母亲终于练就了这门技术。

现在，粽子已不是端午节的专利，只要想吃，随时都可以买得到，儿时遭我们嫌弃的大黄米粽子更是作为粗粮细做的特色产品而广受欢迎。大黄米粽子相对于糯米白粽而言反倒成了稀缺产品，真是应了那句老话"三十年河东，三十年河西"。无论何时吃到何种粽子，儿时的这段记忆都会在脑海里闪过，温暖而亲切。

糖水罐头

王秀芬

小时候，吃糖水罐头是生病时才能享受到的特权，当然也并不是每次生病都能捞着吃，一个重要的前提是家里要有存货。每每家里有客人来，带了罐头，母亲都会攒起来，如果我们几个孩子在旁边，母亲都会耐心地给我们解释，把罐头攒起来，等我们需要走亲戚的时候就不用再花钱去买，就可以用这个顶上。因此，如果生病时，之前正好有带了罐头的客人来过，而之后又没有因走亲戚而被送出去，那就可能获得吃罐头的特权。说是特权，也不代表谁生病就谁自己吃，毕竟兄弟姐妹比较多，自己吃着，大家都看着也着实是难以下咽的，所谓"特权"就生病的那个孩子拥有比其他孩子多分一些的权力。农村的娃儿天天风吹日晒，皮实得很，很少生病，且家里有糖水罐头存货的时候也不多，这一年内能吃到糖水罐头的次数实在是屈指可数。

其实母亲又何尝不爱吃凉凉甜甜的糖水罐头。只是在稀缺的罐头面前她只能克制自己的欲望，谎称自己不爱吃。随着生活条件越来越好，糖水罐头也终于走下神坛。知道母亲爱吃罐头，我们会时不时地买上一箱存着，但母亲依然是舍不得吃，依然是攒着，攒着等我们回去的时候给我们吃。

后来，母亲开始自制罐头。那时，村里种了一批仁用杏，我家也有几棵，每年杏成熟的时候，母亲都会精选一部分做成罐头，做罐头用的杏的成熟度要把握好，不能熟得太透，母亲做的杏罐头很特别，杏不去核，整个直接装在瓶子里，杏罐头好吃与否关键就在酸甜度，即放糖的量，放少了会酸，放多了又会甜得发腻。母亲通过多次试验确定了酸甜适度的水糖比例，形成了独特的"王氏"风味杏罐头。把杏做成罐头，就可以成功地把杏成熟时孩子们吃不到的新鲜杏"储存"起来，在母亲的心里，有什么好东西都要想方设法给她的孩子们"留下来""攒下来"。杏罐头里不仅仅有杏，更装满了母亲对儿女们深深的爱。

三十多年来，水果罐头产业也在经历着自己的动荡和发展，但水果罐头对我而言是母爱的滋味，清甜而温润，甜在舌尖更甜在心头。

小米不小

崔光明

明天就要返程了，晚饭后，母亲帮我收拾东西，问我想带点什么特产？我说："就带点小米吧！""小米？"母亲一阵迟疑，然后怯怯地说，"没有咱们家自己种的小米了，只有从超市买的，从去年开始就没种了，我和你爸都老了，种不动了。"我瞬间感到我一直以来的理所当然在这一刻是多么不近人情。"那就算了吧，没事。"我结束了话题。

我带着愧疚与歉意踏上返程的飞机，舷窗外黄土高原尽收眼底，层层叠叠，崎岖不平，这便是家乡，这便是小米的种植区，泪浸在眼眶中，心中又开始默默回忆。

在城市生活愈久，愈没有归属感。离钢筋水泥是近了，离泥土却远了。当茶余饭后教育子女节约粮食时，会借用《悯农》中"谁知盘中餐，粒粒皆辛苦"来引导，但总觉得苍白无力，因为缺少了写实的画面，缺少了苦的"证据"。舀一勺小米下锅煮粥，亲近的不仅是黄土高原的那股米香，更多的是小米作为家乡的口粮，那股坚韧和不屈的象征，以及几代人在这里的耕耘和奋斗史。

在那贫瘠的丘陵地里，有两个不屈的身影辛勤劳作，他们起早贪黑，他们不畏寒暑，为的不只是儿女的口粮——小米，还有马铃薯、玉米、向日葵……收获所得不仅要供子女上学，还要照顾家里的猪、牛、羊以及一切吃喝用度……

5月的北方，早晚寒意仍存。布谷鸟已给村民们开过了动员会，春耕春播也到了最忙的季节。踏着晨露，母亲早晨5时许便赶到田里间苗。半蹲半跪在地垄上，用小锄头小心翼翼地间着谷苗，只见她不时直起腰，用手臂拍拍腰，身体弯曲得太久，太劳累了。漫长的谷苗垄像赛道般一眼望不到边。我抱怨着，这个谷子不种不行吗？仅是间苗都这么辛苦、麻烦，更不用说后期的追肥、培土、收割、打场等。"不行，必须种。不种谷子，我们吃什么，小米是我们的口粮。"母亲坚定地说。我一脸不解地看看母亲，再看看谷苗，陷入无限沉思。

谷子生长期大约有半年，4月下旬种，10月中下旬收。谷子碾出小米，可熬粥制汤，小米作为北方赖以生存的口粮，其战略地位至高无上。其全生命周期更是精细，整地、施农家肥、耧车播种、拉砘压实、间苗、施肥、培土、再施肥、收割、取穗、打场、过筛、风选、晾晒、碾米，每道工序都耗费大量的人工与体力。

小米，作为五谷之首，颗粒虽小，但其比大米糙，其蛋白质含量比大米高，又不需要精制，维生素和无机盐含量也高于大米。在北方，它通常作为妇女在生育后调养身体的"主力军"，即"坐月子"的指定专餐。早上新米落锅做一锅稠饭，加上山药丝丝，浇上油茶汤，耐饱且营养，美味十足；中午炒小米熬炒米米汤，晾凉，干完农活回来饮用，清凉入口，无比惬意；晚上，红豆加小米，加少量食用碱，熬制米汤，再加少量酸菜，有利消化。

种谷印象最深的是种谷耧和砘子。由驴子拉上木制的种谷耧，摇摇摆摆，三脚入土，种子顺着内孔徐徐汇入土壤中。种好后，隔几日担心土壤板结影响出苗，就要选择中午太阳最高的时候去拉砘。

砘子作为一种古老的农具，主要用于播种覆土后镇压，把松土压实，起到保墒作用，这个活儿叫"拉砘"。记得小时候，每每种谷后，父亲总要分好几次去拉砘，直到确保不影响出苗为止。

种谷耧　　　　　　　　　　砘子

制作砘子的过程甚是讲究，有石匠活又有木匠活。要选三块大青石，用钎子、铁锤逐渐打磨成直径 30 厘米左右的石轱辘（就如大的算盘珠），厚度约有 10 厘米，中间凿一个直径约 4 厘米的孔。细心打磨，确保三个石珠大小相同。再找一根直径 4 厘米的圆硬木，通常用槐木或枣木，从三个石珠中孔中穿入，用楔子楔实，形成三珠一根轴。再把做好的两侧的木框安在轴上，如同有框眼镜的两个耳挂，每头再钉一个粗圆钉，将框与石轱辘轴相连接，石轱辘转动自如，这样砘子就算做成了。

人或牲畜套在砘子上，拉着砘子沿垄沟滚动镇压种的谷种，使土壤密度增加，减少水分蒸发，保持水分，保护墒情，这样有助于谷种在土里生根发芽，提高发芽率，争取全苗，为丰产丰收打下基础。否则水分蒸发，湿度下降，一两天土就会干，种下的谷种就会渴死，不会发芽，所以拉砘子镇压谷种是十分重要的。

我乘坐的飞机下降即将抵达目的地,我在云雾中仿佛看到父亲戴着草帽在烈日下拉砘的场景。小米虽小,但对以其为口粮的百姓而言却是大事。耳边再次响起"谁知盘中餐,粒粒皆辛苦"的诵读,字字有力。

又见炊烟
崔光明

寒露已过,多地迎来"断崖式"降温,冷空气来袭,身在南国的我早晚也感受到深秋的寒意。无情的霜,将北方的绿色一网打尽,无一幸免。在北方农家小院中,炊烟袅袅,三块石头支一口大锅,白菜叶、芥菜被洗净,一摞摞、一棵棵被放入开水中洗"热水澡"。尖尖的铁叉来回转运着生叶与熟叶,躬身劳作的老人熟练地操作着,这是父亲又在为冬储做酸菜了。这是他的日常,却深深地唤起了我的思念,让我想起那片叶、那块石、那口缸。

酸菜作为北方过冬的"战略"物资,在那个没有大棚蔬菜的年代,其地位是无可替代的。酸菜既如同过冬预警的先遣队,又如同迎冬的礼仪兵。每每叶落秋黄,冷露凝霜,家家户户都会将自家菜地里的叶菜收回,制作酸菜。处理的工序基本统一,起苗、扫污、清洗、开水消毒、切丝、脱水晾干、入瓮、加凉开水、压石、封盖。耐心等待一个月,酸菜发酵完成,就可以捞出享用了。

酸菜的坚守是老百姓生活的底气,不论是一日三餐还是亲朋来访,酸菜都能上得厅堂。酸菜豆腐、酸汤荞面猫耳朵、酸菜炒莜面、酸汤羊

父亲做酸菜

肉……正宗的酸,地道的味,总给用餐者留下再次"邀请"的话题,一句"还有酸菜吗?"既体现热情,又反映灵魂,酸得到位,才是生活的真滋味!

随着时代的进步,设施农业的兴起,各种蔬菜冬季"不休假",街坊邻居的菜篮子选择余地大了许多,酸菜也逐渐不再是人们赖以生存的必需品。但是,在北方酸菜却衍生成为一种精神文化和生活热情。快到饭点时,邻居端个瓢或盆过来借一餐酸汤也是极为常见的,酸汤"外交"成了体现北方邻里热情与友善的媒介。

临近隆冬,屋外西北风肆虐,屋里热气腾腾,窗玻璃上结着冰花,打开锅,盛一碗酸菜豆腐,浇上油茶汤,利口的酸菜伴着脆与酸爽为老百姓的生活添来暖意与自在。

生活不言苦,一切在于你对它的态度,如同刚出缸的酸菜一样,虽经淬炼,但仍保留着自身的那份倔强,用另一种色彩亮相,脆在本质,酸在骨髓。

画面重新回到山村,袅袅炊烟,尽显烟火。我在想,在这一份静谧中,应该也有酸菜的功劳!

儿时的野味

王秀芬

我们小时候，物资匮乏，沟下梁上就成了我们"寻觅美食"的好去处。

春天，万物复苏，各种野菜轮番上阵，最先登场的是野蒜，清明节前后就可以挖来吃了，接着就是苜蓿、灰灰菜、甜苣菜、扫帚菜，还有刚刚冒出来的鲜嫩的槐树叶，野菜在母亲的手艺面前服服帖帖，辣椒炒野蒜、野蒜烙饼、凉拌苜蓿、槐叶糊糊，写下这几个字时我的身体已经产生了生理反应，回忆刺激了味蕾，哈喇子满口飞。除了各种野菜和树叶，花也逃不出我们的"小魔爪"，印象最深的就是地黄花，我们小时候叫它烧酒花，轻轻拔下来一朵，放在嘴里一吸，一股清甜涌入喉咙。

到了夏天，各种植物开始落果，且果子以肉眼可见的速度飞快生长。村里几棵杏树上的小杏已经有大拇指肚大小了，青绿青绿的，味道又酸又苦又涩，但我们这帮小馋猫已经跃跃欲试了，把青杏摘回来后加上糖精煮了吃，虽然糖精的甜能掩盖杏本身部分的酸、苦和涩，但口感依然不那么美妙，而我们似乎只能尝到其中的甜。除了树上的山杏，还有一种叫奶瓜瓜的野果，学名叫地梢瓜，样子长得像橄榄球，外皮是绿色的，嫩的可以摘来吃，扒开绿皮后会有乳白色的汁液流出来，很黏手，里面的果子的肉质白嫩，吃起来甜丝丝的。

玉米是我们当地最主要的粮食作物，玉米秆被我们当作甘蔗来吃。田间地头长在树荫下面的玉米，受大树根系及遮阴的影响，玉米穗很小，基本形不成产量，这部分玉米秆就成了我们的"甘蔗"，与真正的甘蔗相比，玉米秆的水分会少很多，但它的优点就是好啃，没有甘蔗那么硬。

柳棒槌是一种野生菌，有微毒，但并不影响它的美味。夏日雨后在柳树的根部或者河岸边潮湿的草丛里可以采到，这种菌子的菌盖是贴着菌柄生长的，不会展开。柳棒槌长出来后生长速度极快，如果不能及时被发现的话，很快就会发黑烂掉。柳棒槌采回来后轻轻用水一冲，用辣椒和蒜一炒，鲜香多汁，一年也就能吃上个一两回，属于绝对的稀缺品。

到了秋天，野味就更加丰富了。各种果子都相继成熟，面公鸡、葛姐、杜梨、姐姐、醋柳……最好吃的要数面公鸡，不得不说劳动人民起的名字还是很贴切的，颜色红红的果子像鸡冠，吃起来口感面面的，所以叫作面公鸡，它的学名叫作单果山楂，吃起来口感没有多果山楂酸，记忆中村里只有一个山坡上有面公鸡树，而且还在山崖上，特别不好采，可能也正因如此，才觉得它最好吃。其次是葛姐，学名叫作牛奶子，有的地方也叫羊奶奶，因其形状像牛或羊的乳头而得名，红色的果子上面有白色的小斑点，味道甜甜的略带一丝涩，一颗一颗吃起来不过瘾，我们小时候都是先把果子一颗颗摘下来放到盆里，然后抓一大把放进嘴里，咯吱一口咬下去，汁水充满整个口腔，满足而又过瘾的感觉；杜梨味道其实也是不错的，果子呈褐黄色，上面有淡色的小斑点，一定要等打霜以后采摘才好吃，打霜后的果子颜色会变深些，吃起来软糯香甜。姐姐，是黄刺玫的果实，它是这几种果子里外形最漂亮的，红彤彤、圆乎乎，很是特别，咬开以后里面都是细细的小绒毛，吃起来有点扎嘴。因它不好吃而好看的特点，我们开发了一种新的功能，那就是用它来串项链玩，选择大小均匀的果子摘下来，去掉头尾，用线串起来，戴在手上、脖子上当手链、项链，刚刚串好的时候还真的是很漂亮，可惜用不了半天果子就脱水蔫了。醋柳，即沙棘，我们家乡话叫醋柳柳，它是村里分布最广的树种，几乎每个梁上都有。从地里秋收干活回来的路上，路旁看到颗粒饱满的醋柳柳就尝尝，如果酸甜度适口，就折几枝带回家，放在向阳的窗台上，想起来的时候就随手揪几颗吃。整个秋收结束，窗台上汇聚了许多来自不同山梁的醋柳柳。

冬天，大地回到了它原本的颜色，开始养精蓄锐，田里也就没什么可以吃的东西了。寒冬中孕育着新的生机，来年，各种野味又将轮番上阵。如今，这些都成为一幕幕属于我的独特回忆。

故乡的物

沤 麻

崔光明

小时候，春节放鞭炮害怕炸着手，大人们总是提前给准备一支长长的麻茎秆，因其中空又干燥，极易点燃同时又防风不易熄灭，是引火的极品。父亲每年总会整理好几捆干净的麻茎秆用来做生火引火用的干柴。尤其是冬天下雪后，很多柴火是湿的，天寒地冻之时用此干柴引火高效且顺手，殊不知这些顺手的麻茎秆得来却不易。

每年处暑过后，撒播在地垄边上的大麻长得郁郁葱葱，掌状叶厚实，很是喜人。小时候也经常带茎摘下麻叶，隔节断茎做成小"耳环"挂在耳朵上。这个时期混杂在麻丛中滥竽充数的花麻也完成了授粉的使命，父亲会将其一根根拔起，打包成捆并运回，准备沤麻用。

说起沤麻，在先秦的《东门之池》中曾有记载"东门之池，可以沤麻"。水浸沤麻的原理是充分利用细菌和水分对植物的作用，溶解或腐蚀包围在韧皮纤维束外面的大部分蜂窝状结缔组织和胶质，从而促使纤维与麻茎分离的加工过程。沤过的麻茎，经露天晒干，储存一小段时间，促使纤维与麻茎分离，在农闲时，用手或滚筒把麻茎中的脆木质压碎，去掉木质碎片，外皮是麻纤维，内木质便是麻茎秆。

父亲在门前的小河里找个地势低洼、水源较充足的地方进行截流，蓄水两日，让其形成一个面积超过 15 平方米、水位超过 60 厘米深的水池。平整池底后，将成捆的花麻一束束整齐地摆放在池水中，上压重条石，确保麻束完全浸入水中。大约需要 10 天，麻束便沤制成熟了，放掉池水，分束捞出，择向阳处展开并晒干。一根一根折断，将其表皮麻纤维层一缕一缕地揭下来，分捆成束。剥皮后剩下的木质部分便是麻茎秆，因其空心，又具有油性，极易燃烧，可用来烧柴引火或点灯用。揭下来的麻纤维可用手工纺线锤一丝一丝纺成麻绳，亦可用作日常农业用绳。

一缕麻，一分辛劳。瞬间让我想到了好多画面，姥姥和母亲盘着腿捻着麻绳缝制布鞋时的场景，父亲带着粗麻纤维到邻村去纺粗麻绳时的场景，秋收时父亲利落地勒紧"珠珠绳"巧力插入扁担挑起一担担粮食的场景，秋收的傍晚父亲搭好牛车上土制的绞绳杆用力绞紧的场景。沤麻不易，干农活更不易。"一粥一饭当思来之不易，一丝一缕恒念物力维艰。"我想正是这个道理。

千层底布鞋

崔光明

"最爱穿的鞋是妈妈纳的千层底，站得稳走得正踏踏实实闯天下……"一首解晓东唱的《中国娃》唱出了中国人的文化自信，更唱出了中国人的灵魂。

按照习俗，每每过春节，在大年初一早上都会穿新衣新鞋，在那个物资稀缺的年代，新鞋一般都是由妈妈亲自缝制的，真正的千层底布鞋。穿起来很硬，大年初一穿一早上就会硌得脚疼。对比现在靠工业化机器生产制造的鞋子，妈妈做的布鞋用"精致"来形容是一点不为过的。虎气的鞋头，整齐的针脚，恰当的配色，还有刚拿起鞋子时的那股麻草香味，似乎就是那个年代"年"的味道，穿上也特显精神，走在路面哒哒作响，好像寓意着做人要如这双鞋子一样硬朗，才能闯出一番天地。

其实，缝制这双鞋子的过程却是异常艰难的，其中融入了母亲太多的心血和辛劳，快一点通常也要20多天才能完成。

单就千层底的制作，从打浆糊袼褙、拓鞋样剪裁，到沿口缝合、楦鞋定型等差不多要经过十多道工序，才成了儿女们穿在脚上的情怀。

千层底的鞋底是用布做的，材料就是旧衣服的布片，为了经久耐用要把布片用糨糊一层层糊起来，一层布一层糨糊再一层布地多层叠加才更有韧劲。过程很是讲究，每层布必须打刮平整，这样做出的鞋底儿穿着才舒服。糨糊通常用玉米粉拌水加热煮制而成，熬制要恰到好处，黏性最大，且不稀不稠。不到火候，黏性不好；太稀不容易粘牢；太稠容易抹不匀，晒干后易出现疙瘩。糊袼褙通常用一面大的木板或面案为底，一般七八层布厚为一版，选日照较好的夏季高温时制作，一天即可晒干。用稍厚一点的袼褙按照底样的尺寸大小进行裁剪，分几层重叠起来；然后用自制的麻绳去一针一针地去纳，针脚要疏密相宜，确保其耐磨性，脚掌位置因其不受力，针脚可疏，也可纳制各种图案，用以装饰。因其是多针纳制，层层相叠，所以形象地称为千层底。

当时最常穿的就是黑灯芯绒布鞋面、白布边的自制鞋子。记得上中学时，冬天下雪弄湿了鞋子，晚上睡觉时就把鞋子斜靠在烧煤的炉子旁烘烤，一般第二天都会变干，但因布鞋中的麻和布重新浸水后又脱水，鞋子会变得奇硬，穿在脚上很不舒服。但怎么也没想到，有一次可能是把鞋子放得靠炉子太近了，半夜鞋子燃烧起来，整个宿舍里冒起了黑烟，一个大通铺上躺着的七八个室友吓坏了，光着身子跑出窑洞，幸好发现得早，没酿成大祸。

那一个包,那一卷帘

崔光明

上学首先要有个书包,在那个年代,买个书包是很奢侈的事。家里条件好的,买个绿色帆布小书包,书包上印着"为人民服务"和"雷锋"头像标志,有这样的书包,上学路上都要将它背在胸前,自信满满,生怕别人看不见。条件不好的,就只能自己想办法。我就属于后者。母亲用各种用剩的布头边角料给我拼了个书包,外观像万国旗。依靠当时时髦的三大件之一缝纫机作为主力,用火炭盆里烧红的铬铁垫上一层泡湿的毛巾,熨烫平整每个接缝,熨上去滋滋发声,气雾如云。每个针脚、每处接缝都融入妈妈很多的工作量,包括书包的背带都是用布卷好,然后一针一针缝制而成。书包沉甸甸的,很厚重,也很质感,背旧了可洗。如遇新学期,妈妈还会再给我拼一个新的,类似的还有布门帘、布坐垫,也用此法,感叹妈妈手真是巧。

母亲做的书包

家里的摆件也具有时代感,最醒目的要数家家户户必备的组合柜了。如果说原来的大木箱(我们叫"扣箱",上层的五分之三是箱子,用来装衣服或被子,中层的五分之一是三个抽屉,用来放日常用具,最底层的五分之一是四条木腿,悬空用来防潮)是家具1.0版,那组合柜一定是升级的 2.0 版。组合柜的两侧是两面大长镜，里边是衣柜，中间由上到下分为三层，分别是录音机柜、电视机柜、酒柜（大玻璃双向推拉玻璃），大长镜下面大板位置是油漆工艺术地写着的"上海""北京"字眼，体现着当时人们生活的向往和追求，因为当时走进首都和上海是每个人心中的梦想。

穿堂而过的门帘也是自制的，不得不佩服劳动人民的智慧和吃苦耐劳的精神。帘子的材料更是让人耳目一新，你猜是什么？是当时"最浪漫"的食品——方便面（有白象牌、华龙牌、康师傅牌等）的袋子，将其剪成大小一样的小方块，中间穿上小铁丝，两头留环，然后卷起来制成纺锤形，黏合，再刷上清漆，晶莹透亮，干净利落。人来人往，"哗啦哗啦"，自然垂落。材料来自生活，制成都是艺术品。一条条串起来，串起来的不仅是对生活的极大自信，更串起了生活的浪漫与色彩，真正是苦中作乐。

妈妈做的布鞋

崔光明

按习俗，过春节，大年初一早上会穿新衣新鞋。特别是新鞋，一般都是由妈妈自己缝制，真正的千层底布鞋，穿起来很硬，大年初一穿一早上就会硌得脚疼。对比现在机器制造的鞋子，妈妈做的布鞋用"精致"形容是一点也不为过的。虎气的鞋头，整齐的针脚，合适的配色，还有刚拿起鞋子时那股麻香味，似乎就是那个年代"年"的味道，穿上特别精神，走在路面哒哒作响。其实，这双鞋子的制造过程却是异常艰难的，其中融入了母亲太多的心血和辛劳。首先是千层底的制作，材料是旧衣服的布片，将其摊开涂上由玉米粉拌水加热煮成的糨糊，再借一面大木板为底，平平整整地把布片码在一起，一层一层粘牢，晒干，面料表面都能看到一颗颗小的玉米粉碎粒。做鞋时，掀下来，按每个人的足码剪成脚底样，分几层重叠起来，然后用麻绳一针一针地缝制，针脚要密，以确保其耐磨性，脚掌位置因其不受力，针脚可疏，也可编织各种图案，用以装饰。说到麻绳的制作，其工序一点不比做千层底少。在夏季，父亲将地垄边上种的青麻一根根拔起，捆好，扛回，然后在门前的小河找个低洼的地方截流，让其形成一个小池子，水深以没过成捆的麻束20厘米为好，将麻束整齐摆放在小河里，压上条石，在水下沤制，需要10多天的时间，沤制成熟，捞出晒干，一根一根折断，将其表皮一缕一缕地掀下来，捆成束。到母亲做鞋时，用纺线锤一丝一丝纺成麻绳，用于缝制鞋子。母亲盘着腿忙碌着，大约要两周到20天的时间才能做好一双鞋。仔细想想，真是不易。正如《朱子家训》中朱柏庐所言："一粥一饭当思来之不易，一丝一缕恒念物力维艰。"

手工布鞋

王秀芬

在我上高中以前，穿的基本都是由母亲自制的布鞋，打袼褙、制鞋底、搓麻绳儿、纳鞋底儿、上鞋帮，母亲用她那充满褶皱的手巧妙地组合着。母亲有一本书，里面保存着全家人的各个年龄段的鞋样。母亲离世后，我们在收拾遗物时，从柜子里找到了这本书。翻开书，把鞋样从小到大排列开来，如军营列队般把我们儿时的脚形重新呈现出来。

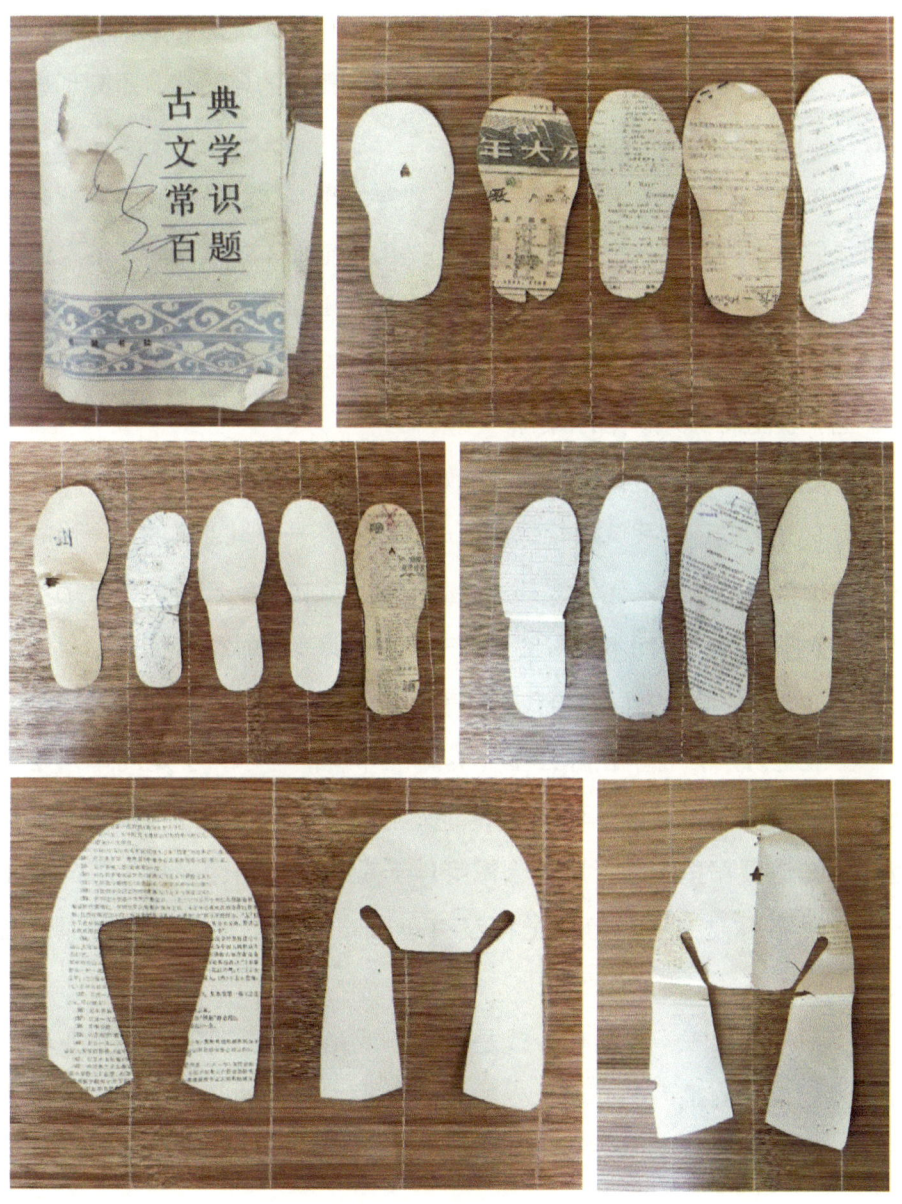

母亲保存鞋样的书及其中夹的鞋样

在那个时代,贫穷是特征,不屈是精神。晚饭后,母亲在煤油灯下盘腿坐在炕上纳着鞋底,我和三姐在炕上玩过家家,大姐、二姐和哥哥共用一盏煤油灯,坐在一条大长板凳上,趴在大黑柜子上写作业。煤油灯的灯焰随风忽大忽小，光线忽明忽暗，但这并不影响母亲娴熟的做鞋动作。用锥子扎入，引线，接线，绞紧……一气呵成，昏暗的煤油灯，照亮了母亲的心，温暖了我们未来前行的路。

对布鞋的嫌弃，源于有一年春节，我穿好母亲做的新鞋、新衣裤去和小姐妹们会合，其中一个姐姐因我穿的是手工鞋而不是从商店买的鞋而拒绝与我一起玩。我幼小的心灵受到了莫大的伤害，从此，总觉得穿着布鞋很丢人，抬不起头。从此便有了一种偏执，买的鞋总比母亲亲手做的鞋好，也有了能拥有商品鞋的渴望。

记得有一次母亲带我回娘家看望姥姥，回家的路上正好路过乡上，乡上当时有一家鞋厂，我就吵着想让要母亲给我买一双鞋，隐约记得当时一双鞋的价格大概是七八元钱，其实乡上的鞋厂卖的也是布鞋，唯一的不同是，鞋底是塑料底，而不是布底。那一层塑料底似乎成了挽回我自尊的标志物。母亲最终有没有同意给我买鞋子，我已经记不清了。

毕业上班后，有了在办公室穿养脚的布鞋的需求，于是问母亲是否还可以做布鞋，母亲说，现在连麻都买不到了，麻绳都搓不出来，工具也都不知道丢哪里去了，用什么做呀！于是我便从网购平台上买一双手工布鞋，布鞋是有了，但总觉得没有母亲亲手做的那么服帖，那么有灵魂。

手工布鞋代表一个时代，或是被迫，或是无奈。其实，手工布鞋一直都没变，变的是人的心境，变的是人的需求，变的是人的观念。珍惜当下、珍惜眼前人、珍惜你所拥有的，不要等失去的时候才知道它的宝贵。

合上母亲放鞋样的那本旧书，鞋样的光辉一直在我心里闪耀，那一双双布鞋为我的前行提供了无限动力，脚踏实地，大步向前。

纳鞋垫

王秀芬

人常说:"千里之行,始于足下。"足的重要性可想而知。如果说包裹足的鞋子是第一个听到炮火的"战士",那么鞋垫便是这个"战士"的铠甲。在农村,每到农闲,大姑娘、小媳妇便三三五五聚在一起,或在树荫下,或在热炕头,拉着家常,穿着针,引着线,兴致勃勃地纳起了鞋垫。

记得那是我七八岁的时候,正值暑假,我约了几个小姐妹一起玩。到了英儿姐姐家,看到宝贵大娘正坐在炕头上纳着鞋垫。我突然来了兴致,说自己也想试试。中午,吃过午饭后便缠着母亲也给我糊鞋垫,想要自己纳鞋垫。母亲一脸疑惑,因为在这之前我连根针都没拿过,而且还是个左撇子。虽然对我不太相信,母亲还是在午饭后抽时间给我糊了一双鞋垫。至今,我还清晰地记得那鞋垫的颜色,是橘黄色。母亲把鞋垫糊好后,我就迫不及待地拿着鞋垫、针、线和顶针兴冲冲地出门了,那时才知道有了目标的感觉真好。

纳鞋垫的第一项任务是在鞋垫上打好匀称的格子(也算是鞋垫的施工图),格子打好后就可以开始规划自己想绣的图案了。我记得我打的是斜格,用十字绣法纳的菱形图案,以三行三列为一个单元,中间空一格,外沿的八个格子用十字绣来填满,用的是白色的线。

用了约一个下午的时间,我才纳好半只鞋垫。晚上回家时,我很骄傲地拿给母亲看,母亲也很是欣慰,不住地点头,称赞我做得好。从那时起的一段时间里,我便开始喜欢上收集好看的十字绣鞋垫花样图案,并把它们放在铅笔盒里,时不时会翻出来看看,默默地记忆或领会各个图案中唯美的地方。

三姐是"梁山好汉"的性格,对绣花提针是一点儿也没兴趣的。没承想，因我的突发奇想，将她牵连其中。在之后的暑假中，三姐也被迫与我一起纳鞋垫。母亲坚持认为，我既然可以做到，三姐也一定能。在她的认知里，女孩子就应该稳稳当当、安安静静地坐在炕头上做点针线活，这才是女孩子应有的贤淑样子。记得三姐为了减少穿线认针的次数，把线穿得特别长，估计有2米的样子，每缝一针都要从炕这头拉到另一头，当初她在炕上来回穿梭拉线的样子仍历历在目，这样的做法显然是不科学的，一来线易打结，二来每缝一针用时过长。三姐自然也不会错过母亲的一顿数落，悻悻地跳下炕一咕噜钻到另一个屋子里去了。

  随着生活变迁，我们依次结婚、生子，原来的7口之家也瞬间变成了17口人的大家庭，因手工缝制鞋垫耗时长，已经满足不了一大家子人的需求了。母亲思想前卫，与时俱进，也从农耕文明的节奏中找到了工业革命的影子。她自创了一种鞋垫的新做法，先将选好图案的一块花布粘在糊好的鞋垫上，再用缝纫机在上面转圈缝制（下图左）。手工的鞋垫母亲不会忘，但僧多粥少，手工鞋垫就不是每个人都有了。

 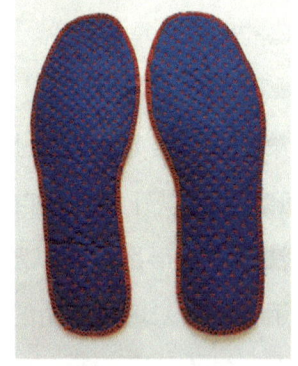

母亲自创的新法鞋垫　　母亲缝制的三线法鞋垫

  一针一线缝合生活真意，一鞋一垫铺就千里坦途。鞋垫，用颜色反映热情，用图案编织理想，是耕耘，是专注，更是一种生活的语言，它不仅仅是一种生活用品，也是母亲与我们情感交流的纽带。

土炕里的秘密

崔光明

土炕上，一只猫咪伸伸懒腰，身子蜷缩成圆形，睡得昏天黑地，只因褥子下面暖融融。对于土炕，你是否还有印象？是否还停留在电影《地道战》中，八路军与民兵配合借助地道与日本兵进行周旋的画面，表面上看是土炕，实则揭开就露出了地道口；还有那句流传较广的民谣："三十亩地一头牛，老婆孩子热炕头。"

为了使上了年纪的父母的腿不受凉，在改造房子时，特别留下了那盘土炕。很多山西人对炕应该不陌生，因为我们都是在炕上睡着长大的，人们与土炕有着无法割舍的情感。农村人热情好客，脱鞋上炕是农村最热情的待客方式。

在北方农村，冬天没有暖气时最好的取暖设备就是炕。所有农村的土炕大同小异，有全部都是土坯的，也有外部用青砖砌成的。土炕基本占据了屋子一半的面积，对农家生活起到很重要的作用，如做针线活儿、看孩子等都是在土炕上完成的。土炕是我国北方老百姓吃、喝、玩、睡都离不了的，是农村人休息的好地方。

土炕相对于床而言使用功能是一样的，都是用来休息睡觉。土炕虽土气、笨拙，但却经济、实用。砌土炕也叫盘炕，是有很多学问的。

一盘标准的炕，由炕沿、炕心、炕洞、烟道等几部分组成。炕沿，约60厘米高，符合人体工学原理，用砖或长的木条砌成。安放一块与砖差不多同厚、同宽的刨光木板，再刷上油漆。炕心，即睡人的部分，一般宽3～4米，深2～2.2米，以一个正常成年人躺下能伸展腿脚为限。炕洞，即烧柴火的洞，约 25 厘米见方的口，1 米左右深。烟道，即炕心下面为引导烟火，并最终将烟气抽出房顶的通道。20 世纪 50 年代，有了地火。地火砌在炕洞前的地面下。地火的火气通过过火桥与炕洞接通。有了地火后，地火成了暖炕的主要热源。只有在天气特别冷时，才在炕洞内烧柴作为补充。

炕围，是土炕上围墙的装饰，大约有 60 厘米高。农村炕围子上都画有图案，又称炕画、墙围画。炕画用来装饰房间和保护粉刷的墙壁，内容很丰富，包含有特殊的风土人情和文化底蕴。炕画承载着农村的民俗特色，也蕴含着中国传统文化的精髓。记得小时候父亲专门请来画匠画炕围，有山水、花鸟、人物，还有火车、隧道、桥梁等，用工考究，画工精细。画好后刷上清漆，直到现在还完整保留。如果炕画有灰尘或弄脏了，用湿布揩擦则又光亮如新，简单便捷，深受农村人的喜爱。

记得上中学那会，隆冬大清早五六点钟，屋外黑漆漆的，天寒地冻，父亲夹着一捆柴火进来烧炕，顺便带进一股寒气，随着一阵噼里啪啦柴火燃烧的声响，炕洞里反射出舞动的火光，父亲用一根木棍调整着里边的木柴，以便其充分燃烧，否则就会冒好多烟出来。我则享受地躺在被窝里缩缩身，等待着妈妈喊我起来吃早餐。

制炕坯

崔光明

对于土炕我们有了简单的了解，但说到炕的结构，炕坯是才是主力，炕坯决定炕的灵魂，因为只有好的炕坯才能保证炕的寿命，平整耐用，不塌不陷，更主要的是安全，因为毕竟炕坯底下是要走火道的。一旦泥、秸、土配比不合适或质量有瑕疵，加之有小孩的家庭，孩子们喜欢在土炕上跑跳打闹，就有可能造成炕塌陷，极易引起火灾，小则烧了被褥衣物，大则可能致命。

说起制炕坯，那绝对是件费心又费力的事。要提早谋划，早备材料，既要看天气，还要观日月。一般制作炕坯都选在一年中夏季最高温的时候，主要借助日晒确保新制的炕坯在短时间内脱水成型，以确保硬度和韧性。

制作炕坯主要的材料和工具有方炕坯模框（边长为100厘米、厚度为5厘米的正方形木框）、细质黏性黄土、新麦秸、麦糠、草木灰、大水盆、铁锹、耙具、泥抹（泥压）。制坯主要工序有和泥、制坯、踩坯、翻坯、收坯等。

和泥。每年夏天，麦收后有了新的麦秸、麦壳，选择天气好，少雨的一段时间，集中制作炕坯。准备好足够多的黄土，经初步处理确认没大的土块，干湿均匀，团粒结构性好，堆在打麦场上，从中心向外旋转掏空呈"蛋挞"状。用铡刀将新麦秸铡好，长短以20～25厘米为宜，麦秸的作用主要是增加泥浆骨架和拉力，如同水泥预制梁中的钢筋一样。将麦秸放在"蛋挞"圈中央，慢慢持续加水，直到装满整个凹下去的土坑，边加水边用铁锹从里到外引流扩散，以确保水能充分将整个土堆浸润。经充分浸泡，土堆中间凹下去的坑，没有了一点水，整个黄土堆已被泡成脓泡状。用耙和铁锹多次翻倒，直到麦秸与泥土分布均匀。接下来是人工干预，挽起裤脚，光着脚进去不停地反复踩踏。一是为了麦秸和泥土更充分地搅和相融，二是要把泥土中的粒性、筋性和黏性给踩出来。这样制出来的炕坯，才更瓷实，更有强度和韧性。鉴定或检测泥是否和好，通常以甩一把成泥到闲置的墙上是否会很快掉下来，麦秸是否有裸露为标准。

制坯。制坯前，要先在打麦场地上薄薄地均匀撒上一层麦壳，麦壳主要起到隔离的作用，以便在炕坯晾晒干后方便翻动和转运。将和好的麦秸泥用耙抓起，倒入放好的模框中，用泥抹子把模子里的麦秸泥用力推开，填充实在，尤其是四个角更要填充密实，然后抹平、抹光。打好一块，脱模准备制第二块，为确保模框不粘，要提前准备一个大铁盆并装满水，用抹布将模框清洗干净。按相同的方法，打第二块炕坯。依次类推，一块块完成。这只是制坯第一步。

踩坯。这一步是制炕的重要工序，其实就是通过踩压挤出坯中多余的水分，让其变得更加密实、坚硬。在炕坯打完，在烈日下晾晒一两天后，待其不软不硬时，值正午阳光直射，天气最热的时候踩坯。这个时候，也是炕坯收墒的绝佳时间。父亲通常戴一顶长边的草帽，穿平底布鞋上坯踩坯。踩坯要套上模框踩，这样才不易踩坏边角。这是一项难度极高的技术活儿，水过多，坯则太软，踩坯后会变形；水过少，坯则太硬，不易踩实，炕坯会裂缝，无法使用。为了恰到好处地给炕坯收墒，通常还会准备一些烧炕后形成的草木灰，撒在炕坯的表面。烈日下，父亲黑黝黝的皮肤上流淌着汗水，前心后背都是湿的，搭在脖颈上的那块擦汗毛巾不知道已拧了多少回，丝质纤维都快拧烂了。旁边地上的茶壶和大碗都已成了摆设，水早就喝光了。踩坯的次数越多，坯的质量就越好，只是踩坯的人太受累。

翻坯。经过几个中午反复踩坯后，再经约一周时间，炕坯水分基本挥发到极致。就需要将坯轻轻一推，翻立起来，呈"T"字形组合，结成鱼鳞状互相搭结在一起，竖着立在麦场中，风吹不会倒，既通风，又能保证各个面都见到阳光。

收坯。再晾晒几日，整体坯干透，用木棍敲击发出清脆的声响，如同砖的声响，说明炕坯干已干透了，就可以收了。密实、坚硬、四角分明齐整的一块块炕坯被搬上小推车，如同压缩饼干一样摞在一起，不易损坏。拉回家的炕坯，要放在通风干燥的地方，待农闲时供盘炕使用，炕坯上要盖上塑料布以防雨水淋湿。

至此，制作炕坯的所有工序全部完成。每块炕坯虽不值钱，但工序讲究，其中凝结了劳动人民多年来积累的智慧和汗水，也代表了那个年代特有的一种生活方式，相信有过这个经历的人对炕坯是有特殊的感情的，眷恋这把黄土不是没理由的。

笨鸡蛋

王秀芬

笨鸡蛋指的是农家散养的，自由自在刨土觅食、吃粮食、吃虫儿的鸡下的蛋，现在超市里都叫柴鸡蛋。鸡蛋对于绝大多数人而言只是一种极其普通平常的食物，但于我而言，却有着不一样的故事。

小时候，妈妈养了好多只鸡，但鸡蛋多用来出售补贴家用，只有家里来客人的时候才会炒上一盘，那也基本轮不到我们吃。一年中唯一的一次鸡蛋完完全全毫无争议属于自己的日子就是六一儿童节。每年的六一儿童节，因为要去中心小学过节，中午需要带午餐，妈妈会给我们每人煮上两颗鸡蛋。每次拿到鸡蛋，我都会小心翼翼地放在书包里。等到中午吃饭时，把鸡蛋皮磕破是一件神圣的事情，左选选右选选，一定选一个软硬适中而又干净的地方，磕鸡蛋的时候总是轻轻地，又想磕开却又舍不得磕开，总是要磕上好几次才能破。清楚地记得有一次，在过完儿童节步行回家的路上，煮鸡蛋还完好无损地攥在手里。

在20世纪八九十年代的农村，家家户户都会养上几只鸡，所以想在本村把鸡蛋卖出去基本是不可能的，一般都要到乡里去卖。鸡蛋攒够大概10斤的时候，妈妈就会用竹篮提着鸡蛋走5里土路到乡上卖给富裕的人家。记得有一次，我和妈妈一起去卖鸡蛋，妈妈让我在一旁等她，而我看着妈妈提着篮子敲别人家门的背影，心里五味杂陈，暗暗想，将来一定要让妈妈过上好日子。过了不多会儿，妈妈提着整篮子鸡蛋向我走来，显然人家说不需要，这时我心里更是百感交集，想象不出她的内心经历了怎样的尴尬，但她却若无其事地对我说："没事的，一定能卖出去的，咱们再去别人家问问。"

终于，在爸爸妈妈起早贪黑、省吃俭用的操持下，我们兄弟姐妹五个都大学毕业了。我们给二老在乡里买了一套房子，也不再让他们养鸡和下地干活，妈妈也由笨鸡蛋的卖方变成了买方，唯一不同的是，随着农村生活水平的提高，养鸡的农户越来越少，妈妈虽然是买方，但还是要亲自上门去找卖方预订。虽然都是上门，买方和卖方的心境应该是大不相同的吧！

现在超市里除了柴鸡蛋，还有谷物蛋、有机蛋等，而无论是买了哪种鸡蛋，却再也吃不出儿时妈妈喂的鸡下的蛋的清香。

槐　米

王秀芬

7月是槐花儿开放的时候。路边槐树上如小葡萄般一串串的槐米，把我拉回到小时候。在小时候，每到暑假都会采槐米，和挖柴胡一样，采槐米也是暑假可以勤工俭学的一个项目，但这个工作需要大人的协助，小孩子不能独立完成。

首先要自制采槐米的工具，先找一根粗细适中（直径约为3厘米）3~4米长的木棍，然后再找一根铁丝，一端弯成钩子，另一端用绳子绑在木棍上，工具就制作完成了。

采槐米是很有讲究的！必须是槐花儿没开时，把它采下来。花开了就没有价值了。采槐米分两道工序，第一道工序是把挂满槐米的槐树枝从树上采下来。这部分工作一般由父亲来完成。选择一个顺手的位置，用带钩木棍的钩子钩住准备采的槐树枝，然后用力拧断，槐米枝就会飘飘摇摇地掉下来。这个时候我早已在树下等着了，把槐米枝收集起来背回院里，进入第二道工序：把槐米从槐米枝上搓下来，这一工序的关键是搓槐米的力道，不能太重，太重了容易把槐米搓碎，那就前功尽弃了。借助的工具是洗衣服用的搓衣板，抓一把槐米枝放在搓衣板上，用适当的力道一搓，槐米就如同散落的珠子一样噗噜噜地掉下来。

晒槐米是决定槐米成色的决定性一步。搓好的槐米最好放在太阳下暴晒，因此，采槐米的时候选一个晴朗的日子也是很重要的，这样才能保证槐米的颜色保持翠绿，成色好，从而卖上一个好价钱，如果偶遇阴雨天就比较麻烦，槐米很容易发黑，一旦发黑就会影响卖价。

昨天在路边见到槐米，总觉得和我小时候采的槐米相比缺少了些饱满度。或许对于槐树而言，清新静谧的乡村比车水马龙的城市更适合其开花吧！

记忆中的咸菜缸

王秀芬

说到咸菜，不仅味咸，时间更"闲"。不分贫富贵贱，不论春夏秋冬，它一直在。咸菜的一个宗旨就是用最少的菜吃更多的饭，在不影响"仪式感"的前提下，既填饱了肚子，又调整了情绪，一直扮演加菜的角色，可谓"功者大矣"！这也许便是咸菜的灵魂。

汪曾祺在《咸菜和文化》中写道："咸菜可以算是一种中国文化。中国不出咸菜的地方大概不多。"也就是说，咸菜在广袤的中国大地上几乎无处不在，每个中国人都有着一份自己独特的咸菜记忆和思乡情结。

这两天收到三姐寄来的燕山寺芥菜，便是我们小时候吃的芥菜疙瘩咸菜。岢岚是三姐单位的定点扶贫点，春节时购买的扶贫产品正是这种咸菜，三姐尝了以后说就是这个味，正宗的咸菜味道（所谓正宗实际上就是我们姐妹儿时记忆里的味道），于是便几经周折，找到了卖家，给我们姐妹几个每人都寄了一箱。一口久违的咸菜，味道让我想起来儿时家里的咸菜缸。

说是咸菜缸，其实更应该叫咸菜瓮。每到秋深，胡萝卜、苤蓝收割回来后，一年一度的腌咸菜工程便启动了。我极力地在脑海里搜寻着，非常遗憾，居然没有找到任何与咸菜腌制过程有关的画面。但静静矗立在橱柜角落的咸菜瓮却记忆犹新，洗净的咸菜入瓮后上面要用一块大石头压着，同时里面还要配上一把用高粱穗绑制的小刷，每次捞咸菜的时候都要顺手用刷子在咸菜缸里搅拌几下，不然的话咸菜缸里就产生白沫子（白扑），影响咸菜口感。

咸菜的吃法其实很简单，从咸菜缸里捞出，用清水冲洗，切丝，放点油（香油更好）和醋，就可以吃了。夏天的时候会把咸菜和黄瓜拌在一起，还可零星放点剁碎的辣椒。每到饭快要出锅的时候，母亲便会喊我们去捞一块咸菜。那时，家里夏天的晚餐通常是一大锅芸豆红米粥配一盆黄瓜拌咸菜。每人盛上一碗，夹一筷子咸菜放在上面，拿个小板凳随便找个地方坐在院子里。一家人聊着天，喝着粥，一天的生活便在恬淡祥和中落下帷幕。

咸菜还是我们兄弟姐妹高中上学住校时必带的食物之一。记得每到周末，大姐、二姐和哥哥都会从县城骑车回来，返校前的上午，母亲就开始忙碌，带去学校的咸菜是用红辣椒炒过的。每周都要炒上一大盆，平均分成三份，分别装在三个塑料罐里，封紧。大姐、二姐和哥哥考上大学后，三姐和我接续。周复一周，年复一年。一罐罐咸菜寄托着母亲对孩子们的点点关切，也承载着母亲对孩子们的殷切期盼。

上了大学以后，第一个寒假返校，母亲都千方百计想着让我给室友们带点好吃的，自然少不了家里的咸菜，没想到却得到室友们的高度认可。因此，每次假期结束返校，给室友们带母亲炒的红辣椒咸菜丝便成了我四年大学生活的"固定节目"。

母亲炒的红辣椒咸菜丝咸淡适宜、软硬适度，什么时候想起都会都让我垂涎欲滴。如今，这个味道只能牢牢锁在我的记忆里，成为一份永久的回忆，老家的咸菜缸也早已不知所终。借用董宇辉的一句话："只要来过，就不会真正地离开。"母亲、咸菜缸、咸菜……都留下了该有的印记。让我们记住生活中美好的同时，也记录了我们曾经来过的足迹。

我在想，在艰难的岁月，咸菜让人们不失生活的信念，坚强迈过岁月的羁绊；在物质丰盈的年代，咸菜又演绎着生活中祥和的音符。平淡快乐的我贪恋咸菜，更念母亲！

生活的乐章，提醒人们只有忆苦思甜，不忘初心，日子才能过得有滋有味。这也许便是咸菜存在的意义和价值吧！

宅　院

王秀芬

家，是情感的承载；而宅院，承载了一个家庭的欢聚时光。一处建筑或住宅，是入住的主人赋予其存在的意义，或生儿育女，或排除万难，或历经沧桑，或忆苦思甜。百年后，砖瓦生苔青山在，主人远辞任仙游。或喜，或悲，一切皆由后人惦记、评价或起念。一切因宅院而起，一切因宅院而终。

说起宅院，在老家有两处，第一处是我出生长大的老宅，是爷爷辈传下来的；另一处是2000年前后买的。

先说说第一处老宅，它位于寿阳县太安驿乡魏家坡村，距离太安驿乡政府有约5里的土路。房子的建成时间已经无从考证，我出生的时候它就在那里，破破烂烂的，是四间坐北朝南的土窑洞，院子的东侧有一个牛圈，南侧是鸡窝和兔子窝，鸡窝旁边有一棵枣树，再往西有一棵果树。就是这四间残破的屋子，就是这个没有围墙也没有大门的小院子，承载着我们一家人数十年酸甜苦辣的回忆。

轻轻闭上眼睛，一帧帧、一幕幕，在脑海里闪过，爷爷捋着小胡子坐在屋前晒着太阳的情景、父亲牵着牛从地里回来的情景、母亲在灶台边忙着做饭的情景、我和三姐在院子里打闹的情景、夏日的傍晚一家人坐在院子里吃饭的情景、哥哥结婚时的情景……

老宅用实际行动证明着它的"老"，大概在我10多岁的时候，最东边那间屋子的后墙在一次大雨后倒塌了，父亲只是就地取材找了一些简单的材料把塌了的地方堵了起来，原来的四间房变成了三间半。

对好房子的向往自小就有，在八九岁的时候我就梦想着等我长大有本事了，给村子里也盖一栋像电视里演的那样的楼房，让村里的人都住进去。母亲对好房子的向往则更现实，母亲常在茶余饭后和我们说，希望自己有生之年也能住上有围墙、有大门的房子。

2000年我大学毕业，父亲母亲终于卸下了身上的担子，着手考虑换一处宅子。经过父亲的一番筛选，买了第二处宅子。它位于太安驿乡石家坡村，与太安驿乡政府的距离不到1里，生活更方便了，当然也满足了母亲有围墙、有大门的愿望。这个宅子是石窑洞，是别人家盖了新房后腾出来的老房子。父母搬进这处住宅的时间是2002年，他们挺喜欢这个院子，总是打理得井井有条，院子里也有一棵枣树，围墙外还有一块菜地，菜地边有杏树，父亲还种了香椿树、嫁接了核桃树。然而，他们在这个院子里生活的日子并不长，2012年，父亲母亲为了进一步改善居住条件，搬入了县城的楼房。老宅从此闲置了起来。

说完老家的阳宅，再说说阴宅。2002—2012年的十年，父亲自己最值得骄傲的事情应该是给自己圈好了葬，如果说住上有围墙、有大门的房子是母亲最大的心愿，那么给自己圈葬就是父亲最大的心愿。关于这件事情，我们子女是没有反对意见的，既然是老人的一个念想，我们都全力支持并坚决尊重。整个过程父亲都亲力亲为，也不用我们费一点心，只记得葬圈好后，父亲给我们讲他选的坟地形似一台轿子的轿顶，语言和神态中透着得意和满足。

父亲母亲为儿女操劳一生，因年轻时劳累过度，晚年都病痛缠身，终老后能有自己满意的安息之地，对大家都是一种慰藉。坟前的松树亭亭玉立，似哨兵般守护着老人。愿一切皆美好！

故乡的景

故乡的小河

崔光明

记忆中门前的小河就是故乡的水源地,家家户户都是用桶挑水吃,每家都有一口大瓮用来盛水。人们的生产生活用水(如洗衣、做饭、修屋等)全靠这条河。夏天,遇到发洪水,饮水就成了大问题,大家只能到村里唯一的一处山泉水点去接水,水流很小,接一桶水要好半天,但别无选择。

冬天,人们会在小河里的冰面上凿个窟窿,用瓢一瓢一瓢地将水舀到桶里,挑回家中,因冬天气温低,基本在零下15摄氏度上下,大多数生物都选择过冬,所以冬天小河的水也比较干净。当然,最开心的要数在小河的冰面上溜冰了。隆冬季节,冰面结了很宽很厚的冰带,在旁边绿色针叶松林的衬托下显得格外醒目。约上几个小伙伴,结伴而行,每人肩上扛个冰车(两根冰针,几块木板,加上两条粗铁丝,钉在一起)。盘腿一坐,双手擎针,用力向后一划,驾驶感特别强,可前可后,允许超车,允许碰瓷,允许追尾,允许超载,童年的梦有多真,冰车就有多好玩。

记得有一年村里统一安装自来水设施,全村动员挖管道,每户分一段,保质保量,大家很认真,干劲十足,对这惠民工程全力支持,当拧开水龙头自来水哗哗地流到院子里时,双手一捧,喝上一口,从里到外都是甜的,大家无比激动和开心,再也不用挑水吃了,再也不用担心遇洪水季吃不上干净的水了!

秋 色

崔光明

乳白的芦苇
如战士般
摇曳着双羽
坚守着那片领地
由秋到冬
不畏悲喜枯荣

紧密的松子
如营寨般
藏缩于松果中
任松针嫩芽新吐
枝落叶掉
不惧严寒料峭

粉红的葛姐①
如耳坠般
点缀在山坳边
等待路人采摘以示秋成
漫山红遍总是情

反扣的圆桶
肩负使命
简易的小碗将酱包盛
红黄面料相间待水融
田间午餐相逢
只是茶歇补能

田野秸秆垛
翁执烟芯
袅袅升腾映光影
夕阳如馨
狗尾草绒攒余温

弯道粮丰
犬随车形不离踪
千里层叠
山川丘陵秋风远
近是丰
远是冬

---

① 葛姐为寿阳方言,是黄刺玫的果实,果色通红、圆形。

七旬矍铄坚守中　　　心中山水从未老

尽是田野　　　　　　步蹒跚

满是热情　　　　　　力已穷

我身边的大树

崔光明

在我的记忆中，对老家门口的那棵大柳树印象是最深刻的。因为它记载着爷爷的中年，爸爸的青年和我的幼年。它既承载历史，又迎接未来，而我则是那个在大树下乘凉做梦的少年。

曾经，柳树很细小，爸爸用手指就能摇动它，后来树长大一些，他两腿一夹就能爬到树上。岁月经年，爸爸上学、外出就业，与这棵树"亲密"的机会少了，陪伴它的只剩下爷爷。在爷爷的精心呵护下，它茁壮成长，根深叶茂。

冬天，大雪纷飞。大柳树倔强地拿出一副"任尔东西南北风"的豪气，抖擞着不屈的身躯，打量着每个徐徐而下的如鹅毛般的雪片。如遇冻雨，柳树枝条如华发早生，苍老得像一个百岁老人。只见它定力十足，在凛冽的寒风中丝毫未凌乱。

我左手拉着爷爷，右手拉着爸爸，看近山，观远雾。雾中的三代人，起起伏伏，影影绰绰。爷爷最是伟岸，因为他是爸爸的大树，爸爸则是我的大树。

每逢春暖花开，柳絮满天，爷爷又坐在柳树下与邻居们唠嗑。常言道："十年树木，百年树人。"爷爷心中的大树变成了爸爸，爸爸心中的大树则变成了我。

柳树还是那棵柳树,只是长大了,变老了。每逢春天长出新枝嫩叶,便显朝气,便是希望。

故乡的土路

王秀芬

世上的路千万条,要论我走过次数最多的一条路,那当属我2006年工作后从家到单位的路,来来回回已经走了近17年,但若论印象最深的一条路,那当属故乡那条从乡上回村里的土路,现在闭上眼睛,路上的枝枝杈杈、起起伏伏依然清晰地浮现在脑海里。土路长5里,宽3~4米,是我们村里通向外面世界唯一的一条路。这条土路上有我成长的故事。

在上小学五年级之前,我的活动范围仅限于村里,走这条路的机会并不多,要么是年后去亲戚家拜年,要么是去乡上看戏,很少的情况下是去赶集。出行方式有时走路、有时坐牛车、有时坐哥哥姐姐骑的"二八大杠"自行车的前横梁,最喜欢的还是坐在自行车横梁上,被哥哥姐姐搂在怀里,温暖而踏实。

从小学五年级开始,各村的小学生都要到乡上的中心小学上学,我也开始了在这条土路上每日一个来回的奔波。我和上初一的三姐共用一辆自行车,三姐骑车载我上学,那时的三姐特别瘦,力气小得很,每每遇到坡路,哪怕是很缓的小坡都会让我下车推她,我那会儿还没学会骑车,不得不服从。每次推车时我都会嘟囔说,等我将来学会骑车了载她,才不会老让她下车,我会加速冲上去。事实上,从五年级到初二,在三姐上高中住校前，一直是她骑车载我上学。我是到初二暑假才被迫学会骑车的。

每每遇到雨雪天，土路就会泥泞不堪，自行车肯定是骑不了了，同村同年级的几个小伙伴就会相约一起步行上学，路是难走，但乐趣却不少，几个孩子打打闹闹，说说笑笑，原本半小时的路能走个把小时。因为这样的天气不用担心迟到问题，老师还会表扬克服天气困难来上学的同学。印象最深的一次雨夹雪天气，早上起来，路面全结了冰，形成了天然的溜冰场，路两边的树上挂满了精美的树挂，我和小伙伴一边欣赏着这难得一见的冰雪美景，一边打着滑儿去上学，那段唯美场景的记忆片段至今难忘。

一个人走这条路的经历也是有的。记得那是高三的时候，摸底成绩出来以后，心情不太好，突然有一种马上就想回家的感觉。跟老师请假后到汽车站赶上了最后一班回乡里的汽车。汽车到乡里的时候，天已经彻底黑下来了，夜晚的乡间土路没有路灯，路上几乎没人，更让人恐怖的是沿路还有多个坟头，我头皮发麻，但当时家里也没有电话，除了借着月光硬着头皮往家走，没有别的办法，一路上不停地给自己壮胆，用最快的速度跑回了家。

在这条路上还发生过一个关于三姐的惊险故事。那是三姐刚上小学五年级的时候，骑车技术还不那么娴熟，加上哥哥姐姐骑过好多年的车也已经很旧，车闸也不太好使了。有一天，在一个下坡后又随即拐弯的路口，三姐的车突然在下坡的时候失去了控制，三姐虽已使出吃奶的劲去捏车闸，还是无济于事，车径直往前面的悬崖下冲去，最后定格的画面是三姐弓着身子用尽全力地抓住车后座的位置，而整辆自行车已经挂在崖下，三姐眼看凭自己的一己之力已经不可能把自行车拽上来，就潇洒地喊了一句："你下去吧，我就不跟你下去了。"然后自己步行去学校上学了。之后村里的大人们都夸她睿智，懂得取舍，三姐因"弃车"事件成了村里的小红人。

新农村建设政策实施以后，故乡的土路告别了它的"土"，土路得到了硬化,变成了水泥路,路比原来平坦和开阔了些。每次回村走在这条路上,儿时印刻在这条路上的一段段记忆就会随着车轮的滚动翻滚到眼前,恍如昨日。如今,路依然是那条路,但时间的脚步从未停歇,希望踏着时间的步伐,故乡的路将故乡带向繁荣振兴!

故乡的春

崔光明

我曾站在高岗上　　　　　向阳的南坡上
俯瞰故乡的整个山野　　　成串的榆钱正在绽放
如驼绒般的画面　　　　　河堤边柳树向绿带绒
些许有点荒凉　　　　　　家门口桃花晒粉
　　　　　　　　　　　　杏花洁白签到

微风吹过　　　　　　　　松树岭翠绿吐新
耳边呼呼作响　　　　　　静的是画面
带着黄土　　　　　　　　动的是生机
那是泥土的味道　　　　　无论动物植物
简单而直接　　　　　　　一切都是点缀
特有的亲切

我张开嘴　　　　　　　　农田里
使劲呼吸　　　　　　　　几个忙碌的邻居
尽情地感受　　　　　　　耕犁翻过的湿土垄上
那是一种拥抱与交流　　　喜鹊审视着有无新物种

移动小商贩车的晋剧一响　　　　　生活的日常
让寂静的乡村瞬间热闹得像个都市　　日常的生活
那是改善春天生活的一次采购　　　　这便是故乡的春天
　　　　　　　　　　　　　　　　　平凡的一天

故乡的事

我和乡音的故事

王秀芬

"少小离家老大回,乡音无改鬓毛衰。儿童相见不相识,笑问客从何处来。"贺知章的《回乡偶书》尽人皆知。诗中所描述的情景应该是儿童用本地话笑问客从何处来。而今后这样的情景可能不复存在。事情是这样的:去年清明节回村里给爷爷上坟,邻居家弟弟4岁的儿子正在门口跑着玩,见到我们后,用标准的普通话问我们:"你们是谁呀?"我问他会不会说寿阳话,弟弟告诉我说孩子不会说寿阳话,现在从幼儿园开始就全是普通话教学。这让我深深地意识到了方言的危机。寿阳话如果真的要消失了,还是觉得有点可惜的,毕竟它承载着一个地域鲜明的文化特征。一方水土一片记忆,一声乡音一份联结。

对于20世纪七八十年代甚至是90年代出生的人来说,能流利地说方言是没有问题的。我是1978年出生的,我们小时候小学、初中老师授课基本都是用方言,上高中以后也只有个别老师用普通话教学,且多带有较浓的乡音。我在上大学走出县城以前,除了课堂上学拼音以外,日常学习、生活用的全是方言,以至于这代人的方言是刻在基因里的,一辈子都不会忘记,而且随着年纪的增长,不知道什么时候就会无意识地冒出来那么一两句方言。

关于方言,我记忆中有几个小故事,和大家分享。

寿阳话的 x 和 s 是不分的,如果一个外地人到了寿阳,听到"你先 sǐ"肯定会觉得非常不解,为什么要说这么不吉利的话?出现这句话的一般场景是两个人同时都准备洗漱,这句话是双方正在谦让,让对方先洗。

关于x和s不分，还有一个故事，初中语文课上，老师让一位同学用普通话读课文中的某一段落，其中有一句是"西蒙死了"，被点名读课文的同学停顿琢磨了一下，声音洪亮地读成了"sī méng xǐ le"，似乎越是想分清，就越会绕舌。

寿阳话uang和ang也不分，关于这个音不分，也有一个绕口的记忆。语文课本里的一句是"司马光砸缸"，我记得我同桌读了好多遍也没读对，不是读成"sī mǎ gāng zá guāng"，就是读成"sī mǎ gāng zá gāng"，怎么绕都绕不对。

寿阳话的t和c不分，也有一个课堂小故事。有一天，校长要听我们班的语文课，语文许老师做了精心的准备，用普通话给我们上了一节课，整节课下来都还算顺利，到最后布置作业的时候，把课后作业"第五题"硬生生地说成了"dì wǔ cǐ"，而且还把最后一个音"cǐ"很用力地发了出来，估计老师当时的内心活动是，终于讲完了，而也就是在这最后放松下来的一刻，出现了一点小的瑕疵。

寿阳话分不清的音还有很多，平舌和翘舌不分、前后鼻音不分，我到现在也还是分不清"青菜"和"芹菜"，偶尔也还会平翘舌不分，但是又有什么关系呢。现在每每想起这些方言小故事，都觉得亲切而美好，是属于我们那个年代的一份独特的记忆。

前些天，在高中同学朋友圈看到一篇文章，是研究汉语言文学的寿阳老乡温锁林教授在搜狐"寿阳文化"里发表的，题目是《寿阳话是土还是古》[①]，看了以后真是为之一惊。如果说之前只是觉得寿阳方言是一份独特记忆的话，那么现在不得不说寿阳话原来这么"有文化"。总之，无论从个人情结还是文化传承，都希望寿阳话都能持续地流传下去。

---

① 参阅文章请链接网址 https://www.sohu.com/a/390955754_236643。

换西瓜

崔光明

现在的商业支付如此便捷，用微信或支付宝轻轻一扫，交易便快速完成。或许你没赶上那"物物交换"的年代，那其中的苦涩与趣味，也许只有经历过的人才会懂。

"换西瓜喽！"顺着瓜商的叫卖声，一架加高了马槽的马车跃入眼帘，车上满满当当装了一车的西瓜，在炎热的夏季走乡串户，只为能赚个"三五斗"。没有搞错，不是"三五元"，而是"三五斗"，因为是用粮食换，不是现金交易。

正在地里干活的我急不可待地跑到地垄边，远远地居高临下望望家门口的情况，只见父亲正在院子里躬着腰收拾着豌豆苗。那一声"换西瓜"勾起了我肚子里的馋虫，但因为我还没有干完地里的活，不方便回家，只能寄希望于院子里父亲的那份"懂"。于是拢起双手向着家的方向大声喊"爸爸"，父亲似乎听到了我的喊声，不由得扭头向门前的山冈上望望。

待到夕阳西下，我干完活连忙赶回家。一进门，一大编织袋西瓜安静地放在地上。父亲乐呵呵地说："累了吧，快来吃块瓜。"我匆忙象征性地洗了洗手，在衣服上蹭了两下，捧起一块瓜狼吞虎咽地吃起来，一边吃一边嘟囔着问父亲："爸，你怎么知道我想吃西瓜？"父亲使了个鬼脸，说："我感应到了。""我才不信呢。""用玉米换的，今天的价格还好，××玉米换一斤，就知道你爱吃，就换了。"

对于这样的一个场景，一个普通的经济现象，可能让你觉得不可思议，什么时代了还有这落后的"物物交换"。静下来想想缘由，其中潜存着我国农民强大的智慧，当然还有当时生活艰难的原因。

那时的农村，除了个别吃公家饭的老师或干部外，没有任何能挣到钱的渠道，那时还不流行外出打工，农民最主要的财富就是粮食，如果卖掉换成钱，农民会受到通货膨胀的影响。粮贱伤农，农民一年的收入无法支撑一家人的生活花销。所以，这样的"物物交换"，从另一个角度讲其实是农民抵制通货膨胀的一种方式，也省去了到镇上粮站交售粮食的麻烦，也再不用担心粮食水分指标不符合要求而被退回的尴尬。

其实，我们所知的商业是在生产力发展到一定水平，有了社会分工和产品剩余之后，才逐渐产生的。其初始的萌芽状态就是生产者之间直接的物物交换。物物交换，以及通过货币由生产者与需要者直接见面的交换，统称直接交换，都不能算是商业。当交换日益频繁，交换地区不断扩大，不可能产需双方直接见面时，一部分人就从社会分工中游离出来专门买进卖出，成为产需双方的中间人，组织交换成为他们的职业，有了这种社会分工，商人和商业于是才产生。

也许这种物物交接就是商业的雏形吧，或是产生商业的基础，一方面对商业而言有积极的推动作用，另一方面对农民而言又起到阶段性的保护作用。既隐晦了贫穷的羞涩，又在日常生活中增加了时代的特征与乐趣，所以至今记忆犹新。

不流汁的糖三角

王秀芬

好吃不过糖三角，吃在嘴里不只是甜，更多的是满足。

小时候，糖三角是仅在过年时才能吃到的奢侈品。因为家里孩子多，使得母亲过日子不得不极其仔细。记得母亲常和我们说，同样数量的面粉（记得家里有一个专门用来盛面粉的口小肚子大的陶罐，里面放一只碗用来舀面，母亲的计量工具便是这只碗）做成面条一家人就够吃，而蒸成馒头就不够，由此母亲得出这样的结论：蒸馒头很费面。馒头都舍不得蒸，何况是还要加红糖的糖三角呢。物以稀为贵，糖在北方仅过年过节才能吃到。细数一下，汤圆、粽子、月饼都要过节才有口福吃，便是验证。正因为如此，糖三角便成了我家绝对的稀缺品和奢侈品。

记忆中，其他小朋友吃的糖三角是这样的：刚出锅，胖嘟嘟、软乎乎的，冒着热气，捧在手中，轻轻地咬开一个"角"，糖汁就会滋滋地冒出来，又烫又甜，若吃得运作慢了，糖汁便会顺手流下来，忍不住就会去舔那些流出来的糖汁……而我记忆里的糖三角是从来流不出来糖汁的。

母亲过日子的仔细不仅限于对面粉的精打细算，当然也不会放过红糖。糖三角里包的红糖首先要和大量的面粉和在一起"稀释"，这样就可以尽可能减少红糖的用量，即使是已经和大量面粉混拌之后的糖馅儿，母亲也是舍不得多放的，这样的糖三角自然是流不出糖汁的。

记得有一年过年，父亲的外甥领着自己的孩子来家中拜年，中午吃饭的时候，小朋友选中了母亲蒸的糖三角，孩子的爸爸想当然地提醒道："小心流出的糖汁烫着。"孩子小心翼翼地咬了一口，结果根本没看到糖的影子，这时小朋友忍不住大声说："爸爸，根本就没有糖。"可能那时候小小的尴尬便留在了母亲的心中。

后来，生活条件稍好些后，母亲也不止一次地蒸过可以流出糖汁的糖三角，但唯有那流不出糖汁的糖三角却永远留在我的记忆里。

勤工俭学

王秀芬

在 20 世纪八九十年代，我上中小学的时候，暑假必有一项作业，那就是勤工俭学，即通过自己的劳动挣下学期的书本钱。我记忆中一般有两种方式，一是挖药材，二是喂兔子。

说到药材，我家当地主要有三种，即甘草（当地称作甜草根）、柴胡和远志（当地称作小鸡根）。甘草因其根又粗又长，需要用锄头来刨，不适合小孩子操作。远志虽然挖起来比较容易，但后期处理起来比较麻烦，远志的根挖出来后，要像蛇蜕皮一样，把外面的一层皮从它的细根上脱下来，然后再晒干，外面的一层皮才是真正可用的药材，工序多且产量低。而柴胡虽然长在山坡上，但根较浅，用小铲子就可以挖起来。因此，柴胡成了假期孩子们勤工俭学的"宠物"。

柴胡一般都长在荆棘丛生的山坡上，离家也会比较远。一般由各家稍大点的孩子带着自己的弟弟妹妹，然后再和邻家的孩子搭伴一起出行，孩子们多可以互相壮胆，而且一路上互相斗嘴，互相打闹，其乐无穷。柴胡挖起来之后，一般会直接把枝叶部分砍掉，只带根回家，带回来的柴胡根顺序摆放好开始晾晒，晾晒过程中一方面要避免雨淋，另一方面要经常翻动，保证充分晾晒，待晾晒好后用绳子扎成小捆收好，静待收药材的人到村里来收购。

喂兔子的主要工作就是打兔草，那时农村田里是不打除草剂的，都是人工除草，农田里的杂草正好可以打来给兔子吃，最常见的有苦菜、蒲公英、烧酒花（学名地黄）、白蒿等。其中，苦菜和蒲公英不仅兔子可以吃，非常鲜嫩的时候也可以当野菜吃；烧酒花可能因其开的花揪下来放到嘴里能吮出一丝丝的甜味来，有点像在喝酒而得名，它的根是一种中药，就是尽人皆知的地黄；白蒿随处可见，农村有"三月茵陈，四月蒿，五月六月当柴烧"的俗语，在阴历三月时的白蒿叫作茵陈，可以入药。打兔草时，一般是我和三姐联合行动，三姐在前面用铲子把草铲起来，我跟在她后面往塑料袋里捡，用不了多会儿工夫，两袋子兔草就鼓鼓囊囊装好了，每人扛一袋回家。打兔草过程中，有一件事情让人不太舒服，那就是苦菜的根部会流出一种类似牛奶的白色汁液，沾在手上黏糊糊的，还特别不容易洗掉。小兔子经过暑假两个月的精心饲喂，很快就会长大，可以出笼售卖了。

如今的孩子，普遍在父母长辈的精心呵护下成长，不懂得劳动的辛苦，勤工俭学活动很有必要继续开展起来，让孩子从小亲身体验生活的酸甜苦辣，体会父母的辛苦，从而茁壮成长。

糖　果

崔光明

小时候　　　　　　　　　　自己又不好意思要

物资匮乏　　　　　　　　　只能言不由衷地说

春节走亲串户　　　　　　　自己家里有

招待人的只有糖果　　　　　手却不自觉地拨开裤子口袋

　　　　　　　　　　　　　生怕人家只是客套

亲戚给　　　　　　　　　　不给装

界　线

崔光明

一条长板凳　　　　　　两个胳膊肘
一个大木桌　　　　　　挤来抹去
两个学生　　　　　　　任由衣服变白磨烂
那个年代　　　　　　　也决不相让
这就是小学的标配　　　誓死捍卫"领土"的完整

中间用粉笔画条线　　　那时候
算是界线　　　　　　　抱怨同桌的你
你左我右　　　　　　　为什么总要多占
　　　　　　　　　　　越过界线

五对父母一个娃

王秀芬

在20世纪六七十年代，一个家庭有多个孩子是常见的，但一个孩子有五对父母，却是少有的。

我有一个奶哥，是他的养母从邻村抱养过来的。当时正逢母亲生子后孩子因病夭折，为了能活下来，奶哥就认了母亲为奶妈。这样，我的奶哥就有了三个妈妈，一个生母、一个养母，还一个奶妈。

无巧不成书。待奶哥长大后，他的妻子也是抱养的，这样嫂子也有两个母亲：生母和养母。于是，小两口的结合就有了五对父母。

那时候，农村里抱养孩子是很普遍的现象。一方面的原因受是计划生育政策影响，每户家里孩子少则三个，多则五六个。邻村有一家，也是迄今为止我所知道的孩子数量最多的一家，他家有十二个孩子，六男六女。其实，在那时候想要瞒得住是很难的。虽然那时还没有互联网，信息流通差，但受熟人社会的农村组织结构影响，基本上都知道是从哪个村里的谁家抱来的。至于后来会不会认回自己的亲生父母，做法又是不一的。有的会，有的不会。孩子有了心结，"记仇"的心一旦产生就不会相认了。

说来也巧，我也是一个曾经差点被送人的孩子。20世纪七八十年代的农村，缺衣少食，多养一个女孩就是多一份负担和累赘。长大后，母亲告诉我，说当时已经打听好下家，对方的条件也不错，住在县城里，并已说好待满月后就来抱走。最后没被抱走的原因是哥哥"见义勇为"阻止。当时哥哥只有七岁，当然父母也舍不得。

对奶哥而言，父母是多了一些，但他的孝顺却没有减。五个父母不是名义上的，除了生母、养母，奶妈也是要经常去看看的。五个爸妈就是五份义务与责任，且不说别的，送终还是要的。记得父亲出殡的时候，奶哥也早早就来了。他说，十个老人，送走三个了。每一个都要一样地披麻戴孝，无论如何还是要送老人一程的。朴实的语言中体现着奶哥的不舍与无奈。

有多个父母又何尝不是一种幸福呢！每个人的经历不同，在那个特定年代特定情境下，奶哥是苦命的，但命运却又给了他很大的补偿，还给他五对父母，奶哥又是赢家，在此也祝福奶哥家庭幸福、身体健康。

父亲的矛盾

崔光明

养一头牛　　　　　　　养两头骡子
有力但步伐慢效率低　　有力，不用找同耕伙伴
养一头骡子　　　　　　但饲养费用高
没力，走得快
但要找同耕伙伴　　　　这就是父亲的矛盾

猎"狐"行动

崔光明

"爸爸，我觉得爷爷好残忍，他竟然把兔子给杀了。"女儿感叹地说。之所以有这个结论是我在闲聊给孩子讲我童年的故事，将爷爷塑造成一个猎人的形象。

记不清那是什么时候，家里墙角立有步枪，一个被锁起来的写字台抽屉里有子弹，据说这些都是民兵的装备。儿时的记忆中，当年总有一群小伙子围在父亲身边，看看这支枪，摸摸那支枪，几个合得来的聚到一起去山上打猎，跑半天就会带回几只山鸡和野兔。院子里用三块石头支起一个

大铁锅，又是烧水，又是褪毛，忙个不停，放上香料，小火慢炖，满院飘香。后来，国家开始严格管控枪支的使用，所有的枪支都上交国家。民间老猎人们便采用最传统、最原始的方法去逮野味，根据动物的习性使用套环、陷阱。有一次在一个套兔子的双层铁丝套环里套住一只狐狸，这是一只贪吃的狐狸，看到套环里有一只兔子被套住，幸灾乐祸地把兔子当成了美味大餐，兔子是吃上了，没想到自己却被另一个套环套住了。慢慢地，随着农业的发展与村庄的建设，村子里的野生动物越来越少，门前屋后再也听不到山鸡的叫声，庄稼地里也很少能看到狂奔的兔子。人们的生活越来越富足，不再需要打猎补贴家用，再加上保护野生动物的观念逐渐被村民接受，如今已经没有村民打猎了。

除夕的泪水

崔光明

除夕夜，回到老家陪父母过年，电话铃声突然响起，母亲赶忙去接。"怎么，喝多了？"我听到母亲在电话里问着。电话里传来哭声，哭声来自一个大男人，来自一位父亲，来自一位黄土高原上土生土长的农民，除夕，他流淌着孤独的泪水，久久不能释怀……

"妈，是谁呀？"我好奇地问。"是你保叔，今天除夕，想她女儿了，一个人饮酒，不开心，醉了。"母亲答道。"不是还有儿子吗？"我问。"儿子和儿媳到城里陪他岳父岳母过年去了，女儿是年前腊月里才嫁的，你保叔从没像这样一个人过春节，禁不住流泪，儿女永远不会懂得父母的那份孤独与寂寞，这样一来，你保叔也成留守老人了。"母亲无奈地感叹着。

是啊，如今的农村有多少这样的留守家庭，儿女皆不在身边，一切都由这个孤独的身影来扛。记得那年，保婶因病离世，只有32岁的她，撒手人寰，一去不返，出殡当天全村无不为之动容，当时她的儿女最小的才6岁。两个孩子懵懂地经历着这场人生的大劫，毫无思想准备地开启这个单亲的家庭所要面临的一切。身边再没有母亲的呵护，只剩下少语的父亲那份默默的爱。

留守，对保叔而言，可能不仅仅是留下身影，更多的是留住了心。保叔为了不让孩子受苦，放弃了再婚的念头，一心只想把孩子拉扯大，培养成人，以告慰自己已故的妻子、孩子的母亲。接下来与他相伴的便是那三十亩地一台车。自耕自种，锄草、打药、收割。日月相伴，风雨兼程。难以猜测他以什么样的信念坚持，不懂他有多少苦藏在心间。

那时，天还没有大亮，周围只有山村溪流和鸟叫的声音，他启动农用车，带好农具，踏着晨露早早出发了。寒来暑往，年复一年。与明月相伴，与星辰共辉。那台农用车很懂他，总是用刚劲不掉队的哒哒声，拖着他疲倦的身躯安全归来，仿佛在用一个倔强的身躯向世界诉说着不公和孤独。

那一年，儿子工作了，在事业单位，保叔兴奋得像个孩子；儿子结婚了，保叔以全款在城里给儿子买了楼房，当抱上那个嗷嗷待哺的孙子时，保叔从里到外是轻松的、温暖的、感动的。他的形象在我心里也愈加高大起来，如山如海。

那一年，女儿结婚了，在婚礼现场，拜礼环节，"一拜天地，二拜高堂……"，保叔孤零零地坐在正堂上，看着下跪行礼的女儿女婿，他再忍不住委屈的泪水。他凭着一双手、一副肩，挑起重担，完成使命，养育儿女成人，成家立业，可以说"功成名就"了。这是欣喜的泪水，这是幸福的泪水、这是委屈的泪水，这是告慰的泪水，这是不屈的泪水。

除夕夜，窗外鞭炮齐鸣，阖家团圆，其乐融融。保叔却要靠那瓶二锅头、那双筷子、那盘花生米,伴着泪水、伴着醉,伴着那份无法表达的孤寂与痛苦去熬。期盼着一觉醒来,一醉醒来,直接能跨到阴历正月初二女儿回家的日子,再去感受那份团聚之情。

也许,这只是生活的开始……

打麦场上的 Happy

崔光明

"悠悠岁月,欲说当年好困惑,亦真亦幻难取舍……"一首深情的《渴望》,演绎了 20 世纪 90 年代的悲欢与真情。你是否还记得这个创下当时收视巅峰的"巨作"?在那个没有太多的娱乐休闲可选择的年代,茶余饭后能守着黑白电视机看个痛快已很奢侈。文学作品通过还原生活真善美,让每个人在消遣之余,若有所思,启发良知。但这只是对成年人而言,对小朋友来说,裹一身的麦秸钻出跑进,那才是最开心的,记忆也是最深的。

六月杏熟麦子黄,又到夏粮归仓的季节,村里的各户都忙了起来。天际刚白,就听到院子里磨镰刀的声音,只见父亲在一块砂石上前推后拉,时而浇水,时而用手指横向拨弄以试刀锋,用父亲的话说这叫"磨刀不误砍柴工"。由于受丘陵地形的影响,无法用机械收割,只能靠人工一镰一镰地割。割麦是个非常累人的活,弯着腰一干就是一天,如果你还没读懂"谁知盘中餐,粒粒皆辛苦",你可去试试手工割麦,体验一下"腰酸背痛腿抽筋"的感觉。

由于夏粮受天气影响较大,经常遇到雷雨天气,若割倒麦子未及时收回,受潮就会烂在地里,所以大家都在抢收。选个好天气,约几个邻居,各负其责、各司其职,割倒、整垛、装车、运回,整个流程不间断,好似现在的工业车间流水生产线,这也许就是农业最初协作的样子。几辆"穿戴"整齐的牛车,木制刹车"吱吱呀呀"的声音回荡在山谷中,加上鸟鸣、鸡叫、狗吠,形成一首自然协奏曲。

收夏粮真正的战场在打麦场,时尚地说,那气场、那排面真是没地说,只要一提到要打麦子了,心情都异常兴奋,好似要参与一个大型"演唱会"一样,因为"演唱会"的主角就有自己,还有好多小伙伴。

烈日当空,一块平坦的打麦场上,收回的麦子整齐地铺满,麦穗朝上,麦根朝下,直立着,以便让受潮的或未完全成熟的麦穗再次晒干,方便碾下,确保颗粒归仓。

麦场旁,碌碡、木连架、铁叉、扫帚、筛子、扇车、编织袋等工具一应俱全,还有那头忠实的老黄牛。碾麦开始了,人牵着牛,牛拉着碌碡,以缰绳为半径,不停地画圆,所到之处,虚铺的麦子被重量级的石碌碡压得平平整整,麦子成熟度越高,碾压效率越高。为了避免牛转晕和偷吃,通常会用一件旧上衣蒙上牛的双眼,并给牛嘴上戴上嘴套。

被碌碡碾压过的麦秸,会被人用铁叉重新翻挑起来,再次虚铺,再次晾晒,再次碾压。二次过碾、翻挑的麦秸会被挑起放到麦场的边角垒起来。麦秸越堆越高,新麦秸很滑,小朋友们也会选择此刻隆重登场,一个个活蹦乱跳,爬上爬下,可以当蹦床,可以当滑梯,可以围城堡,可以打狙击……玩得满头大汗,浑身是秸,胳膊上开始是土,后来是泥,没有人在乎脏与不脏,跑得上气不接下气。跑累了,口渴了,跑到麦场边找到盛水的大茶壶,抱住茶壶嘴将头一歪,"咚咚咚"一阵猛灌,嘴一抹,再次投入战斗。

麦秸挑走后将麦粒(带麦叶和断枝)过粗筛,然后进入吹麦环节,通过扇车将麦子中的杂质去掉。扇车也叫旋转式扬谷扇车。自西汉出现以来,到宋元已经趋于定型。其以人力为动力源,其功能是将经过舂、碾后的糠、麸,或经过脱粒、晾晒后的秕、草除去,是粮食加工的最后一道工序。旋转式扬谷扇车综合利用流体力学、惯性、杠杆等原理,人为地强制空气流动,在世界农具史上曾是"高新科技"。一台彩绘的虎头扇"呼呼"地动起来,风尘滚滚,一簸箕一簸箕的含杂麦粒被托举到扇车上方的"虎头平台",左右抖动簸箕让麦子徐徐落下,从里向外依次是麦粒、麦穗、尘土、麦秸,通常会在麦子粒与麦穗分界处会放一条木板以示区分与隔离。不时会看到在扇车出料口处有好几个调皮的身影跑过,口里喊着"冲啊",借着灰尘模拟着战争的硝烟,扇车不停"战斗"就不会结束,多次发起冲锋,直到灰尘和着汗,汗携着泥,泥粘着秸,秸带着壳,通身像个泥人雕塑。

参与"战斗"的方式有好多种,角色扮演可能是乐趣最多的。与大人们一起帮着摇扇车链条,大齿轮带动小齿轮,扇车匀速转动起来,持续着,持续着……"不能减风啊,看,大牛没力了,二娃能行的。"大人们鼓励着。孩子们好似有用不完的力、使不完的劲。

夏日的夜,月光皎洁,蟋蟀在唧唧地歌唱着,知了在树上指挥着,一唱一和,麦场上已恢复了往日的平静,麦子亦颗粒归仓。劳作一天的人们正摇着蒲扇乘着凉,述说着家长里短,分享着天下大事。一身尘土的顽童们简单洗漱后躺在凉席上瞬间进入梦乡。

草帽下的"交易"

崔光明

随着人类农耕文明的进步,农户原先耕种动力的主力军,如牛、骡子、驴、马等,都随着历史一去不复返,取而代之的是现代化的拖拉机牵引的各类农机具，有效地提升了工作效率，农业慢生活、慢节奏的时代也逐渐远去，而由那这些曾经的农耕主力引发的故事也渐行渐远，最灵动的要数那发生在骡马交易集市上"草帽下的交易"了，不知还有多少人会有记忆。

二爷（我家的邻居，因与爷爷同辈，排行老二，故称其为二爷），印象中他是我最早接触的自由职业者、商人，脑子灵活，智商、情商极高，长期从事牲口贩卖生意，家境较好，经济宽裕，出手阔绰。那时，但凡镇上或邻村有个庙会集市什么的，都会有他的身影，低价买入高价卖出，如同"早期"的股市，其被父辈们称为"牲口市上的行家"，能抓住机会赚得盆满钵溢。这头牛几岁口，那头骡子有没有出过力，那匹马的腿是否有残疾，只要二爷出面，瞬间便知。一顶普通的秸秆编制的草帽就是他的秘密"武器"。二爷如同专家鉴宝，对着牲口左相右看，上下打量。一旦相中后，找到买家或卖家，拿出草帽罩住各自一只手，一番"摩拳擦掌"、一番"眉来眼去"，似"十面埋伏"出鞘，如"华山论剑"惊心，闻呼吸、听心跳，此时无声甚有声。几个回合后，只待双方眼神锁定，放松收功，各自用力紧紧一捏，算是成交。我一直充满好奇，猜测着二爷的草帽下到底表演着一场怎样的大戏，或皮影、或木偶、或杂技，"演员"就是十个手指，舞台就是那顶草帽，环境不限，却从来不让人看到。

后来听父亲讲，才略知一二。原来这里边还有流传着一个历史典故叫"袖笼交易"。传说在清朝乾隆年间（1736—1795年），在南方某寺前有一个玉器墟，其中有家名叫"耀记"的玉器店，店主姓黄，其母亲心灵手巧，她对儿子说："玉器墟如此靠近寺院，每天有那么多人来拜佛，你为什么不制些佛珠去卖呢？"黄先生买来硬木，让母亲制成佛珠，头尾嵌上两粒玉，共108粒。拿到市场上销售，立即受到善男信女们的欢迎。寺里的和尚见到他的佛珠，也赞不绝口，于是与黄先生商量，定制100串，送给添香油的施主。双方在交易时，因为和尚衣袍宽大，衫袖又长，取钱时两只手在袖内探取,同行见到,以为和尚与黄先生是在衫袖笼中做交易,日久传开,玉器墟认为此法可取。同样的玉器,价钱高低,只看对方是否中意,在衫袖笼中讨价还价,你知我知,旁人无法知道,最为妥善。从此习惯成自然,买卖玉器经常在衫袖笼中用手指代表数字,双方摸手了解,达成交易,至今仍有许多人用此法。

这下终于明白了二爷"草帽下的交易"的内情,牲口贩子通常都会以这种方式完成讨价还价的过程。虽然过程很简单,但也是一个商业交易的小缩影,充满智慧,颇具时代特征。在此,特别记载下来,分享给伙伴们,希望能给您增加生活的乐趣。

美"甲"

崔光明

记得宋代夏元鼎的《绝句》中有一句"踏破铁鞋无觅处,得来全不费功夫"。对于铁鞋,我是未闻,但对于铁掌却兴趣十足。那块钉在马蹄子底下的月牙形的铁,一能增加抓地能力,二能保护马脚,使蹄子耐磨,也称作马掌。那时候,只要一听"钉掌的"来了,小伙伴们都兴奋异常,奔走相告,好似发生了什么大事或大新闻一样,好奇也好,童真也罢,总喜欢那种热闹感。

冬日的农村,早上寒气袭人,袅袅炊烟从山村的屋顶婀娜升起。当太阳冉冉升起,渐渐暖了很多,在背风且向阳的院墙外围了一堆人,中间的"主人公"是一匹马,人们选择在冬闲的时日里给马换掌。

说起钉马掌,简单说就是给马剪脚指甲,或是时髦地说是给马"美甲"。据史料记载,马掌最早在公元前1世纪左右由古罗马人发明,我国直到元代才在中原地区广泛使用。

为什么要钉马掌呢?这要先从马蹄的结构说起,马的肢骨最末端就是蹄骨,这是马的第三节趾骨,我们所看到的马蹄,其实是由蹄骨以及包裹在其外面的角质层构成的。这层角质层,说白了就像人的指甲,总在地上摩擦,就会出现磨损。如果工作负荷大,而且又经常走砂石路,那么角质层的自然生长速度就比不上磨损速度,甚至会导致马蹄出现劈裂,马也就"废了"。人们为了保护马蹄,研究出了马蹄铁。马蹄铁为"U"形铁环,底嵌两条弧状暗槽,暗槽中分别预留了4个钉孔,用来固定铁掌。

钉马掌,那可是个技术活儿,如果钉得好,马掌经久耐用,如果钉不好,没多久马掌就掉了,就像鞋子不合脚一样,甚至会导致马匹变瘸。

前序工作。钉马掌的前序工作是先要把马匹"固定"住,防止其踢人咬人。钉掌师傅招呼几个乡亲找来了绳子和大木桩,把马限制在木桩中间,用绳子捆住脚踝,分别固定在四条大木桩上,随后拉起要钉的那个蹄向后曲起来,放在一个专用矮木凳上,凳子上包裹了软布或绒织物,防止磕伤马腿。

铲掌环节。铲掌是清理铲除马蹄上的污秽之物。只见钉掌师傅身前系着连身大帆布围裙,长套袖护着胳膊,左手扶蹄,右手持铲,熟练地操作着"T"形大通铲,将上端的"T"形手柄顶在腋窝,前臂和上身前倾,通体使力,随着"嚓、嚓"几声,锋利的铁铲铲下去,马蹄上多余的角质一层层被铲除,平整的蹄面光亮如新。

钉掌环节。钉掌师傅根据马蹄的大小选一款大小适中的铁掌,平放在蹄子上,拿出8颗特制的楔形铁钉,沿铁掌中预留的钉孔逐一斜向从蹄外侧钉入,砸钉的同时用一辅助锤控制钉尖从蹄侧钉出,要将钉尖部分顶成卷须状,确保不伤害到马蹄和马腿。最后是收边,用一镰刀状的刀具将钉好的马蹄沿铁掌外围均匀地修割整齐,至此钉马掌的全部过程完成。

放开马匹，一双干净整洁的"新鞋"穿在马脚上，特别精致又精神，瞬间有了"春风得意马蹄疾，一日看尽长安花"的气势与豪迈。

小伙伴们一个个挤在人群的最前面，双眼直勾勾地盯着钉掌师傅的每一步操作，总有一种长大后一定要会这项手艺的"觉悟"，个个都有"偷师学艺"的嫌疑。年少懵懂，尚不懂"人生如马掌铁，磨灭方休"的寓意和志向，但坚信师得一门技艺对人生的意义是不同的。

当然，这一切都是只限于驯养的马匹，而对于自然界的野马而言，因野马的运动量大，造成角质层的磨损厚度与其角质层（即指甲）生长速度相当，所以大可不必担心野马的蹄子的安全问题。

"刨钉解牛"

崔光明

夜色苍茫，忙了一天农活，全家都累坏了。简单吃过晚饭，母亲一边洗脚，一边问："给牛拌上料、填夜草没？""填了，只是牛不怎么肯吃，总觉得有点异常。"父亲一边咠着烟袋锅子，一边担忧地说。"怎么也要等天亮，让他二叔给看看，他比较通，毕竟人家鼓捣牲口这么多年。"母亲说。"是，明天找人去看看。"父亲说。

天亮了，二叔和几个邻居围着牛比划着，询问着牛近期来的情况，父亲在旁边回应着。"莫不是瘤胃里有铁丝或钉子。"二叔淡淡地说了一句。"啊，怎么会，那怎么办？"父亲一阵紧张。"也不用急，有办法取出来。"二叔淡定地说，"只是这类东西多比较锐利，牛反刍时难以跟随草团返上来，便会长时间停留在瘤胃内，很可能在胃肠蠕动时穿透胃壁、刺向心脏，进而则会使牛发生创伤危险，严重时可致命，但目前看来还不是很严重。"

隔了两天，二叔约好了兽医站的兽医，见其用一个类似于指南针状的仪器靠近牛身体，往返几次都发现指针发生了偏移，说明牛瘤胃里真的可能有金属异物存在。接下来便是如何取出金属的问题了。只见兽医从背包中取出一些器具，有磁铁、中空木筒（开口器）和绳索。因提前得到通知，牛已禁食一天，空腹以方便取铁。以前好像听说过专门有一类人是靠走街串巷给牛瘤胃取铁来谋生的，今天还是第一次见。

先是入桩固定。预先将粗的木桩深埋入地下，按牛的体形形成围栏，起到隔离和固定牛的作用。将牛牵入围栏固定好，用牛鼻钳夹住鼻子向斜上方牵引，如同插胃管一样灌入一定量的盐水，据说是能稀释瘤胃内的物质。

接下来，便是给牛放中空木架（开口器），通过开口器将带有绳索的磁铁送入牛的喉部，牛会将磁铁吞入瘤胃。到达瘤胃后，继续让牛将绳索吞下，进入食管的绳索长度大致与牛体长一致，最后把绳索末端牢固地系于开口器上，确保磁铁和绳索在牛体内不会缠绕。

将磁铁放入牛瘤胃后，就进入遛牛环节。父亲牵着牛在门前小河边上溜达一会，先上坡后下坡，走一走，跑一跑，后又经过几次急转弯，前前后后持续了半个多小时，据说目的是让磁铁在牛瘤胃内能充分移动以吸附更多的金属物。

一番折腾后，牛也累了，重新牵回到那个刚才固定好的木桩围栏内，使其站立，然后缓慢地拉出磁铁。我们看着磁铁出来，上面吸附着各种铁丝和铁钉，还有黏黏的胃液与泡沫，让人看得特别不舒服。这些东西在胃中，可想而知牛怎么能有食欲。

我们知道，牛是多胃动物，它的胃由 4 个胃室组成，即瘤胃、蜂巢胃、重瓣胃和皱胃。食物按顺序流经这 4 个胃室，其中一部分在进入重瓣胃前返回到口腔内再咀嚼,其过程称为反刍。瘤胃有暂时贮存饲料和微生物发酵的作用。在牛日常快速嚼入草料的同时,极易将杂物(铁片、钉子)卷入瘤胃,给牛的消化和反刍功能造成障碍,所以一定要注意牛的草料与喂养环境,避免金属类物品的混入。

"刨钉解牛",虽然是为了将牛从病痛中"解救"出来,但过程却极不舒服,希望牛以后再也不要误食这些金属异物,否则治疗起来也太痛苦了。接下来,牛可以好好地吃东西了,希望它能早点恢复。

春 耕

崔光明

牛在前
鞭在后
一牛一犁一老翁
一鞭一豁一呵停
冻土春融犁深耕
冬茧出土
鹊欣欣

山野秀杨柳初绿
枝杈妩媚
芽新新

地垄新土狗作平
摇头摆尾
爪轻轻

风扬泥尘轻拂面
暖意初闻
河清清

翁捏火柴旱烟情
劳作休闲
烟熏熏

育 人
——写给我的学生们

崔光明

"日出嵩山坳,晨钟惊飞鸟,林间小溪水潺潺,坡上青青草,野果香山花俏,狗儿跳羊儿跑……"一曲郑绪岚的《牧羊曲》,可能暴露了我的年龄,但也让我重新徜徉在无忧的时空中,重返自然,重塑寂静,重新找回丢失的自己。

人生就像过山车,不乏起起落落、反反复复。选择教师这个行业,我经历了从怀疑到肯定,从肯定到执着,从忐忑到淡定,从淡定到不安,时间总是能沉淀许多,也改变了许多。我也从一个"师范生"正式签约成为一名教师。

寒来暑往,披星戴月,踏晨忘晚。起得比鸡早,睡得比狗晚,这就是教师这一行业的生动写照和完美诠释。唯一让自己感觉欣慰的就是那晨间的琅琅书声,放学后孩子们的自由与奔放,毕业留言册里的片片暖言。让我持续保持斗志的不是闹铃,而是责任与使命。

想想少林寺里的苦行僧,习武念经均是为了修行,教师也一样。听惯了寺院钟声的古韵,我却只念校园铃声的清脆。如果说庙宇沙弥的吟唱是心中有图腾,那课室里的琅琅书声则是人生有使命。

成长即修正,修正亦成长。自选择育人以来,赶跑了温柔,赶走了稳重,越过"以德服人""以情感人",最终"以严治人"。不知这份严格是否值得,功过与是非,自由后人说。

育人是有责任的。既要保证学生不辍学,还要保证教学质量高。既要向学生传授知识，还要保证学生能消化所学。既要保证优等生的领先性，又要鼓励落后生不掉队的信心与决心。既要有耐心面对学生的委屈，又要有胆量敢于面对学生的倔强。说教要有理有据，解释更要逻辑分明。

在人群中，我看到了你；我看到了你，在人群中。每每自习，我的状态时如福尔摩斯探案，时如"重案六组"出击。从窗口里看过去，从讲台上看下来，人世间，众生相，一应俱全。也许你们只是暂时忘记了诗和远方，也许你们只是认为自己还很年轻，有的是时间。你们可能忘记了时不我待，一寸光阴一寸金，寸金难买寸光阴。

"三尺讲台三寸舌三寸笔三千桃李，一尺教鞭一本书一句话一百英才。"每个自由的时间，都是验证自觉、自律的定义，也是人与人拉开距离的绝佳时刻。多少年后，希望你们还能记得我的"严"，因为我要忠于职守，我有理由让我的学生变得优秀。

记得德国教育家第斯多惠说过："教育的艺术不在于传授知识，而在于激励、唤醒、鼓舞。"在你们的心中，一个富有爱心的老师远比一个知识渊博的老师更具魅力。我知道你们每一位都渴望得到他人的理解和尊重，尤其是得老师的理解和尊重，希望把你们当作平等的人，堪于尊敬的人。我也苛求自己做一个和气的人、一个严谨的人、一个值得尊敬的人、一个堪为师范的人。你们都有自尊心，对于批评，我认为更应把它当作一种激励；我不想批评成为一种伤害，更不想让你们产生逆反心理。

我深知作为人类灵魂的工程师，必须具有高尚的道德品质，对学生要有慈母般的爱心，并不断更新、充实自己的知识，做一个学生喜爱的老师是我努力的目标。

每年毕业季，都有新生加入、老生离开。看着你们的毕业影集，我的心里总有几分惆怅与伤感。时常想起你们稚嫩的声音、暖心的话语、甜美的笑容。时光常被暖流包裹，眼前常被泪眼模糊。也许有一天，老师没出息，忍不住想你们了，期待你们也能记起：在通往胜利的那条船上，我们曾经并肩而行。

夕阳西下，落日余晖中你们个个满腹经纶，我甚是欣慰。感谢你们的努力，你们有勇气取悦自己，余生很贵，一定要努力活成自己想要的样子，这便是目标，更是方向。

望着你们远去的背影，期待明天的晴空与彩虹……

摘豆角

王秀芬

人人都吃过豆角（菜豆），但真正到田里摘过豆角的人恐怕就不那么多了。摘豆角是我小时候暑假里必做的一项家务劳动。

豆角属于攀缘植物，靠茎缠绕在其他物体或植物上往上生长，而玉米则正好可以很好地担任这一角色，于是就有了玉米套种豆角的经典模式。一行玉米一行豆角，随着玉米逐渐长高，豆角的藤蔓也缠绕在玉米秆上。

豆角从下往上依次开花结实，从豆角第一茬成熟开始，一般每隔10～15天摘一次，整个生长季一般都能摘4～5次。具体的采摘时间要视情况而变动，摸准情况后，由家里的老大带着弟妹开始行动。

摘豆角这项任务本身并不复杂，但也需要有点经验，千万不能拽着豆角使劲往下扯，那样会损伤豆角的藤蔓，大大影响后几茬的产量。应该一手轻轻固定住准备摘的那根豆角所在的藤蔓，用另一只手把豆角从根部一掐即可，所以说，摘豆角不是体力活。摘豆角过程中最恼人的是似利刃般的玉米叶子，还有叶子上面毛茸茸的小刺。说玉米叶子像利刃，那真的是一点都不为过，它直挺挺地横在你的面前，纵使你已经穿了长袖，把胳膊捂严实了，但露在外面的脸和手还是会在不经意间被划到，玉米叶子划在满是汗水的湿漉漉的脸上，那真是火辣辣地疼，玉米叶面上的小刺拉到手就更是稀松平常的事了。这些疼痛对于我们而言却是习以为常，心里在为能够帮父母干点力所能及的农活而欣慰，而且看着豆角积少成多，也是满满的成就感。

摘豆角过程中，手忙着的同时，嘴也是绝对不会闲着的，姐妹们一定会斗斗嘴。转眼，时间已经过去快30年了，但当时的情景仍历历在目，闭上眼睛还能感受到闷热的玉米地里潮湿的气息。现在一年四季都可以吃到新鲜的豆角，而关于姐妹们摘豆角的岁月却永远地封存在我的记忆里。

电线杆下的期待

崔光明

人应该是有信仰的，特别是在那个物资匮乏的年代，靠什么指导前行，精神生活弥足珍贵。在电线杆下听听评书那也是至高享受，那个大喇叭像灯塔般照亮着大家的前行之路。

20世纪80年代，时空是狭窄的，除了穷还是穷。上中学时，食堂里除了只有水没有油的水煮白菜、马铃薯外，便是储存了很长时间的米面，一切尽是无奈，甚至于每天中午能在电线杆下听一场评书连播都是幸福的。

不知从何时起，我喜欢上了评书，也许是源自从小喜欢听老爸讲故事吧。在中学时，没有图书馆，听小说、听广播就像丢了魂一样，特别是每天中午的评书连播，那是一场不误。那时正由单田芳老师播讲《白眉大侠》，故事情节跌宕起伏，引人入胜，影响深刻。最让人记忆犹新的人物就是细脖大头怪房书安，特别是他常说的那句话："人伴贤良品自高，鸟随鸾凤飞腾远！"

一下课，放下书包，小跑着到食堂排队打饭，生怕误了评书连播。用筷子扎两个方馍，大海碗盛点汤，急匆匆地赶到教室后面的那根电线杆下，抢占有利地形坐下，至少要顺风，生怕听不清。电线杆下已呼啦啦坐了一片，有学生，也有周边的居民。搬一块石头，提一块废砖，找一根烂木头，这都是座位，实在没有就侧立站着。耳朵竖起来，认真、专注，听得津津有味，一场评书听下来比吃牛肉还香，比啃西瓜还甜。

记得有个同学的父亲是个卖面皮的，每天中午都放下手头所有事宜，买卖也不做了，找根电线杆一靠专心把评书听完，然后再去张罗着卖面皮的事……错过了中午的黄金卖餐时间，面皮经常就会剩下，回去后会遭他母亲数落，但他父亲则是屡骂屡听，屡听屡骂，从不懈怠。可见评书在普通百姓的心中魅力有多大。

武侠、江湖，是多少人的记忆。每个人都有一个武侠梦，再苦的生活，也要苦中作乐，自己安慰自己，自己给自己鼓劲。每个读者心中的都有一部经典，或古或今，故事愈精彩，感觉愈有味……

生活由自己演绎，江湖由自己感悟。人生就是江湖，我们借评书来快意恩仇。

由一张兔皮想到的

崔光明

冬日的北方，寒风凛冽，枯梢相伴。零下20摄氏度的低温下，路上很少有行人，零星的雪花打落在院子里晾衣服的铁丝上，一张野生兔皮无畏地悬挂在铁丝上，随风飘荡，好似在诉说历史，回忆过往……

父亲有两大爱好，一个是看书，另一个打猎。在文学的视野里寻找史诗典故，在现实的山野中感受兔跑鸟鸣，这也许是支撑父亲阳光心态的宝典吧！特别是父亲年轻时打猎收藏的那张兔皮更是励志，更具时代感！

20世纪80年代中期，父亲是村里的民兵连长。记忆中，家里的墙角堆满了各种枪，抽屉里锁着子弹和手榴弹。听父亲说，那时的基层民兵装备还是很全的，基本上每个村排级以上干部都配有五六式半自动步枪、手榴弹等基本装备。父亲很喜欢射击，并在周边小有名气，他喜欢以枪会友，慕名而来的枪友们络绎不绝。三五个小伙子聚在一起，切磋枪技，研究打法，装子弹，拆枪械，乐此不疲。在当时合法持有枪械的社会环境下，在实战上能用到枪弹的场景只有打猎。由于当时的生活不富裕，周边山林里时有大型野生动物出没，有山猪、山豹，更多的则是野兔和山鸡。有野生动物，还有枪，再加上几个枪友，打猎行动便水到渠成了。

记得当时从太原化工厂来了两位玩枪爱好者，一位姓石，另一位姓崔。他们爱枪如命，出来打猎，以枪会友，找到了父亲，一拍即合，父亲热情好客，便安排其住在家里。白天父亲带着他们翻山越岭一起去打猎，母亲特别给他们蒸了馒头、烙了饼作为干粮。两位叔叔不好意思拿，说自己带了榨菜和烧饼。那也是我第一次见到榨菜，也算是村里人第一次见到省城里的美食吧。一条一条上面撒着均匀的辣椒粉，如同家里的老咸菜。晚上回来，他们一边拆洗枪械、装子弹，一边分享着白天的打猎的惊心动魄。每个人都是段子高手，讲到生动处眉飞色舞，转折处令人拍案称奇。

付出总有回报，在数九寒天坚持打猎二十多天，满满一牛车的猎物被装好，拉到镇上换成钱。目送着两位叔叔踏上返程的火车，父亲迎着夕阳回到村里继续他的日常。

连续几年冬天，两位叔叔都来打猎。父亲持续着团队作战的热情，演绎着山野围猎的默契。夕阳西下，他们总能收获满满。每每看到他们挑着猎物归来，我无比快乐，又能吃兔子、山鸡肉了，这在那个时代绝对是一等营养补品。

后来，随着国家对枪械加强管制，基层的武器装备都陆续被上交，民间再无枪械，山野也再无枪声，打猎活动也成了历史。为了留下一个永久的纪念，父亲特意用一张兔皮做了一个标本收藏起来，时常拿出来看看，晾晾晒晒，生怕生了虫，弄坏了标本。

父辈们经历了太多艰难与困苦，他们不屈不挠，在艰难的岁月里苦中作乐，尚对生活信心十足，我们新时代的一代人更应该守住自己心里的阳光，为自己的梦想而努力！

雪越下越大，父亲打开房门走到铁丝前，打刮了一下落在兔皮上的雪花，轻轻地将它像宝贝一样收起来。边走边说，可不敢让雪打湿了这张兔皮，这可是我多年的收藏。每每看到这张兔皮，昨天的故事就历历在目，有枪、有友、有雪花、有山崖、有丛林、有野兽，只是现在不允许持枪了，如果允许，父亲还会背起枪，翻山越岭跑起来仍像个年轻小伙一样。父亲若有所思地走向家门……

清晨的那盏灯

崔光明

深秋,早上 5 时,夜色蒙蒙,北方的这座小城还在沉睡。屋外除了大型清洁车的引擎与马达的协奏曲外,周围仍是一片寂静。小区的一个单元楼上,厨房里有一盏灯正亮着,有一位母亲正在为她读高三的孩子准备早餐。

持续一周的降雨,造成了山西省多地塌方、滑坡、道路积水,交通不同程度受阻。迫于这场百年不遇的连阴雨,我不得不提前离开父母辗转到城里"过度",只为返程不误机。"落难"于同学家,他成了救世主,我则成了难民。厨房里的一阵有序操作,让我再次近距离地感受到一个家庭为了孩子的未来所投入的艰辛与不易,以及一个孩子为了学业所经历的自律与坚持,也让我联想到当年自己读书时,母亲的起早贪黑。

早上 5 时 30 分,"虎儿,不敢再睡了啊!起来洗洗,吃点东西要去学校了。"简单朴实的语言,这是一位母亲在做完早餐,扣好饭盒盖后的催促与提醒。一切都是为一个宏伟目标而坚持,一切都是为未来与明天而奋斗。为儿子能吃得舒服些,早起已平凡到不值得一提。

早上 5 时 40 分,母子俩收拾好出门了。孩子的母亲带着伞,驱车送子。多少期望含在其中,多少付出掩在里面,人生有太多辛劳,体现在父母的披星戴月中,淹没在城市的喧嚣里。

早上 6 时,孩子的母亲带着一身雨露返回,轻声推开门,警觉的小狗出门迎接,扑扑闹闹。稍后,安静下来,回到自己的小窝中,孩子的母亲回到卧室休息,就当是回笼觉吧!

深秋的清晨，出奇的静，我的耳朵里梳理着门外的一切动静，通过这位伟大母亲的一举一动，感受着教育对一个家庭的压力和负担，感受着为人父母的无私和爱，瞬间睡意尽无，索性坐起来写完这篇随笔。

生活有细节，日常有感动。我觉得这样的素材不写就浪费了，特别给予这位母亲致以崇高的敬意。正是有了千千万万个这样的家庭、这样的母亲的潜心付出，才守护着祖国的花朵成为栋梁，为"英雄与不凡"而点赞！

因为爱，所以爱，以无私为境。

团　聚

王秀芬

父母在世时，一家团聚的节日是国庆节和春节；父母故去后，一家人"团聚"的节日变成了清明节和寒衣节。在互联网上看到过一个全家人在亲人坟前聚餐后才离开的短视频，觉得这也是一种"团聚"的形式。

这一年是闰二月，关于闰月是否祭扫以及应该什么时候祭扫，互联网上有各种传言，适当参考网上的信息，结合大家的时间安排，最终定在清明节的前三天祭扫。

母亲下葬后，因新冠疫情，清明、"七七"和寒衣节都没能回去，转眼就是一年多。我买了火车票，买票的时候发现从北京到山西的列车全部都被分配到了北京丰台站，回家的路又远了几公里，多走的这几公里路似乎在告诉我，曾经的那个家离我越来越远。

祭扫要准备贡品、祭品等，每年主要是三姐在操办。关于贡品的准备，三姐从不含糊，绝不应付了事，依然会像爷爷、父母还在世时那样，准备各式各样他们喜欢吃的东西，有父亲喜欢吃的猕猴桃、熘肥肠、浑源凉粉、果冻、软糖等，有母亲喜欢吃的饺子、酸汤凉粉、石头饼等，加起来能有20多种，此外还有鲜花、塑料花、祭品。

祭扫当日早上7时20分，从三姐家准时出发。之所以要起个大早，一是因为父亲母亲的坟和爷爷的坟不在一处，两处坟都在山顶，都是要爬一道长长的坡；二是三姐家所在的从阳泉市回村里的车程大概也要一个半小时；三是家乡有下午不上坟的习俗，要保证中午12时之前上完坟。

第一站是回老村先给爷爷上坟。实际上，据父亲说，父亲在世时圈葬的时候已经挖了一些爷爷坟地的土堆在了父亲坟的西面，相当于是象征性地把爷爷的坟迁了过来，也可以不回去祭拜，但我们兄弟姐妹们觉得，现在还不至于老到走不动，在有能力和体力去的时候还是要回祖坟上去祭拜。

把车停在坡底，大家到爷爷坟前先把鲜花放在墓碑前，然后把挂纸用石头或土块压在坟头，坟上填一些新土，把香烧上，我和三姐开始摆贡品，把贡品一样样打开，放在墓碑前的台子上，哥哥负责在坟前刨个小坑（刨坑的目的是防火），然后开始烧祭品（金银元宝、冥币、春夏换季的衣服），同时也要把各种点心、水果分别掰一小块扔到火堆里，母亲生前告诉我们说把贡品扔到火堆里，故去的人才能吃到。母亲生前同样交代过，不仅要给自己的长辈上贡，还要把贡品往四面八方都放一些，请周围的故人也分享一些。祭品都烧得差不多时，开始轮流酹酒，集体三叩头，整个祭拜仪式结束。仔细检查没有火灾隐患后，和爷爷奶奶告别离开。

除了春节，村里人流量最大的日子应该就是清明节了。为了防止着火，村里特意安排了执勤员，首先叮嘱要文明祭扫，然后要登记车辆信息。老村已经有两代破败的民居。第一代是和我父母亲同辈的叔伯们的房子，当时的房子基本都是依山打洞，是真正的土窑洞，这一代人大部分已经离世了，人走屋空，房子没有人气很快就会倒塌，近些年已经倒塌得差不多了。

第二代是和我同辈的留在村里的兄弟姐妹们盖的砖房，这些人在城里买了房子，只有在春耕和秋收的时候才回来忙几天，门口残留的玉米棒芯昭示着他们和村庄之间有限的关联。除了执勤的防火员润仙姐外，我们还碰到了一男一女两个年轻人也在上坟，虽是同村人，但彼此已经不相识。村子里静悄悄的，没有鸡鸣声，也没有犬吠声。

从老村出来，驱车大概10多分钟就到了父母新坟所在的山脚，分头拿好准备的东西，开始爬第二道坡，路边的野生沙棘刚刚冒出嫩芽，萝卜田里的萝卜不知什么缘故依然横七竖八地躺在地里，玉米秸秆随意地散落在田间地头和田埂崖边，残留的地膜也随处可见。

到达墓地后，和给爷爷奶奶上坟一样的程序，村里的讲究是三周年后才可以立碑，父母坟前还没有碑，只是先用砖头搭了一个小台子来放贡品，祭拜期间突然发现，一年前插在坟前的孝棒居然发芽了。嫩嫩的小柳芽虽然显得有点弱不禁风，但也彰显着它顽强的生命力。

祭奠全部结束，驱车去寿阳县南燕竹镇的李记肉夹饼店，这家店已经成为我们兄弟姐妹的定点饭店。这家店在家乡也算是小有名气，排队点餐的时候，排在我们后面的小两口是专程从太原赶过来的，特意来品尝夹肉饼，而我却是冲着红米汤、酸汤凉粉来的，红米汤和酸汤凉粉是伴随我成长的两种美食，而且这家熬的红米汤、烹的酸汤最接近妈妈的味道。

饭后，我们决定回老宅看看。老宅大门的门枢坏了，邻居婶婶帮着用木棍别了一下。院子里的杏花开得正旺，杂草已经返青；每次回来，哥哥都会把院里的杂草烧一烧，但杂草们完美地演绎着"野火烧不尽，春风吹又生"的诗句；扣箱上"长取长有"四个字出自老爸之手，颜色和上面的污渍都记录着它的年龄（10年以上）；灶台上的灰又积了一层，缝纫机也已经锈迹斑斑；黑柜子一侧的墙皮塌了一块，家里潮得厉害，柜里的衣服也都长霉了，自从房顶装了彩钢板以后，屋子里特别潮；院中一角立着的一把扫帚完好无损，但却全然没有了用武之地。收拾妥当后，我们返程。

老宅的景物

返程路上一起挖野蒜是我们兄弟姐妹团聚的最后一个项目。每年都在固定的地块，分两组行动，一组负责用铁锹挖，另一组负责抖土整理入袋。对于从小在田里泡大的我们来说，挖野蒜实在是轻松不过的活，大家一边挖一边一起回忆着童年的趣事，不一会工夫就能挖上两大袋。至此，一天的行程全部结束，各自返程。

故乡的习俗

心中的年

崔光明

这便是我要的年
好面的饺子
礼花加二踢脚

秦琼尉迟恭门神帖
糨糊高粱刷子映冰挂

十四寸黑白电视的春晚
大大小小相跟上拜年

再加上那

红绿相间的 100 响小鞭
噼噼啪啪
过瘾解乏

寒冷的是空气
冻得生疼的是脚与手

那时候
什么都没有
却年味十足
自己也是最快乐的

心中的年

王秀芬

小时候,年是一种信仰,年是一种期待。那时候,穿上一身崭新的花衣裳,拎一个刚出锅的三角糖包,夹一块桃红的豆腐乳,揣一把邻居给的黑枣……这便是全部。

20世纪80年代的农村，物资仍相对匮乏，只有在过年的时候，妈妈才会给五个孩子每人做一身新衣裳，虽然布料不会太考究，但也是妈妈精挑细选的。布料选好后，就是款式的设计，妈妈会根据每个孩子年龄的不同，精心设计不一样的款式，泡泡袖、小翻领、喇叭裤等当时的流行元素，被母亲运用得炉火纯青。按照现在的流行语来说，母亲当年给我们做的衣服真可谓是绝版，完全是私人定制。

糖三角，也是过年才能吃到的美味。母亲虽然只上过3年学，但精打细算过日子，真是一把好手。只记得她给我们讲过，同样的三碗面粉（小时候一般都是买50斤一袋的面粉，买回来后装在自己的圆口瓦罐里，瓦罐里会放上一只碗，每次都用这个碗舀面出来，碗也相当于一个量具），如果用来做面条，全家人就够吃，但如果用来蒸馒头，全家人就不够吃。为了节省面粉，在平时，妈妈是不会给我们蒸馒头吃的，更别说里面有糖馅儿的糖三角了。刚从笼屉里取出来的糖三角，冒着热气，香味扑鼻，我会迫不及待地拿上一个，烫手拿不住，只好左手倒右手，右手倒左手，并使劲地对着糖三角不断吹气，再狠狠地咬上一口，丝滑入味，糖汁沁人心脾，感觉全身每个细胞都被浸染，自己简直就是全天下最幸福的那个人。

红方腐乳，老家方言称酱豆腐。清清楚楚地记得，当时的价格是5分钱一块，但对于一分钱都恨不得掰成两半花的母亲来说，5分钱那要算是一笔巨款了。只有到过年的时候才会买上10块腐乳，和陈醋拌在一起蘸饺子吃。如果卖腐乳的师傅能够稍微给多舀上一点腐乳汤汁，那就真是占了天大的便宜。买回来的豆腐乳，在年前是不允许吃的，全家八口人一共就10块，只有到了大年初一早上才可以打开。腐乳的味道因为它的来之不易而变得回味悠长！

小时候，村里过年，天还没亮，大年初一早早吃过早饭，小伙伴们便成群结伴挨家挨户去邻里拜年。说是拜年，其实更多的是惦记着大爷大娘、叔叔阿姨们给的各种好吃的。我印象最深的就是那一把黑枣，至于是哪家邻居给的，现在都想不起来了。但黑枣对我来说却是稀罕物，一直记到现在。那是第一次见到和自家院子里枣树上结出来的不一样的枣，吃起来软软糯糯的，尽管个别吃起来会有一丝土腥味（黑枣上带的土，吃前没有清洗），但还是被这种"新鲜的"味道深深吸引。

之后的几年过年都会如期去邻居家拜年，以解一年来的"黑枣之馋"。如今，新衣随时添，糖三角因为高糖而被嫌弃，腐乳论瓶卖，各类水果四季供应。这些东西再也与过年建立不起任何关联。过年似乎越来越找不到它原有的味道，我心中的年也没有了具体的模样。

我在想，到底是年变了，还是我变了，还是时代变了？

年　货

王秀芬

过了腊八就是年，年已经迈着它那稳健的步伐一步步向我们走来，每逢这个时候，脑海里就会不自觉地闪现出儿时家里准备年货的一幕幕情景。

猪是要杀的。爷爷在世的时候，家里每年都会养一头猪，等腊月时杀了过年吃。一头猪的肉我们一家人自然是吃不完的，也是舍不得都吃掉的，大部分的肉会卖给邻居们。这里我必须补充一句，在农村，猪全身上下的肉一个价，而非不同部位不同价，到今天依然是这样。自家杀猪最大的好处应该就是多得一个猪头、一套猪下水还有一盆猪血。爷爷年轻的时候在太原做过厨师，这些都由爷爷加工成各种美食，猪血会做成灌肠，猪头会做成猪头肉。到现在我还清楚地记得爷爷用滚烫的铁筷子燎猪头上猪毛的样子。这些美味中我最青睐的是猪肝。

鸡也是要杀的。通常要杀两三只。杀鸡这个工作一般由母亲来完成。父亲比母亲还胆小，且笨手笨脚，而母亲则属于那种比较泼辣的女人，粗活细活都做得。当年杀哪几只鸡母亲心里也是有数的，小公鸡肯定是要杀一只的，然后就是下蛋不多或爱丢蛋（把蛋下到邻居家窝里或者下到自己找的草坑里）的母鸡。母亲杀鸡的方式有点残忍，她会直接把鸡的头剁下来，没了头的鸡往往会做最后的挣扎，使劲扑腾着翅膀试图站起来，但终究是站不起来了。或许是童年时母亲杀鸡的情景给我留下了心理阴影，很多年来我一直不吃鸡肉。

豆腐是要买的。豆腐的吃法比较多，每年都要买上二三十斤。买来的豆腐大部分直接进入天然冰箱冻起来，冻成蜂窝状的冻豆腐，鸡肉炖冻豆腐是我家过年餐桌上的一道必备菜；还有一部分豆腐则用来炸丸子，豆腐丸子炸好了可以用来做火锅和烩菜；有时母亲还会自己卤点豆腐干；我脑海中至今还存有和母亲一起卤豆腐干的记忆片段，依稀记得卤过的豆腐干要用纱布包着，放在事先铺好的砖上，然后再在上面压一层砖，这样可以使豆腐干变得更加紧实、有嚼劲。

"点馍馍花"

馒头是要蒸的。蒸馒头是年货准备中的重头戏，不仅要蒸正月里自家吃的和招待来拜年的亲戚吃的馒头，还要蒸好拜年走亲戚用的馒头。这两种馒头一般通过馒头蒸好出锅前点缀在馒头上的图案来区分，用于拜年走亲戚的馒头一般会用一种我们叫作"点馍馍花"的植物种子外壳蘸上食用红色素点在馒头上，这样馒头上就开出了一朵毛茸茸的漂亮的小红花，用于自家吃的馒头则用筷头在上面点个红点。

蒸馒头时，一定要蒸一个枣山，是大年初一祭祀祖先时用的，枣山呈三角状、如山形，从上到下依次一层层插着大枣。母亲蒸的枣山总体外形就是左图的样子，但细节上还是有些区别的，母亲做的每一个放枣的底座都不是圆形的，而是右图中的样子，为了让枣山的结构更紧凑，还会用筷子在中间夹一下。

枣山

母亲做的枣山的底座

糕卷儿也是要蒸的。糕卷儿是寿阳当地的一种吃法。一共需要三种材料：发好的白面、蒸好的糕面（黄米面）和红枣。具体的做法是先把糕面擀成长方形状，中间放上煮好的红枣，然后沿着长方形较长的一边把枣裹起来，再把发好的白面也擀成长方形，包在糕面的外面裹一层，最后用梳子的齿在朝上的一面做一些纹饰点缀，然后上锅蒸熟。白黄红三种颜色，由外到内，层次分明，一口咬下去，黄米的软糯加上枣的香甜，

糕卷儿

就是心中的年的味道。母亲蒸的糕卷儿深受亲戚们的喜欢，为此，每年年前母亲都会多做一点，不仅要用于招待拜年亲戚吃，还要准备一些给侄子外甥们带走。

寿阳三道子

三道子是要炸的。寿阳三道子，相传已有2000多年历史，现为县级非物质文化遗产代表性项目，民间有福禄寿吉祥三到（三道）的佳话。三道子外脆里糯，用百度和小红书都可以搜到详细的制作教程，感兴趣的可以试试哦。

绿豆芽儿是要生的。凉拌绿豆芽是我家过年餐桌上多年不变的一道凉菜。母亲生豆芽是一把好手。家里有一个大约有60厘米高的圆肚形大瓦缸，春夏季的时候被母亲用来给母鸡抱窝，冬腊月的时候则被母亲用来生豆芽，这个缸的独特之处在于，在它的底部边缘处有一个一角硬币大小的孔，小孔的作用是在每天给豆芽浇水的时候用来漏水的。小时候我最爱干的事情就是和母亲一起给豆芽浇水，我称为"给豆芽洗澡"，每到年前母亲生豆芽的时候我都会一遍遍嘱咐她，给豆芽洗澡的时候一定要记得喊我，母亲也确实需要一个小帮手来帮她接水。每次母亲掀开瓦缸上的盖被前，我都会迫不及待地把脑袋凑过去看豆芽又长长了多少，一瓢水哗啦啦地浇到豆芽上，得到滋润的豆芽似乎一下子变得挺拔和舒展了起来，我一边拿盆接着从小孔里漏下来的水，一边沉浸式体验着豆芽肆意生长的快感。

俊儿是要熬的。寿阳人所称的俊儿即皮冻，皮冻的地域性没有那么强，很多地方都吃，只是叫法和做法略有不同而已。熬俊儿最烦琐的一道工序就是清理猪皮，猪皮要反复煮，反复洗。另外就是熬制过程中火候要把握好，使熬出来的俊儿软硬适中，Q弹滑嫩。因为一年也就做一次，母亲的火候把握得不是那么精准，回锅返工也是常有的事。母亲喜欢在出锅前滑一个鸡蛋进去，使得凝固后的俊儿颜色更加丰富。

对联是要写的。写对联是唯一一项由父亲完成的年货准备工作，而且父亲还要给邻居们写，进了腊月，邻居们早早就打好招呼，请父亲帮忙写对联。那时农村是买不到写好的对联的，家家户户都是去乡里的供销社买整张的红纸回来，然后根据自家的需求拆成大小不一的对联，除了门上贴的五字联、七字联外，牛圈、鸡窝甚至院里的树上都会贴个对联。拿到邻居家的对联，父亲一看就能辨别出各个对联分别是贴在哪儿的。因为农村是熟人社会，农闲的时候大家不免会互相串个门，村子里各家的情况彼此都很熟悉。写对联的时候，我或三姐又会作为小助手上线，我们负责在大抽头的这端摁着对联，父亲写几个字后再顺势往前抽一抽，写完后小心翼翼地端着放好，柜子上、地上、炕上放得满满的，放的时候还要注意做标记，各家的对联给划分一个区域，以免放混了。一户的对联墨干了后就赶紧整理好卷起来，好尽快腾出地方放另一家的。浓浓的墨香味是我童年记忆中年味的一种。

新衣服和新鞋子是要做的。"新年好，新年好，穿新衣戴新帽……"儿歌《新年到》准确地表达了儿童对穿新衣的期盼。家里孩子多，为了节约成本，同时让我们五个孩子过年都能穿上漂亮又合身的新衣服，母亲参加了村里的裁缝培训班，学会了做衣服。虽然母亲做得很用心，但我还是经历了被小伙伴嫌弃的事情。在20世纪80年代的农村小孩眼里，买的成品衣服要比做的衣服更高级，别的小朋友的新衣服都是买的，而只有我的新衣服是母亲做的。

酱豆腐是要买的。酱豆腐即腐乳，东西虽小，但绝对算得上是纯纯的年货（过年时才会出现在我家的货品）。每当黑色柜子上那个透明的玻璃瓶里装上红红的腐乳的时候，就意味着年不远了。

鞭炮是要买的。一年到头，只有噼噼啪啪的鞭炮声才能让平时寂静的山村热闹起来。一年就热闹这么一回，家家户户都很是重视，有点互相比着放的意思，都不甘落后。母亲每年也都会早早把鞭炮买好，鞭炮无非就那两种，大炮和小鞭，大炮论根卖，小鞭论响卖。买回来的大炮会被哥哥时不时地拿出来放在炕席底下烤一烤，以免受潮变成哑炮。关于买鞭炮，小时候总听父亲给我们讲村里一位五保户爷爷的故事：爷爷过日子很是节俭，有一年过年只买了一根大炮，准备大年初一"接神"的时候放，年前也是对这仅有的一根大炮百般"照顾"，并不时祈祷千万别成为哑炮，结果等到大年初一放炮的时候，这根大炮却辜负了主人对它的期待，终究还是成为一根哑炮。当时是当笑话听的，现在细想，这个小故事其实还挺有深意的。

糖块是要买的。糖果和鞭炮一样，是家家必备的年货。因为村里一直保持着大年初一早饭后小孩们挨家挨户去拜年的习俗。这边热腾腾的饺子刚刚下肚，那边隔壁邻居的姐姐已经喊我出发了。每到一户人家都要先礼貌地问长辈们过年好，长辈们就会拿出糖果塞到小孩子的衣服兜里，其实还不止糖果，还有酒枣、黑枣等比较特别的美味。一上午整个村子挨家挨户转下来，上衣和裤子兜都被各种好吃的塞得满满当当，那种满足感和幸福感无以言表。

年货准备齐全，年也如约而至。儿时的年，因为与平时不同而有所期待；因为有所期待而觉得幸福；因为幸福而常常回味。

古朴的庙会

崔光明

庙会，就其本意而言，是在寺庙附近聚会，进行祭神、娱乐和购物活动，是中国民间宗教及岁时风俗之一，也是中国集市贸易形式之一。它的产生、存在和演变都与老百姓的生活息息相关，具有浓厚的宗教色彩，一般在春节、元宵节、阴历二月二龙抬头等节日举行。由庙会衍生出赶集，这种"内容重于形式，买卖在于集市"的特有习俗给老一辈土生土长的农村人留下了深刻的记忆。有道是"乡僻之地，贸易有定期"。及期，买者卖者从四方前来，集于一定的地点买卖，俗称赶集。在交通与通信欠发达的年代，赶集的意义不亚于现在的进出口交易会，这对华北地区的农村而言是再熟悉不过的画面。庙会不仅增加了交流，促进了繁荣，更让人们的生活得以适当调剂，给单调的生活增加了色彩。

记忆中，没有太多关于庙的概念，只记得在邻村有一所小学，据说之前是一座庙，后已破落，暂被用作学校。庙内苍柏高耸，残壁断垣，尽显历史沧桑。

对于庙会时集市的印象是深刻的。每年春夏，总有一两次定期的集会。跟随父亲去镇上或邻村赶集，有集就有古戏唱，山西梆子（晋剧）总是集市的主角，总是那么有气场，演绎古今，教化当下。农闲的人们纷纷会赶到戏场去感受那份休闲与浪漫，由于全是土路，人们多是步行，也有少数人骑自行车，此外，偶尔也能见到摩托车。赶上看夜戏，那就要带上家里唯一的电器——手电筒，翻山越岭也要去看，信念使然，执着所见。对于座位，邻近的人们带个折叠椅，距离远的嫌麻烦就在附近找块大石头或几块砖，放在台下，就当是雅座了，通常3个小时的演出，台下座无虚席，观众的热情给了演员们莫大的动力和鼓励。生、旦、净、末、丑，展现古今传奇，在没有更多文化娱乐的时代，看戏就成了农村精神文化的必要元素。

集会的地点若选在镇上还好，因为镇上有固定的大戏台建筑，若选在村里，那就要临时搭建戏台，因当时还没有如今现成的标准钢管与螺丝扣件，有的只是门前屋后的几株大树，拿来大砍锯，选顺直光溜的树砍倒，用麻绳搭结在一起，找块相对平坦的空地，用帆布或苇席围蔽起来，台口则用绿色或紫红彩绸装饰，中间的彩色方纸用毛笔写上"×××春季交流会"，戏台两侧会请当地有名的文人写一副脍炙人口的对联，如"看古人看今人看古看今人看人，台上笑台下笑台上台下笑惹笑"，这就算是有了剧场。

20世纪80年代的农村，电的供应还不是很充足，经常停电，没有发电机，只能自制煤油灯，没有大的装油器具作为灯盏，有创意者到供销社找来几个新的夜壶装入煤油安上棉绳，煤油灯就算是制作完成了。古戏在煤油灯的朦胧映射下演绎，伴着徐徐飘起的煤油烟，还有煤油的味道，当然还有台下观众的喝彩声。司鼓熟练地指挥着，演员认真地表演着，观众们入神地欣赏着，不时交头接耳，窃窃私语，观剧的心情丝毫没因为简陋的照明设备受到影响。

在戏台对着的广场上，有两排做小买卖的档口，布匹、衣服、生活用品、农机具、老豆腐麻叶（油条）、冰棍、棉花糖、塑料压模的皮筋玩具手枪……应有尽有，喧嚣声、吆喝声，夹杂着旁边受阻的汽车的喇叭声，与远处戏台上的唱腔和锣鼓，竟然没一点违和感，好似有声版的"清明上河图"，那么烟火气，那么和谐。有幸在戏场中遇上邻村的好友或伙伴，就会停下来海阔天空地唠唠嗑，家长里短，天下尽知。

开戏前与散场后，看众生相，区别很大，如同人生一般，少了一分匆忙却多了一分淡定。来时风风火火，急急忙忙，生怕错过任何一个好的机会，争来抢去；归时安静自如，平平和和，议论着剧中情节，分享着生活的美好，对比着各自的处境与价值，感受着生活的每一次登场，言语中透露出满足与味道。虽然在那个年代生活极简，但人们很快乐，对生活也很有信心。有说有笑地一路走过，让生活中的一切不快全部释然，有了寄托、更有了希望。也许这就是参加一次庙会或观一场戏的收获与意义吧。毕竟聚散有时，生活还将继续。

借桌椅

崔光明

20世纪80年代初,农村的物资异常匮乏,村里的大事小情都与学校有着直接或间接的关系,你知道为什么吗?因为但凡有红白事都会请客,请客就会用到桌椅,那时没有现在的流动餐厅,上饭店下馆子也是极少的事,没有桌椅,只有从学校借,这样学校的桌子和板凳便成了主力。

每每经历红白事归还的桌子和板凳上经常沾染着厚厚的猪油、红纸蘸酒后的掉色或白纸加墨汁。可以说每副桌凳都是村里历史兴衰更替的见证者,送走那些故去的老者,迎来年轻的新娘或女婿,以及庆祝满月的新生儿。一波接一波,一茬接一茬。变的是村里世事苍生,不变的是那一副副桌凳上的磨损与印迹。

每每遇到白事,会选出两条板凳去支撑逝者的棺木。这成为学校同学们最忌讳的事,谁也不愿意让过事的户主选中自己坐的板凳,所以上面会用小刀刻上字,心里还默默祈祷千万不要用自己的那条板凳去架棺材,迷信地认为那是不吉利的。所以每次白事过后,归还的板凳和桌子,坐起来总让人战战兢兢、充满遐想。

从一场婚礼说开去

崔光明

匆忙北飞一趟,回去参加了外甥的婚礼,圆满地完成了娘舅的角色扮演,在恭喜祝福外甥成家的同时,再一次零距离感受新时期婚礼的魅力,静下来对北方婚礼的文化与习俗进行深度思考,简要从"聚""简""烦""闹""舍与得"五个方面来进行探讨。

聚

随着信息时代的到来,手机真的成了"机"不可失的主,虽方便了联系,但却少了聚的机会。一个家族若不是红白喜事,是很难有人员聚齐的机会的,许多亲戚也成了有血缘关系的陌生人。所以这种形式的聚还是有积极意义的,让七大姑八大姨再次在现实中见到,嘘寒问暖也好,当面客套也罢,至少让晚辈们知道这个家族的规模与轮廓。

简

随着工业文明的迭代,交通工具的发达,朝发夕至成为常态。时空的缩短,让年轻人开始逐步简化传统并忽略所谓的"陋习"。不再骑马坐轿,不再鼓乐喧天。摆脱在自己院子里借盆、借碗、借桌椅用来安排宴席的尴尬,直接出资到饭店订上几桌,人到齐,上菜,吃完一抹嘴走人。表面上是快捷高效,实际上却缺少婚礼真正的韵味。没有了前一天搭墩子火的辛苦,院子少了吹风机的轰鸣,没有了大帆布的应景,没有了吹打的唢呐锣镲的节奏,没有了凌晨3时起床蒸黍子面枣糕的煎熬,没有了拆开笼布在半瓮中现场割糕的热气，没有了新娘到来时麦秸加爆竹的旺草火把与旗队列队相迎的气魄与仪仗，没有了新娘下轿时人们疯狂抢喜糖的混乱，没有了入洞房时各种阻拦挤闹的热情，没有了吹打乐队到洞房里最后一声由唢呐演绎的婴儿哭声……传统的文化和习俗保留得越来越少，到底是创新还是遗忘，我不得而知，但总觉得氛围里少了点什么。

繁

多年来形成的地方文化风俗或规矩，虽说烦琐，但每道程序都师出有名，每个环节都别有深意。就从婚俗的道具说起吧，如枣生桂子、压箱钱、富贵钱、偷富贵等。

枣生桂子：采用红枣、花生、桂圆、莲子摆成早生贵子的图样来祝福新人，会在新郎出发去迎接新娘之后，由全福人（上有老下有小、全家健康、家庭和谐的女性）摆在婚房的床上。

压箱钱：一般来说，女方陪嫁的皮箱内会压一定金额的喜钱，到了男方家举行开箱仪式的时候，男方会翻一番，给出其双倍的喜钱，然后，舅舅再加上代表天的 1 元和代表地的 1 元。如今，很多人喜欢把压箱钱最终凑成 10001 元，寓意万里挑一的好媳妇。具体压箱钱的数目也要根据自家不同情况来定，其寓意也都是为了祝福二位新人。一般压箱钱摆为扇子状，取谐音"善待妻子"；现在也有一种花状的压箱钱，寓意花开富贵。

富贵钱：在红腰带内缝入"新人虚岁数 + 2"数量的铜钱，多加的两枚铜钱寓意天和地，再在红腰带外面用五色线绑上特制的小铜刀铜镜一副，以期盼生活顺遂。

偷富贵：在新郎迎娶新娘的时候，迎亲人员会从款待的宴席上偷两个碗或勺子，且尽量不让娘家人发现。但是现在有成套的富贵碗，放在不显眼的地方，提前告知接亲人员注意偷走即可。因为之前男方要给女方送富贵钱，这时候接亲人员再把"富贵"偷回来，寓意共同富贵。这一风俗实际上是考验男方接亲人员是否机灵，是否干练。

手绢顶针：新娘结婚的时候要准备很多顶针，如果在婚车行驶的途中如果遇见了其他的婚车，就要将顶针抛出车外，寓意将运气留下，不被带走。

闹

人们为了庆贺这个难得的喜日子，通常会刻意给喜公公、喜婆婆化妆，穿上戏服，男扮女装，形象大变，目的就是"耍笑"，如同"大话西游"。通过或神或怪的夸张手法，驱邪驱怪，用社戏的方式来表达一种向往与图腾，既是许愿，也是祝福。长长的用向日葵秆和马铃薯做的旱烟袋，芭蕉扇，山鸡尾做的头冠，脸上画着异常搞笑的花脸，前摇后摆，要好事者推着喜公喜婆绕村走一圈，算是"游街示众"，好不热闹。

舍与得

以前早上吃枣糕是先让参与婚礼的工作人员和帮忙的街坊邻居全部到现场吃。舀上一碗烩菜，割上一条枣糕，蹲在门前或墙角，一抹一蘸，香甜可口。剩下的枣糕会以小铁盘盛装起来，再用方托盘挨家挨户送到街坊邻居家。这里送的是喜气，送的是邻居间的热闹，送的是街坊间的互助与情感。而现在常常是一个人来吃，要其给家人带回去七八份，又是饺子，又是菜，又是枣糕。等其他到现场吃糕的人到了，餐食全被打包带空了，很不和谐。如果大家都能各自谦让，为别人多想一点，少一点得的欲望，多一点舍的精神，那情形和气氛会大不相同。

传统的往往是美好的。如果说传统文化中有许多繁文缛节，我宁愿婚礼中能多一些传统的元素，多一些原有的仪式，让生活多点美好，让心中多点记忆。

光明家的炕围画

崔光明

在山西农村，家家户户都用火炕取暖抗寒。火炕是家家有，但炕围子就不一定是家家有了，只有比较讲究和比较富裕的人家才会有，这种超出基本生活需求范畴的装饰类物件是不可能出现在我家的，炕围子在我幼年心里是富裕人家的标志之一。

炕围子是炕围画的俗称，是农村居民为防止土炕周围墙面脱落，蹭脏衣服、被褥，而在环炕的墙上画上高约二尺的"围子"。陈久平老师的散文《炕围文化故事多》中详细地介绍了炕围画的制作过程。炕围画是山西十大民俗之一，在山西北部、中部、西部和东南部都有分布，其中以晋北的原平市、代县、五台县以及晋东南的襄垣县等地最为著名。炕围画的主要内容大多取材于民间故事和地方戏曲。20世纪七八十年代是炕围画最活跃的时期，造就了一批手艺人，同时也不乏一些心灵手巧之人，自己画出心中的美好，下面的这几幅图是老乡光明家的炕围画，出自邻村的画匠之手。这几幅画要说精致，确实牵强，但也着实灵动。

常言道：狮子滚绣球，好运在后头。画中的狮子炯炯有神的对对眼，俏皮的花朵一样的尾巴，肆意的铃铛，毫不耽误它表达着美好的寓意。

画中憨态可掬的小猫，吐着小舌头，用双脚把蝴蝶死死地拍在了地上，两条不对称的前腿和分瓣过于清晰的爪子一点都不影响小猫的可爱，充分体现了农村生活的闲情逸致。

"莲连有鱼"图中的小姑娘，充分展现了当时的时尚元素，两根羊角辫，扎着红辫绫儿（一种扎在辫子上的绸缎类装饰品，以红色、桃红色为

炕围画

主，一般3~5厘米宽，40厘米左右长度，按每段7~8厘米长度折上几折，折成蝴蝶结的样子，然后绑在辫子上）。

奔驰的绿皮车、雅致的园林等无不体现着人们对大山以外世界的美好憧憬，石榴、荷花等象征日子红红火火、吉祥如意的元素也齐上阵，体现着乡亲们对美好生活的向往。

现在的农村，新一代的年轻人已经基本不在村里盖房，都是到县城买楼房，也不再睡土炕，炕围子也终将走向落寞，成为历史。就让下面这几幅"绝世之作"记录下当时的一段历史吧！

懵懂的"彼岸世界"

崔光明

记得话剧《普罗米修斯》中的一句台词："君临天下，终归尘土，那是不可避免的！"

是啊，我们都是从虚无到有，最终又归于虚无。我们从出生开始就是走向死亡，不一样的只是每个人死亡时间不同而已。没什么可怕的，生老病死，哀乐美丑，都不过是我们都要经历的。所以泰戈尔说"生如夏花之绚烂，死如秋叶之静美"。

耳边闻"鞭炮响，唢呐吹，前面抬，后面追，初闻不知唢呐意，再闻已是棺中人，两耳不闻棺外事，一心只蹦黄泉迪，一路嗨到阎王殿，从此不恋人世间"。这首民谣生动地描绘了人从"此岸世界"走向"彼岸世界"的过程或者说特殊的"仪式感"。

将时空定格在茫茫的黄土高原上，这片由风吹来的高原，由沙堆成的土地，黄河作为母亲河孕育了这里一代代儿女，也见证了每一位离去的灵魂。

那一年，秋意稍凉，爷爷突然走了，带着他的不舍，带着他膝盖上的伤，安静地离开了我们。虽时隔30多年，但总有一种特殊的情感，让我常想起爷爷。我曾经淘气的样子，曾以"爷爷，天是软的还是硬的？"让爷爷无言以对。虽说"万物之灵，皆有宁静的一刻；情缘一世，终将回归尘土"，但当那唢呐声响起，黄土堆圆时，我才意识到爷爷真的是离开我们了。也许死亡并不可怕，怕的是再也看不到。

土葬，作为人类死亡后丧葬方式之一，起源于原始社会，历半坡文明，经夏、商等朝代。土葬在我国不同民族和不同历史时期的形式特点虽有差别，但其基本观念都一样，即认为"入土为安"，故土葬之俗，长期沿袭下来。爷爷的后事也遵从传统，实行了土葬。

记得那是一天放学回家，见爷爷房门外挤满了人，大人们一阵忙乱，父亲跪在爷爷身边，他双手颤抖，嘴里一个劲地念叨着："大（当地对父亲的称谓），你稍等等，你稍等等！"最终在邻居长辈们的帮助下，顺利地将爷爷的衣服穿戴整齐。有生以来第一次见父亲如此六神无主、如此惶恐不安。爷爷的离开，对这个与其相依为命几十年的汉子来说，就是天塌了。那时的我，少不经事，只留下个"慌乱"的镜头。

第二天，大门上多了一块正方形的白纸，意寓家中有人亡故，接下来便是七天的治丧准备期。

按当地风俗，从人离开到出殡至少要停留3~7天，一是为了缓解人们对故去亲人的思念，二是为了让晚辈们有充足的时间来准备安葬的相关物资，基本上按入殓、祭奠、出殡等三个环节安排。

入殓，将逝者的尸体移入棺木。头部要枕一种特制的凹型空心枕，上绘日月、山川、花卉图案，枕中实以线香、五谷等。死者身上再铺七张银箔，最后从头到脚蒙红布七尺，此布须由已嫁女儿置备，俗称"铺儿盖女"。棺内还要放置一些生活用品和死者生前的心爱之物,再撒一些五谷、纸钱,有的地方讲究在棺内放置一些驴蹄甲片和生铁片。生铁片最好是用犁铧碎片,取的是"入土开路"之意。

祭奠,为故去的人设置灵堂。秦汉以来以北为贵,均以北房作为灵堂。设灵堂的目的一方面表示对死者的挽留,另一方面是为了让众人来吊唁死者时有合适的场所。生前好友、左邻右舍白天都会来灵前吊唁,晚上则由儿女轮流守夜,坚守六晚。

出殡,祭奠到第七日便是出殡的日子。由专门的乐队吹唱着哀乐,唢呐泣心,让人落泪,孝子们披麻戴孝跪守于灵堂前。先是传膳,就是在逝者临行前摆一场大宴以示孝敬与送别。各种形式的贡品被摆满整个灵堂的长桌前。长孙头顶香盘,供来宾持香与故人进行最后的道别。随着一声香灰罐的摔碎声,便是盖棺的最后时刻,也是长子与逝者的诀别时刻。鼓乐齐鸣、鞭炮腾空、哭声震天、泪涕浸地,邻居长者们手持铁锤钉入长钉,把棺盖钉好,"铛、铛、铛……"每一颗钉就如同钉在活人身上,痛得撕心裂肺。

送葬,吹手在前引路,长孙扛着引魂幡在最前,孝子们在后牵灵,身穿孝服,头戴孝帽,腰系麻绳,手持孝杖,按长幼顺序走在龙杆前,长子用长白布绳象征性地拉着龙杆缓缓行进。凄美的唢呐声,孝子们的恸哭声与司仪的呼令声交织更替着。16个人抬着的龙杆,如同古代官家坐的轿子一样,将棺木固定在主杆中央的架子上,放下轿围,前有龙头开道,后有龙尾相守,摇头摆尾,甚是威严。向墓地方向抬着走着,不时有村里的邻居会拦路"遥祭",以示对故去的人的留恋与不舍。乐队的人会借此时以唢呐为主,镲、绑辅助即兴表演一段,遥祭方会准备几盒香烟作为辛苦费给到乐队的人,"遥祭"的次数越多,说明此人生前威望愈高,愈受尊重。

下葬,到了墓地,将棺木放在墓穴旁,土工(帮忙安葬的人员)绑好麻绳,将孝杖铺于棺木底下用作滑轮,轻缓同步下放棺木,合力将棺木放到指定的位置。孝子们集体下跪于墓穴前,失声痛哭。不同辈分的亲人分别喊叫着不同的称谓,共同的意思就是不舍亲人离去,作再一次挽留。待棺木入穴,盖好墓门,开始填土。前后需要一个多小时,墓地的封土堆才能整好。将孝杖整齐地插在封土堆前,点燃所有带来用于祭祀的纸草,倒上三杯酒,烧香、磕头、跪拜、离开。

高高的山岗上,一根挂着孝幡的新柳枝被插在刚填的墓的封土堆上。我傻愣愣地望着封土堆,懵懂地跟着长辈们回家的队伍,不时回头望望那个山头,矛盾地琢磨着那个"归宿",心想爷爷要永久地待在那个黑漆漆的地方,那里又没有灯,他会不会害怕?

"贱名"时空

崔光明

你是否留意到你的身边曾有类似的名字,如狗剩、臭小、栓旺、丑女……也许好奇,也许搞笑,但既然是人的名字必定有它的由来。给孩子起名字,为什么要起贱名呢?据说这里边还有其特殊的逻辑,叫作"贱名好养"或"贱名长命"。

话说回来,产生这个现象的背景是在那个医疗条件极不发达的年代,生活困苦艰难,小孩子很难养活。民间传说只要起个贱名,阎王爷就会忽视,就不会早早把孩子带走,孩子就能平安地存活下来。就为了活下来,就为了祈福,哪怕依据只是传说,为了生命权这个理由我觉得已经足够,什么名字也只是一个区别于其他人的代号,毕竟生命至上。

当然,起个贱名还是有很多种理由与心理的。例如,对比生活中各种贵重物品（如瓷器）的易损和普通物品（如铁栏杆）的坚固，从而认为起个贱名也可以给人一种不易损坏（易养活）的心理安慰。有的名字如"贵小""金柱""银翠"，融入对生活的期望，希望越大易导致失望就越大，如果寄托了过高的期望，心理压力会更大。人们总是记得高价值物品的损坏或失去，而低价值物品的损坏或失去是不会被记住的，久而久之就产生了高价值物品容易损坏或失去的错觉，于是乎起贱名的土壤就自然形成了。

其实，"贱名长命"是一种唯心主义的世界观，这种落后、不科学的认识致使许多初生婴儿被冠以"贬义"名，如"孟陋""文庄""向隅"等。唯心也好，唯物也罢，凡事向好，就是心中的图腾。有了这个信仰，有了这面精神的旗帜，人才有信心坚持，才能有信心努力，才能有信心奋斗，去创造美好的人生。

偏　方

王秀芬

在 20 世纪七八十年代，缺医少药是常态。偏方，应该人人都用过。人人都有关于偏方的故事，我也有几个和大家分享，但这些仅仅是作为童年的趣事来追忆，作为现代人，如有不适请一定要到正规医院治疗，切勿再使用这些偏方。

第一个偏方是用潮虫治口疮。潮虫又名西瓜虫，在北方的农村特别常见，多见于农村灶台下面的炉灰渣坑里。我出生以来就特别易起口疮，二姐说她清晰地记得母亲拿着活生生的潮虫在我口疮创面上蹭的情景。在我记事以后这个偏方就没有用过了，有自我意识以后，把活潮虫放进嘴里还真是有点做不到。潮虫的偏方是用过了，但口疮该起还起，这么多年来它一直伴随着我，如影随形。

第二个偏方是麻雀粪润肤。春日的阳光晒在身上暖洋洋的，我和三姐拿着一个小盒子在屋后的柴火堆上小心翼翼地捡着麻雀粪，麻雀粪呈细长形，约1厘米长，直径约为1毫米，很小很细的一点，一般呈灰色，只要稍一用力就会捏碎，致使前功尽弃，所以要格外小心。同时，因为麻雀粪的体积实在是太小，想要捡到一定量也是颇要费一番工夫。但一想到母亲用麻雀粪洗过手后，那双操劳粗糙的手就能稍润滑一些，我们姐妹俩就会干劲十足。虽然这个偏方也是治标不治本，但只要能让母亲的手能暂时舒服些，也是一件不错的事情。至于偏方的来历，大概是从月份牌上看到的，具体已经记不起来了。在那个信息闭塞的年代，月份牌还真是很多信息的重要来源呢。

第三个偏方是野兔粪治尿炕。这个偏方听起来是不是更离谱？真的要吃兔子粪吗？是的，这个偏方是我那可怜的三姐亲身体验过的。记得三姐在10岁左右的时候还尿炕，母亲也不知道从哪儿打听来的偏方，就用山上捡来的野兔粪和红糖拌在一起，给三姐烧了一个夹着野兔粪的红糖大烧饼。母亲还耐心地给三姐做思想工作，说兔子粪并不脏，兔子吃的都是有清香味的青草。而三姐因为尿炕的事情也总被姐妹们奚落，内心也是急切地想把尿炕的毛病治好。饼烧做好后，三姐忍着恶心大口地吃着，一边使劲嚼一边"哇哇"作呕吐状，到底吃进去多少已经不记得了。这个偏方是否起了作用，也无从考证，倒是等再长大些，三姐尿炕的毛病就好了。这种偏方应该也只有在那个信息闭塞的年代才会被采用吧。

第四个偏方是烤焦的食物治积食。这个偏方的关键在于你吃哪种食物积食，就把哪种食物烧焦了碾成末用水冲服。例如，中午吃了饺子感觉没消化，那就拿个剩饺子放火里烧焦，等待彻底烧焦后，取出来碾碎。这个偏方是我们小时候的常用方。

第五个偏方是生鸡蛋治牙痛。这个偏方，父亲母亲用得特别多。记得小时候，父亲母亲每次在牙痛难忍时都会拿一颗平时舍不得吃的鸡蛋，从大头处磕开直接把蛋液一股脑倒进嘴里，似乎有一定的缓解疼痛的作用。

第六个偏方是食用碱面、石灰和白酒混合后点痣。我原先鼻子上有个不大不小的痣，暑假的时候在月份牌上看到这个方法，关键是这三种材料比较容易获取，于是抱着试试看的心态，自己偷偷使用了。三种材料要混合得比较黏稠，点到痣上后要坚持几天不洗脸，痣就会慢慢脱落。现在想想，那时候自己胆子也真是挺大的，也不担心脸上留疤，好在还算比较幸运，痣脱落后只留下小小的印痕。

虽有"偏方治大病"之说，但它毕竟是民间流传，没有科学依据，还是要慎重甄别，不能盲从。

故乡的思念

"回不去的故乡——让我好痛"

崔光明

关于故乡,想写的很多很多,但又无从下笔,毕竟是自己的生养之地,浓浓的情感,虽时光飞逝,空间挪移,未有一丝减淡,在老同学的鼓励下,我才有勇气摊开纸,直抒胸臆。

由于常年在外工作,一年鲜有几次回家,春节回家成了我触摸故乡的最好机会。"好吃不过饺子"的观念在父辈们的心中从未改变过。大年初一大早,妈妈将煮好的饺子端上来,然后又是夹豆腐乳,又是倒醋,跑出跑进,仿佛家里来了贵宾一样,真正是你吃着她看着,还高兴地劝着:"多吃点,在外边吃不上,锅里还有。"我享受着这场春节盛宴,眼里却噙着泪花……

记得有一次带妈妈去商场想给她买双皮鞋,妈妈试遍各种款式,都说不合适,我原以为妈妈是担心鞋子太贵,舍不得买,找理由拒绝。后来转到一家运动鞋档口,妈妈坐下试运动鞋的时候,我才看到妈妈的脚因常年劳作已完全变形,大脚趾向外凸出好多,完全与鞋的样子合不到一起,所以没办法选到一双合适的皮鞋,只有运动鞋才勉强能将那个凸出的部分"伪装"起来。那一刻,我的泪再也忍不住了,对不起,妈妈,让您受苦了。

望得见山,看得见水,记得住乡愁。提起乡愁,愁什么,为什么会愁,大家可能会有不同的答案,坦白地说,我愁的是"走出来,回不去",或者说故乡的"老龄化""空心化"让我感到恐慌,愁的是故乡的生机与发展,愁的是故乡的未来与前途。

远望北方冬闲时的田野，丘陵地里夹杂着田垄里未融化的白雪，层次分明，高高的树杈上有几个树枝搭成的鸟窝，如同炮楼一般，有着"居高临下，一目千里"的优越感，几只喜鹊飞落枝头觅食，完全是"枯藤老树昏鸦"的画面。地垄里时不时有被西北风吹起的塑料地膜，丝丝缕缕，抖起一阵尘，僵硬的土地上只剩下收去玉米后的根结，一根根像士兵一样矗立在那里。有些比较用心的农户早早买了鸡粪，将其堆在地里发酵，外面用黄土包起来，待到冬去春来时，即可摊开撒到农田中。

回想起 1984 年的夏天，父亲借钱从县城买回来我家第一台黑白电视机，这不仅是我家的大事，也是我们村的大事，大家闻讯而来，院子里站满了人，房顶上有人帮着转动用杨树杆加铝线做成的天线架以调试角度，院子里有人接力传声指挥着房间里调台的父亲。父亲很好客，专门空出一间房，放上几排长凳，后排还放上炒好的瓜子、核桃、山楂果、香烟……迎接每晚到我家来看电视的街坊邻居，条件虽然简陋，但大家很有热情，很准时，也很坚持，每晚不看到"晚安"二字是绝不会散场的；《霍元甲》《凯旋在子夜》《血溅津门》等电视剧都给我们留下了深刻的记忆。在当时通信不发达、娱乐设施几乎为零的情况下，电视则成为农村文化生活的核心部分，人们聚精会神地看着上集，散场时热情高涨地猜测议论着下集，充满想象，个个都是导演，人人都是编剧，从他们的快乐的笑容里看到了生活的信心和勇气，也看到对美好生活的向往与追求。

进入村庄，远远映入眼帘的是那座大戏台，"生旦净末丑，扮尽人间相；宫商角徵羽，奏遍戏中曲"。如今，虽已人去台空，但"台上笑台下笑台上台下笑惹笑，看古人看今人看古看今人看人"的热闹场面似乎一直未散。

说起故乡，不知如何定义，故乡是什么？可能第一感觉就是亲切，也可能是一股不可逆转的力量。她是年少时总想着离开，年老时总想着回去的地方。她是清明的那炷香，是中秋的那轮月，是春运时的那张火车票，是不经意间流露出的口音，是起点，也是终点。站在故乡看故乡，故乡永远是平面的；站在异地看故乡，故乡则是立体的。相信每个人对故乡都有着很复杂的情感，有说不完的话，但我却无从下笔，毕竟是自己的生养之地，虽时光飞逝，时空挪移，这份情感却未有一丝减淡。

桥边的那堆火

崔光明

那些年，从农村进城基本依赖公交车，而且每天仅有一两班，错过了就去不了了。从村子里到最近的乘车点，至少有500米远，需要跨过一条河，再向前50米才能到。那个地方叫北沟桥，我不知道有多少次从这个地方启程离开故乡，但唯独桥边的那堆火让我一直记忆犹新。

那年冬天，我刚参加工作不久，出差路过，顺路探亲。次日一早要赶回公司，为了防止我误车，父亲便早早地起来去拦车。临行前，父亲说："你安心吃早餐，吃完再去与我会合，我先去拦车。"我感受着这份宠溺，吃着母亲连夜赶制的爱心饺子，耳边听着母亲的唠叨："钥匙、钱包、手机一定要带上，多吃点，天气冷……"

带着母亲的关怀和饺子的温暖，我出门了。凛冽的西北风直灌脖子，全身的毛孔瞬间进入冰域。出门才几分钟，我的耳朵已经冻僵，红红的鼻子下面是冻得打战的牙齿。

我拉紧了风衣风帽，步行约10分钟的土路到了村口。天还没有大亮，远远望去，在北沟桥方向有一堆火光。一个身影来回移动着，不时跺跺脚，不时撩撩火。隆冬的北方，尽是枯色，浅浅的晨雾下，一名老者伴着一个火堆，画面虽单调，但不失唯美。走近了，看出那位老者果然是父亲。父亲说："天实在是太冷了，我在旁边的沟壑里找了点玉米秸秆，先点个火堆取暖，担心你出来冻得受不了。"

父亲半猫着腰，用一根秸秆翻动着火堆。"靠近些，这边暖和。"我顺着父亲所指的方位挪了几步，侧脸看着父亲的脸。在火光的映衬下，他的脸显得格外的红润，不知是火光的原因，还是被寒气袭击后稍见温暖所呈现的颜色。看着一顶圆锥形旧绒帽和棉衣包裹着的父亲，我感到一种莫名的温暖油然而生。我伸开十指烤火，竟没说一句话，心里甚是复杂，既心疼，又想"责备"，但终究于还是没有说话。此刻大地是冰冻的，唯有心和那堆火是暖的。

约等了10分钟，公交车来了。车门开启，我先上了车，父亲用他那双长满老茧的手帮我将行李箱递了上来，并一再嘱咐："路上小心，到了回个信。"

上车后，我找了个靠窗的位置坐下来。车厢里像个大冰库，车窗上结满冰花，冻得严严实实。我对着玻璃用嘴里的热气吹出一个小圆点，朦胧中与父亲依依惜别。车开了，旁边的火堆与父亲的身影渐渐向后，越来越远，安静的车厢里，只剩下我的一颗暖心和两行热泪。

每次我从这里启程，父亲总是坚持要送我。从中学到大学，再到工作，每一阶段父亲都在坚守，坚守着这份爱与期望。我也在父亲的鼓励下勇敢地前行，这简朴的送行仪式像那堆火光一样，照耀着我前行的路，而且路越远，光越亮。

窗边的那只眼睛

崔光明

毕业多年,还时常梦见学生时代的生活,尤其是中学时代更是记忆犹新,也许正是那个时代的那份苦涩与艰难留下了更深的烙印吧!特别是中学时代教室玻璃上的那个圆点,更是故事连篇,充满了回忆,编织着童真,装饰着梦想,也算是一种"洞见"。

那时,教室基本上都是平房。为了保证教室采光,南北两侧都是窗户,窗户多了自然会让靠窗的同学容易分神,学校为了减少干扰,保证教学质量,在窗户玻璃最底下一层涂抹了石灰水用来遮挡。然而,叛逆期的孩子们总是你前面涂,我后面抹,为了不被发现,会先用手指轻轻钻个小圆点,似显不显,里边能看到外边,外边则看不清里边。每个靠窗的学生如守着一个碉堡的瞭望口、观察哨一样,随时汇报从中观察到的情况,哪位老师来了,哪位教导主任刚过去,哪位男老师和女老师正在交流……内容均以八卦为主,正事为辅。好像这才是上自习时的重点,还有学生不时地问靠窗的学生窗外的状况,靠窗的"情报员"会一副盛气凌人的样子:"待会再看,忙着呢!"

当"情报"传递成为常态的时候,大家会特别有安全感,然而有时候也会出现差错。自习课上,整个教室里也仅有20%的学生在学习,其余的都在玩耍。追逐的、打架的、扔书本的、烤火的、热饭的,反正就是没有学习。靠窗的"情报员"不时地到"洞口"观察一下,如果没情况就会继续玩耍,个个满头大汗、兴致勃勃。

这时候,一只眼睛正慢慢靠近窗户,越靠近越看得清。教室内捣乱分子不时地相互提醒要随时关注"敌情"。当一只眼睛与另一只眼睛零距离时是不是很吓人？隔着一层玻璃，窗外是老师，窗内是学生。"情报员"突然觉得情况有点异常，自言自语地念叨："这怎么看不清了，黑黑的这是什么，好恐怖。啊！好像是人的眼睛，不对，是有人在偷窥我们。快，有情况，快撤！"教室里瞬间恢复了平静，静得连掉根针掉到地上都能听见，每个小心脏突突地跳动着，都知道有一场暴风骤雨即将到来。教室门开了，教导主任破门而入……

教室外，屋檐下站着一排捣乱分子，正列队"受阅"。个个嬉皮笑脸，根本没觉得不好意思，也没觉得这会浪费时间。班主任在旁边训着话：少壮不努力，老大徒伤悲，时光如水，一不小心就会溜走。青春是人一生之中最美好的时光，你们竟然如此浪费……一切都是左耳进右耳出，都觉得无所谓，好像挥霍的都是别人的青春，与自己无关。

又是一天的早自习，学校后勤重新把玻璃上涂上了石灰水。又有同学跃跃欲试，移动小手指，当起"情报员"……

寻"魂"之旅

崔光明

"妈，看微信得知您又在做凉糕（家乡小吃，糯米加红枣组合成的国产"三明治"）了，有没专门给我留餐呀？"我试探性地问道。"早吃完了，再说了，即使留下，你离得那么远，如何又能吃上，还是看看微信解解馋吧。"母亲简短的言语中表露出惆怅、失落与遗憾。是啊，多年的聚少离多，常年不在父母身边，让父母对我的依赖逐渐变淡，也让我的愧疚之情与日俱增。从春节匆忙离家到今天已有近90天,"五一"假期有5天的心理自由时间,忙碌的节奏一旦停下来,瞬间让我空虚得如同丢了魂,索性立马订机票,回家且不提前告知父母,目的只是想给他们一个惊喜。

因新冠疫情,虽是"五一"假期,机场的人却不多,取票、安检、登机,从未有过的高效与直接,也许是回家的心情在"作怪",急迫抵达,飞机也比平常早到28分钟,非常配合。

离机一上廊桥,瞬间感受到三晋的"热情"——当地35摄氏度高温。一路狂奔,回到县城,见缝插针,呼叫三五名挚友,选一老街,找一餐馆小聚。走在这条中学时无数次经过的老街上,坑洼不平的路面,低矮的老式建筑,蜘蛛网般的电线网,与城市新规划新格局格格不入,一排排醒目的"拆"字,让你感觉到时代淘汰的"山雨欲来"。

晚上7时,挚友们如约而至,特别感激这份浓浓的付出。伴着"羊汤的味道、老陈醋的清香、荞面饸饹的劲道与嚼头、酸汤豆腐的直接与质感",让自己率先从舌头上找回了灵魂。席间相谈甚欢,有"人在童年"的懵懂与纯真,有"人到中年"的惆怅与无奈,有"人至老年"的不服与倔强,有恩师的谆谆教诲,有挚友的坚忍不拔,言到之处皆是回忆,情意之深都是过往。

快乐的时光总是短暂的,不知不觉间已是晚上10时,不舍地告别,互道平安。各自匆匆消失在夜幕中……

约15分钟车程到家,远远看见家里温暖的灯光。"柴门闻犬吠,风雪夜归人。"小狗似乎忘记了熟练的"标准动作"——摇头摆尾迎接主人,而是启用"自选动作"——对着我这个"陌生人"一阵狂吠,如同被打了一记耳光一样,让我的脸是红的,心是颤抖的,是啊,回来的次数太少了,竟然连家里的狗都不认得我了。

父亲听到响动,躬身出来接我,虽显蹒跚,但精神尚好。惊喜之余,当然免不了抱怨:"回来之前也不说一声,短短的几天假,这么远,回来做什么，又得花不少路费。"抱怨归抱怨，言语间能看得出二老是开心的。

两位姐姐一同归来，一家人围坐在老家的土炕上唠着家常里短，仿佛又回到了童年。次日早晨，窗外叽叽喳喳的鸟叫声打破寂静，父母早早起来准备早餐，懒觉是睡不成了，索性起来感受一下久违的家乡的早晨，金灿灿的太阳即将跃出，山清水秀，清新的空气，深吸一口觉得空气都是甜的，让人从里到外感到惬意和舒服。

母亲还在为没能让我吃上凉糕而自责着，一上午又是煮枣，又是淘米，非要重新做一份补偿，真为母亲的认真感动，有道是"娘的心在儿身上"。

"儿啊，来吧，陪爸喝一杯。"父亲端着几碟下酒的凉菜招呼着，像接待"贵宾"一样。对父亲而言，这样的机会真的很难得，只见他用黑黝黝的右手打开一瓶家乡的"老白汾"，先倒满了我的酒杯，放在我的面前，然后再轻轻地倒满自己的酒杯，"来，喝一个。"这个最简单的礼仪深深地印在我的脑海中，先别人后自己，父亲是一直是这样，他做到了，言传身教，父亲是合格的老师，发自内心地为他感到自豪。画面很是安静，很是温馨。此时，母亲正在厨房忙碌着，给我做我最爱吃的酸汤豆腐荞面。一杯琼浆下肚，香味扑鼻。"还是家乡的酒好喝。"我感叹着。

席间，父亲分享着他记忆中"耕读传家久，诗书继世长"的励志故事，时不时问一下当前新冠疫情的变化、孙儿的成长和我的工作情况，一个慈祥、严格的父亲与他的儿子尽情、畅快地交流着。多年来，父亲养成了餐前小饮一杯的习惯，没有奢华的下酒菜，没有对饮的仪式感，只是简单地端起、倒满、放下、拧紧，接下来的时间父亲就留给了那台电视机，我想父亲饮的更多是孤独和寂寞。毕竟，儿子未能留在他身边。我心里有着莫名的负罪感，真希望能有更多的时间来多陪陪父亲。

春天，真是多变的季节，说其为"一日四季"真不为过，中午还赤日炎炎，下午狂风大作转为秋天，傍晚雾雨蒙蒙化作冬季。明天就要返程了，真像小时候父亲给我讲故事说的："下雨天，留客天，天留我不？留！"不经意间，多少因为自己第二天的返程之旅感到有些担忧。次日的返程之旅除高速封路不得已绕行国道外，没有太多的插曲，虽然一路大雨滂沱，但相比去年"五一"假期返程航班被取消而言算是"幸福"好多。

飞机升空的一瞬间，我傻呆呆地、静静地凝视着舷窗外的一草一木，伤感之余，让我想起了一段话："冬季很长，以至于我每次回来都是冬季。"是啊，再次回来就要等到春节，就要等到冬天才能再看到你，再见，故乡！再见，亲人们！

本次寻"魂"之旅就此告一段落，生活会变成什么样子，灵魂会如何安放，和你在哪个城市一点关系都没有。你的心是否能静下来？静不下来时，就回家。

脚上的那个泡

崔光明

每年中秋或国庆从容选择回家，不仅是为一份安心，更多的则是一场灵魂的洗礼。因平时工作忙没时间陪父母，所以用仅有的几天公休日回家探亲，此程便被赋予了特殊的意义。放弃外出旅游晒朋友圈的浪漫，回避游历名山大川与众人的拥挤，独辟蹊径回家，穿上土布衣接地气地帮父母到地里干上几天农活，接触一下生我养我的土地，肩膀压红了，手上或脚上起泡了，算是回乡的见证，算是特有的缓解"乡愁"的方式。其实最主要的是"尽孝不能等"，而且也等不了。你若经历了，你便自然会懂。

以往每次到家，只要车灯在门前一晃，家里的先锋官（狗狗）便会早早地冲出来，摇头摆尾表示欢迎，随后才是父母蹒跚的身影。此次却倍感意外，车到门前，受到的"礼遇"却是狗狗的狂吠，并无迎接"仪式"，父母也没有开门出来，瞬间感到特别失落。我怀着忐忑的心情提着行李箱，推开家门，开门的一刻，母亲深感意外地说，"哦，你回来了，我怎么没听到你的车响？"只是片言，让我的心好生难过，连狗狗都陌生了，父母又老了一些，耳朵都不好使了，听不到户外的动静了。

母亲虽然嘴里絮絮叨叨抱怨着，说我回来就是给航空公司送钱，来回路费是多么的贵，但我知道言语之外的她是开心、激动的。父亲熟练地凑齐四个凉菜，倒一杯热酒算是为我接风，爷儿俩碰杯的那一刻好似一个重要项目落地一样，父亲干净利落，端起一杯仰脖清空，我也不甘落后，紧随其后干了杯中酒；母亲端上来一碗酸菜豆腐荞面饸饹，我让父亲先吃，父亲却说他还想再喝点酒，先让我吃。接受了这个"真实的谎言"，我先动筷子，吸溜入口，酸爽过瘾，地道的家乡味，太好吃了……

次日一早，刚过6时，我与父亲一起爬上一道岗去运葵花籽。因地形为丘陵，农机具无法到达，所有负重都要靠肩挑手扛，加之没有一条像样的路，为此程增加很多难度。爬上山岗，穿过蒿草，沿着羊肠道，钻入玉米地，曲折地慢慢攀到山顶，终于到达目的地，用力抱起一袋葵花籽向后一甩扛到肩上，钻入庄稼地，挪向家中，下坡的路陡得让脚趾与球鞋间紧促地摩擦着，如同刹车，我这个年纪尚且如此，对于年过七旬的父亲而言那将是多大的挑战啊。只见父亲左手拄着一根向日葵秆，右手抓着编织袋，迈着小步一点一点地往前移动着，嘴里说："重倒是不重，只是路不好走。"一生在这块土地上讨生活的父亲，不管生活多苦，总是那么乐观，他的精神一直在鼓舞着我。我索性走得快点，送回家后，快速折返，回到半山腰来接父亲，当父亲从肩上卸下那袋七八十斤重的葵花籽时，神情轻松的那一刻，让我看懂了什么叫"养儿防老"。

与父母一起到一块小荒地里去转运土豆，30多袋的规模，要沿一条小路转运到大路旁。多年不从事体力劳动的我，要抱起一袋80斤重的土豆确实不是一件易事，加上其不规则的形状将肩头硌得生疼。每扛起一袋，里边的细土都会从脖子里倒灌下来，也许这就是为了证明它来自土里吧。为了保护父亲的腿，我只让父亲搭把手帮我抬起即可，不用他扛。我转运土豆的过程，父亲专注地看着，仿佛又回到了我小时候与他一起上地的情景，我在旁边看着，他在地里干着活。时光流逝，如今的父亲，心有千斤，手无寸力，农活确实是干不动了，也许这就是为什么他要坚持让我考大学的原因吧。

因返程要早走，晚上便住在二姐家。躺下时一身疲惫，浑身疼得无法入睡，让二姐给扣个火罐在肩膀上，象征性地安慰一下。茫茫寒夜，强忍着痛，熬过一夜。早上6时，感觉被轻轻推了一下，"不早了，该起了，别误了车。"二姐说。我享受着作为弟弟被宠爱的感觉，伸个懒腰。一抬脚，"哎哟哟！"不是一般的疼，"快看看我的脚怎么了。"我说。二姐急忙检查，发现是左脚小指上起了个泡而且已化脓，二姐说没事，只见她不慌不忙地像一个专业医生一样，又是挤脓、又是涂药、又是包扎。我一边喊着"轻点"，一边为能有姐姐的呵护而感到自豪。二姐调侃着说："这算是你回来下地干活的认证徽章吧，奖励你的实干精神。"

预约的车来了，我一瘸一拐地上了车。又一次离开家乡，放不下年老的父母，放不下家乡的一切。窗外初升的太阳，显得那么亲切，那么温暖。车子越过一排排高楼，将一列列发黄的行道树抛于身后，我的眼眶再一次湿润了，无法抑制此刻的情感。司机放了一首《酒干倘卖无》，让原本就充满着离别、悲伤气息的车厢内，更增加了我思乡的浓度，寂静的空间内回荡着"假如你不曾养育我，给我温暖的生活，假如你不曾保护我，我的命运将会是什么……"

飞机起飞了，眼中是黄土高原的千沟万壑，心中是无限的祝福与祈祷……

心语"馨"愿——2021年10月7日于CZ6528航班上

崔光明

下午5时35分,机长广播飞机已抵达预定巡航高度,预计于晚上7时25分抵达广州白云国际机场。空乘将一份精致的鱼香肉丝饭加小食送到公务舱,我展开小桌板,在万米高空吃着晚餐,看着舷窗外飘逸的云朵,回想着几天来团聚的点点滴滴,慢慢思,慢慢想。

昨日下午5时难缠的秋雨终于停了,西边的晚霞琵琶半掩面。"掐头去尾全是雨",国庆假期就这样郁闷地结束了。晚上约了外甥与其女友共进晚餐。因是初见,为了壮胆,特别邀请了挚友们助威。

晚餐安排在蓝馨酒店,沿外环向东,在粗粮食府斜对面便是。这是一个幽静的所在,好的选择。酒店布局整齐,菜品很是讲究,再加上红酒,瞬间吃出了西餐的境界。

大家畅饮,挚友们说这几天几乎喝了他们一年的酒。温馨的氛围,大家点评这家酒店饭菜的特色,席间不时地总结或感叹着人生。多少年前的同学往事,多少岁月的奋斗与艰难,既回顾往昔,又展望未来。让外甥及其女友了解"70后"的那份童真与不易,并在此祝福他们能早日喜结连理,希望喝上他们的喜酒。

每次离开家乡前,心情总是很复杂。惦记着老人,念着挚友,我不知道这样远行对我到底有什么意义。家乡容不下肉身,他乡没有灵魂。浮生一片草,岁月催人老。家乡的模样愈加模糊,老人愈加佝偻蹒跚,重压之下,我是否能坚持,我不得而知。

苦苦的咖啡还在喉咙里浸润，我品着苦涩，想着人生。由《长津湖》观影心得引申到《血战钢锯岭》的气魄与惨烈，由战争联想到信仰、使命的伟大与不朽。

听同学们诉说自己孩子的抱负。A 毅然要到新疆当兵，为了历练自己是何等的决绝和自信；B 因在学校文化节表演萨克斯演奏和一套组合武术，赢得全校迷妹的崇拜。

20 世纪 90 年代中期，老同学凭借自己优异的成绩考取师范大学，毕业即就业，独当一面。而我当时稚嫩地拿着大学录取通知书去报到，继续蚕食父母的血汗钱，想起来是多么的惭愧。

一幕幕过往，一缕缕云烟，如同昨日，又在今朝。亲切之余，感恩遇见，感恩同窗，感恩这个时代，我们苦过、累过、艰难过；我们哭过、笑过、失意过。

我一直在想，如果没有这些挚友的帮衬，老师的鼓励，哪有回家和继续远行的勇气，哪有温馨如家人团聚的画面。

记得刚回来时，胡老师就提前订好练歌房，包里装的又是藏梨又是带果，生怕我这个游子一下飞机饿着肚子，她用她欣赏的眼光看着自己的学生当起"麦霸"，喜悦的心开始怒放；即将启程前，郝老师又坐出租车专程送来擦酥饼、猪头肉，让家乡的美食伴我南下、护我南飞。姐姐们一早上忙前跑后，弟弟南下晋城途中都不忘打电话问候。挚友昨晚潜心搞了一箱玉露香梨让我带上，我知道我没有理由拒绝，因为那份情谊甜过蜜、深过海、高过山。看着他们远去的背影，我眼睛湿润了。共苦无私，挚友做到了；亦师亦友，老师做到了，正是你们的高品卓行给了我远行的力量和奋斗的勇气，由衷地感谢你们。

温馨的画图总在眼前，美好的祝愿也从未止步。你为我加油，我为你助力。我们是朋友，我们是师生，我们是兄弟，我们是姐妹。不用担心，一切有我们在，生活一定会精彩。

如果我们的友谊有定义，那一定是同学情、师生谊。

如果祝愿有模板，那一定是"心语馨愿"。

当秋雨遇上挠

崔光明

秋雨纷纷，有"相逢不语，一朵芙蓉著秋雨"的娇羞，有"卧迟灯灭后，睡美雨声中"的闲适，还有"秋雨一何碧，山色倚晴空"的明快。

霜寒露冷，秋雨绵绵，此刻的我却诗意不起来。持续的秋雨，长泄无境。它用它的固执打击着我的热情，它用它的野蛮破坏着我的计划。眼看国庆假日所剩无几，我却未能出门半步，田野作物饱受雨淋浸泡，我深知它们的冷与湿。为了打破这种平衡，去除这份烦闷，我决定与挠（家乡小吃）去约会。

于是，三四挚友，闻风而动，静坐下来，期待挠的精彩亮相，心存感恩，感受温存，挠仿佛瞬间也有了使命。

窗外依然淅沥，冰露如珠从天而降。相信秋雨的过分"热情"让全城的人感到了莫名的烦闷，伞具和雨衣已不能满足防护的需求，10摄氏度的低温，不只是湿，还有冷。突然间发现祖辈们是如此睿智，用辣椒蘸挠来化解和防御这种冷与烦。下雨与吃挠更配，你可能只知其一，深层次的境界是品尝美食的同时，人以更积极的心态与自然灾害抗争，道、法、术、器应有尽有，也许你只感受到了一抹一蘸，却忽略了不屈不挠的深意。

我不知道，此行我将带着多少失落、惆怅返程；也不知道，此行我会载着多少不安与愧疚起飞。失落的心情如同秋雨一样流了一地，当然还有泪水。

"挠"被端上桌,好友主动上手,指导着从哪里突破,蘸什么酱更惬意,我享受着这份恩宠,唇齿间交流着感恩与关爱,内心是满足的,与窗外秋雨形成鲜明的对比。生活就要像挠一样热气腾腾、充满激情。真正喜欢的人和事,都值得我们去坚持,吃挠也一样,如此励志,为什么不去坚持,与对的人在一起,就是"能聚",就是"量增"。

生活中,总有些倔强的人不向岁月低头,不用眼泪承欢,无视冷风寒雨,披荆斩棘,独自前行,挠就是榜样,它是如此不屈,我们真的值得拥有。

心中的山水

崔光明

凌晨 3 时突然醒来,再无睡意,带着些许的不安与惆怅,思绪万千,索性写起了随笔。耳边是父母酣睡的气息,睡在土炕上,听年迈的父母熟睡的声音,也是幸福的。

也许假期的意义,本不在于旅游。而在于换个环境、换个节奏、换个心情,让自己回归安宁。

窗外电闪雷鸣,天气预报中的大雨如期而至。原本计划回来帮二老干点农活,淅沥的秋雨不仅降了秋老虎的温,更打乱了我回乡尽孝的热情与节奏。

辗转反侧,回想着抵达机场时两位挚友的亲临迎接,梳理着老师特意在练歌房安排的接风,感受着每位麦霸的真实力与假谦虚,从《我的九寨》感受到民族风的胡歌劲舞，从《军中绿花》联想到孩子从军的伟大与思念；从祁隆的歌曲中感知与时俱进的张驰有度，从《风筝误》《半壶纱》感受空灵与柔美。这一刻，存在感暴涨，无杂音之乱耳，无界限之劳形。

也许在每个人心中都有一个死角，别人走不进去，自己也走不出来——于是，纵然与千万人擦肩，我们依然选择孤独——只有音乐，可以抵达、可以照亮、可以温暖那个角落……特别感谢老师的良苦用心，用音乐的方式来表达久别重逢、表达友谊与爱。

一杯53度的小兰花酒下肚，嘴是辣的，心却是甜的。众生都很忙，肯挤出时间陪我，就是对我最大的认可，心存万分感激。在粗粮食肆里诉着细话，用方言找寻着因为远行而丢失的自己。心中的山水纵有万千，有人懂才显得弥足珍贵。实惠、量足、味正。偶遇旧友街坊的客套与寒暄，在浓浓烟火气息的小城里近距离地感受着人与人之间的近与远，顿生感叹——在家乡真好！

一直坚信，如果有文字陪，我应该不会孤独，漫漫的长夜莫名地被分成两段，听着音乐似醒非醒、似睡非睡，期待天亮，期待心中的山水更加灵秀、通透。

2021年暑期探亲记

王秀芬

之所以将题目定为"探亲记"，是"回乡"已不是乡（母亲寄居在姐姐所在的城市），"回家"又不是"家"（房子是租来的），无奈改成了"探亲记"。

受生活所累，总没时间陪母亲。每年仅借暑假能回来看看母亲。自去年春天母亲突发脑梗，后又摔了一跤，右肢偏瘫，语言功能也尽失。访了很多名医、偏方，持续了10个月之久的针灸治疗，但效果并不明显。这次回来，明显感觉到母亲的状态远不如我"五一"假期回来时，那时她看到我回来还能显现乐呵呵的神态，这次回来，她已不知道我是谁，眼里缺少往日的神采。我的精神世界里又一次感受到父亲当年病重时的无助与悲观，感觉又一个生命在眼前一点点地流逝，而自己却无计可施，只能听天由命。

现在的母亲每天要休息16个小时以上。早上7时醒来，吃点早饭，有包子、鸡蛋、小菜和米汤等。由保姆喂她吃，饭后要再去睡一个回笼觉，一觉醒来就上午10时了，再起来前先喝点水，吃上治心脏病的药。起床后，由保姆搀着右胳膊，母亲左手拄杖，从卧室移动到客厅的沙发，再从客厅移动到阳台，然后再往客厅返，精神状态好的时候就走三个来回，一般走两个来回。搀着母亲走路，那完全是个技术活，我也试了几次，满身是汗，终不得劲，母亲也表现出对我的不信任，腿也根本不敢往前迈。

晨练结束后，便是看电视和吃水果时间。保姆说母亲只对中央电视台第八套节目有兴趣，开机后，正在播电视剧《斗破苍穹》，我总觉得这不是母亲喜欢的节目类型，于是就私自把台调到奥运会直播，原以为母亲会有兴趣，结果没过一会儿母亲竟睡着了。陪母亲看电视时，看她用自己唯一能动的左手在抠耳朵，我意识到她耳朵里痒了。之前每次回家，母亲也都喜欢让我帮她掏耳朵。每次她都会很配合地把耳朵冲着有光线的方向。现在，母亲唯一能配合的就是保证在我掏耳朵的时候保持不动。我找来棉签、找好角度，一点一点地伸进去，每掏出一点都让母亲过目，让她看看"成果"，她似有一种轻松感、愉悦感。

因母亲是右侧偏瘫，所以吃饭要有人来喂。母亲的胃口还是不错的，最爱吃的饺子能吃20多个。午饭后小坐一会儿，中午1时开始午休，能睡3个多小时，起来后就坐轮椅出门晒晒太阳、遛遛弯。这次回家正赶上下雨，只陪着母亲遛了一次弯。找一个凉快的地方坐下来，陪着母亲看过往的行人。像母亲这样的群体，夏天的时候，就会找通风比较好的街角坐下来，每个人都拿着自制的坐垫，稍微讲究点的会拿一个无纺布的袋子，里面是自己做的棉花垫子（母亲偏瘫之前做过），不讲究的就随便取张街边的广告纸；冬天的时候则找太阳能晒到的地方集中坐下。还会有一些好心人把自家"退休"的椅子、凳子或旧沙发拿来放在老人们经常晒太阳的地方，也算是做了公益、慈善。

最让人痛苦的则是母亲大小便失禁，大便后无任何提示，判断标准仅靠气味。因穿着纸尿裤，常不能及时发现，"污染"的范围会很大，每次回来我都能赶上一次，姐姐们都开玩笑说是"炸弹"。我心甘情愿地清理着战场，因平时不常在身边照顾，母亲又一天不如一天，心里知道能陪她、帮她做事的机会越来越少。

我出生时的老屋早已坍塌得面目全非，最近村里在进行宅基地整理调查，村里的负责人给三姐打来电话询问宅基地还是否要保留，大家商量后都想象不出距离乡镇5里、人群不足百人的自然村，在乡村振兴战略的实施下会有怎样的巨变，请示过大哥，他毅然选择了放弃。这也就意味着我和家乡之间的情从物理意义上将彻底了结。

乡已不是我的乡、家已不是那个家，唯愿母亲能在有生之年过得开心一点、舒服一些，生命维持长久些，只愿没有病痛。

我坚信：母亲在，家就在！

雪中寄思

王秀芬

一大早，看到同学在"朋友圈"中发了一张家乡降雪的照片。瑞雪丰年，本是好事，但此刻的我却轻松不起来，厚雪压枝低，光线甚低迷。夹杂着浓浓的思绪，我思乡甚浓，更让我不安的是今日正值父亲的三周年祭。本应有一个"寄思"的仪式，但偏又遇到新冠疫情，祭奠仪式一律从简，姐姐委婉地打消了我回去的热情。一夜没睡好，一时间我无所适从，像做错事的孩子般等待长辈的批评、家长的责备。

苍白的我，以踉跄的心情跪向西南方，用心点燃了三炷香，轻盈的烟气朦胧中执着地萦绕在我的身边，述说着过去的时日。对母亲的尽孝陪伴，与姐妹兄弟的和睦相处，我瞬间像写好了年度工作报告般一一呈现在父亲面前，等待他的批阅，期待他的表扬，更期望他能轻抚一下我的头，让女儿感知一下幸福与温存，期盼着、想象着，泪如泉涌……

厚厚的雪，压抑着我的心情。此刻，想着父亲的音容笑貌，心是暖的；雪地上再难觅父亲的足迹，心又是冷的。多想，在雪后回到家，远远地就能看到，父亲勤快地用扫帚扫开一条迎接儿女们回家的路；多想，在雪中能看到，落雪纷纷中父亲那坚定如磐的脚印；多想，能在院落中，在父亲写的对联前堆雪人、打雪仗。记得父亲临终前一直想，能回到村里，再看看村里的一草一木；能待在老宅中，静听窗外犬吠与鸡鸣。父亲与我们匆匆而别，与村庄不辞而行。空旷的院落中终不见父亲的身影，屋外雪地上终无父亲的印迹，我的心情如冰天雪地，终逃离不了那份刺骨的冷与痛，如同没有戴手套的手，在凛冽的寒风中被冻得通红，无遮无掩……

父亲是坚韧的。他从小就教导我们，唯有知识能改变命运。无论遇到什么样的困难，他都从未动摇过培养我们上大学的念头。父亲用他那骨子里的坚韧与现实抗争，寄希望于儿女，为未来、为将来。他身体力行，扭转我们五兄妹的命运，撑起了我们的天。对父亲的敬佩之情，我无以言表。

父亲生于斯，长于斯。他把我们都送进了城，却把自己围了起来，舍去了他心头的山山水水。因常年卧床，为方便姐姐们照顾，父亲忍痛进城。没想到一个遗憾，由此而生，终生未平。

一声汽笛，惊醒了我，让我瞬间明白，现实中，父亲并未离去，一直在我身边。

再多的思念，都化作我前进的动力，虽已阴阳两隔，但隔不断我思念的心路，您永远是我们心中的伟大的父亲！我们永远爱您！

心　路

王秀芬

春风化雨，思念绵长。又是一年清明季，终得闲，给了我安放心灵的机会。记忆中，回家的路从未用脚量过，无论走到哪里，总觉得回家的路是最近的。从绿皮火车到高铁，再到飞机，运输工具的不断升级换代，让时空不再受限。时间是省下了，回乡的次数却少了。出于不安，借清明回乡之行找寻我的心路。

高铁代步，小车驱行。进太安驿，见韩愈，洞"茶食"之源。历史上的太安驿是井陉上的一个重要驿站。北魏设太安郡，太安驿由此兴。北周废郡制，仅存驿站。清代，太安驿东经寿阳驿、平定测石驿可进入河北，西接榆次王胡驿，是太原府东道至京师的主要驿站。

据说，韩愈任兵部侍郎时，宣慰乱军，路过太安驿时，天色已晚，错过饭点，驿丞忙令厨房把快要发酵的烙饼面包上糖馅烙制呈上，外皮酥香，馅糖饴口，入口一窝酥，下肚暖心腹，驿丞说"此是专为大人饮茶而制的小食"。韩愈听后，脱口而出："噢！茶食也。"赞赏之余，吟诗一首："风光欲动别长安，春半城边特地寒；不见园花兼巷柳，马前惟有月团团。"就是这"团团"从此成了寿阳名点"茶食"的出处，太安驿路旁新塑的韩愈雕像，讲述的就是此段历史。

身在车中，凭窗看昌黎先生神态，侧耳细听，似有车马长嘶驰过，回音不绝，心中忽然想起"业精于勤而荒于嬉，行成于思而毁于随"。

姐夫的一脚刹车打断了我的思绪。"到了。"姐夫说。姐妹们一起从车上往下取各种祭品，我顺手取了纸钱，顺着通往父亲墓地的小路径直而去。

春雨绵绵，不缓不急。雨中的我鲜有地淡定，我不想让父亲看到我慌乱的样子，打湿的刘海结成水帘如同一个头饰，朦胧如烟。"远山隐在云雾里，近树笼在孤烟前。"到父亲的新坟须爬上一道大坡。路侧垄壁上茂密的沙棘你追我赶地争着养分，硬是通过自己的野蛮生长形成了一道厚厚的保护屏障。这应该是我第六次来到这个地方了，既陌生又熟悉。陌生的环境，熟悉的是父亲的一切。

墓地周围的环境发生了很大的变化，高岗上的杏花全开了，相比周年时踏雪扫墓时，少了白雪皑皑，闻到的全是故乡泥土的气息和野花芬芳，也许这样更接地气吧，我暗自想。

山路略显泥泞，侄子跑得最快，第一个跑上去，我随后，看到三周年时姐姐们扫墓献的花圈依然光鲜。父亲生前就希望自己的坟前能有松柏相守，三年前栽的四棵松柏如今已如卫士般翠绿挺拔。

我整整衣服，恭敬地跪了下来说："大，女儿来看您了，您还好吗？"

简单的一句问候，让旁边的姐姐们瞬间泪奔，压抑了太久的心情奔涌而出，想说给父亲听，说说他的过去，讲讲我的现在，可又慌不择语，只是默默地跪着，流着泪。

时下提倡文明祭扫，烧纸是不被允许的。此行"天国银行"的"碎银子"也带了不多，特意多带了点"金条"，用鲜花做的花篮盛着。墓堆顶放的白纸剪的纸钱是我来时在车上剪的，姐姐们都忘记了如何剪，我追寻着记忆，照着妈妈以前教我的样子剪了几串。

接下来，除草、填土、摆祭品、烧香、磕头，告别。

墓地是生者与逝者对话的地方，以留给后人缅怀寄思。记得《论语》中曾子曰："慎终追远，民德归厚矣。""慎终追远"是对先人一生行为的哀思与深情追忆；"民德归厚"则是了解先人事业功勋，并对其高风亮节、嘉言懿行的一种诚挚的缅怀。

返程的路上，我是释然的，也是轻松的，就像自己上学时考了一百分一样。我想清明的意义已不单纯是踏青、祭祖，而是让我们以生者的身份面对逝者，更加理性地反观自己的人生状态，从而不断修正生活的轨迹。

进村的路边，红土坡下七个大瓮倒扣在平地上，旁边除了柴火还有树枝与木板，草木终于熬过了冬，还没来得及被夏天装点与粉饰，一份苍凉与凄美尽显。我突然有想迎上去坐在瓮上说点什么的想法，可瞬间便又没了热情，只希望下次回来，那几个大瓮依然还在，完整地倒扣在那里，不破不败。

回家的路——写在 2021 年清明节

王秀芬

"回家的路,数一数一生多少个寒暑,数一数起起落落的旅途,多少的哭多少的笑……"一首《回家的路》,唱哭了多少在外的游子。

那是 1993 年,我在县城上高中,开始了住校生活,一个月只能回家一次。由于交通不便,乡里又不通公交车,我们只能搭经我们乡开往太原方向的长途车。虽然只有二十多公里的路程,但至少要走一个多小时,路上有人摆手,车便停下载客,其间陆续有人上下。一路颠簸,走走停停,中巴上除了座位,过道里还会放上马扎。我记得清楚,一元七角的车费,下了车后还要步行 2.5 公里的土路。每每回到家,妈妈就会掐着表给我准备好香喷喷、热腾腾的饭菜,享受美味时真的觉得好幸福,在家的感觉真好。每次回校时,妈妈会提前备好烙饼、炒咸菜、烤干馒片给我带上,书包满满当当,包里有粮,心中不慌。

1996 年,我顺利考上了山西农业大学,离家更远了,回家的次数也由每月一次变成每年两次(即寒暑假)。回家的路要先从太谷乘火车到榆次,再换乘汽车回家。

2000 年,我到北京上研究生,寒暑假回家成了标配。人是长大了,回家的路却越来越远了,回家的次数也越来越少,到家停留的时间也越来越短。记得当时家里没装电话,妈妈会在挂历上将每年的寒暑假提前标出来,标注好打电话的具体时间,想通电话时会到乡里大娘家的小卖铺去打电话,频率大约一个月一次。我家住在山顶,每次离家时,父母会久久地站在山顶看我走远,直到双方看着对方成为一个圆点,这样的场景不知经历了多少次，他们默默地擦着泪，我则没有勇气回头。

每次回家必做的任务就是给妈妈理发、剪脚指甲和掏耳朵。从我记事起，家里仅有一把理发剪，每次回去，都会给妈妈理发，虽然我没学过理发，但妈妈却从不嫌弃我的手艺，理成什么样都无所谓，即使剪坏了，她也会宽心地说："没关系，过两天就长好了。"等到了晚上，妈妈会烧上一壶热水，用来烫脚，主要目的是用热水把脚指甲泡软了，因她的右脚大拇指是一个异形指甲，特别厚，还会不断抬高，穿鞋后会磕得很疼，每次回家我都会把它好好修理一番。掏耳朵对妈妈来说是一件非常享受的事情，工具便是别头发用的小黑卡子，用有弯钩的一端去挖，老妈盘着腿坐在炕头上，把准备挖的一只耳朵朝着窗户，美美地享受着"星级服务"。

参加工作以后，回家更显不易，只能借节假日和休年假来实现。随着父母年龄一天天变大，身体也一天天变差，回家的时间也更不规律。父母时不时就医住院，我就会心急火燎地往回赶，父亲生前，医院曾先后四次下病危通知书，记得有一次是半夜接到姐姐的电话，煎熬等到凌晨才赶着第一趟车回去，下车飞奔医院。在医院陪护时曾想，是不是太久没有回来看父母了？为什么不能平时回来多看看父母？为什么非要等生病的时候才有时间？然后下决心每月都回家一次，之后却因为各种事情，回家计划不了了之，然后就是下一次的后悔，这样反复。

工作后回家停留的时间一般都比较短，到家后父母就会确定返程的时间，计划着把爱吃的东西逐一准备好。印象最深的一次是暑假休假回家，比以往住的时间长了几天，妈妈像个孩子一样开心，每天早上醒来第一句话就问我："你今天真的不走？"我说不走，她才会放下心来，计划着给我再做点什么好吃的，即使是她后来生病了，生活都需要别人来照顾了，也还是想着要给我做点什么好吃的。

2018年，父亲因病离世，回家的时间则再次调整。除了暑假，清明节和寒衣节成为我必须回家的两个时间。

就地点而言，我的家已经换了四次，出生时的房子现已倒塌得面目全非了。房子是土坯房，房子的顶部是拱形的。房子具体是什么年代建的，也没有问过爷爷和爸爸，但自我记事起，就感觉是破破烂烂的，木门上连漆都没刷，是那种插栓式的，地面也是原始的泥土地，每次扫地前都要洒好多水，才不至于起尘。房子共四间，在我大概十多岁的时候，靠东头的一间房子就塌了半边，好在塌的是后半边，前檐还在，大炕也在，于是四间便变成了三间半，要是放到现在应该属于危房改造的范围了。

记得小时候，妈妈就与我说过，希望自己能住上有院墙、带院子的房子。为了满足妈妈的愿望，在2002年，我们兄弟姐妹几个合力在乡上给爸妈买了一所带院墙、有院子的房子，家里也装上了电话，住宿条件也算是有了很大的改善。

第三处房子是在寿阳县的县城里，为了进一步改善父母的生活条件，特别是冬天的供暖问题（虽然老家也装了土暖气，但是保温效果不好，加之父亲的肺又不好，最怕冷），所以乡上的新房子没住多久，就搬到县城住了。父母的身体开始变得不太好，时不时犯病，三个姐姐又都在阳泉，跑来跑去照顾起来特别不方便，只好再次搬到阳泉。

常言说得好，有妈就有家，妈在哪儿家就在哪儿。

有妈真好，回家真好！

再闻《春节序曲》

崔光明

是日立春，朋友圈频发祝福，春节的脚步也更近了。同学分享了一个家乡夜景的视频，我迫不及待地点开，一首《春节序曲》带着暖意扑面而来，依恋的氛围让我瞬间变得迟钝，傻呆呆地驻足于路边。

雄伟的朝阳阁，笔直开阔的朝阳大街，万家灯火、缤纷五彩的城市亮化，将一个曾经狭窄、拥挤的小县城衬托成一线城市的范儿。这一切都离不开家乡政府的正确领导与英明决策，离不开家乡人民的理解、拥护与支持，这才有了一座崭新的未来之城从天而降。为家乡有此巨变而感到欣慰与高兴的同时，瞬间又觉得家乡离自己越来越远。"真正有本事的人都留在了家乡"，这是一句让我最近触动很大的话。

《春节序曲》是由我国著名作曲家李焕之创作的音乐作品，家喻户晓，老少皆知，浓浓的年味儿在旋律中展现得淋漓尽致。音乐体现着抒发深情的主题，抚慰人心。年年岁岁的往复，储藏着收获，带来了新的希望与祝福。

《春节序曲》是煽情的。小时候每每听到这个乐曲就无比激动与欢喜，可如今却从中听出了悲凉，内心感慨着，心情瞬间复杂起来。听到这个音乐就想哭，心中便有一种失去的感觉，具体失去了什么，却又说不出；又有一种期待的感觉，期待什么也讲不明。想着除夕夜与妈妈一起包好饺子，守在电视机前看春晚，守岁的环节历历在目，家家户户院子里的灯都亮着，大红灯笼高高挂着，不时会有"二踢脚"调节着气氛。那才叫过年，那才叫春节。

小时候，妈妈做好或买好了过年的衣服，除夕夜会整整齐齐摆放在扣箱上。大年初一，早早被邻居家放鞭炮的声音吵醒，冒着严寒也在院子里放炮。从头到脚都是新，尤其是妈妈做的千层底布鞋，穿在脚上硌得生疼，活动一会就得回屋脱下来放松一下脚，然后与小伙伴们成群结队地一起去各家去拜年。长辈们拿出瓜子、花生、糖往小伙伴口袋里装，我却总说自己家里有，不要。一切都成为过往，一切都再也回不去。

心里对分享家乡夜景的同学有种莫名的"抱怨"，真是哪壶不开你提哪壶，想家的思绪如决堤般一发不可收拾。顺着画面，静静地感受着家乡一点一滴的变化，默默地思念着家乡的一草一木，眼中噙着泪，好痛，视线瞬间模糊了。

隔着屏，想着家乡的冷，念着家乡的冻。羊城的暖，瞬间失去了吸引力。春节回家团圆，是我国千百年来的传统习俗。然而，新冠疫情尚未结束，国外疫情依然严峻，近期我国部分地区又出现多点散发病例，防疫形势日趋复杂，凸显"就地过年"的必要性。"就地过年"可以减少人员大规模、远距离流动，切断病毒传播途径，是当下的理性选择。响应国家号召，为了自己及家人，为了全社会，选择了理解与服从。

情非得已，选择"就地过年"，遥寄乡愁。只为了不久的将来能更畅快地呼吸，更有力地拥抱、更温馨地团圆。

故乡，请等着我。你欠我一个"年"，我欠你一个"团聚"，我们不见不散！

北方的秋雨

崔光明

深秋，思念，花不语，风却懂，雨更浓。

秋雨冷清秋。秋雨浇湿了白霜打头的庄稼，淋湿了秋收人的衣服，泥泞了运粮的山路，打乱了秋收的节奏，真可谓"片片丝雨处处愁"。

从监控里看到门口粮囤里的玉米越堆越多，秋收工作已进入攻坚阶段。6个年龄在60岁以上的"年轻人"，几个塑料环保水桶，一捆蛇皮袋，一辆三轮车便是"秋收演义"的全部家当。起早到贪黑，从小米稠饭的刚性支持到酸菜、胡萝卜、玉米撒面粥的"犒劳"，没有一顿不觉得是美食。

临近秋冬，原本缺少新鲜蔬菜的北方便全靠淀粉当家了，不管你是"三大碗""五小碗"，没人笑话，也无人记忆，农家饭的自然与实在，乐趣也许就在其中，充饥而已。从土里刨实的辛苦不是每个人都有切身感受的，只有土生土长的农村人才知道其中滋味。

在地垄边野生的篦麻被霜打得"丢盔弃甲"，父亲承诺会一并将它们收回去，确保颗粒归仓，其实父亲是想用它们来换油。回到院子，率先将其暂存至小屋顶，待晒干后拍打出籽粒，装袋，换油。

过了白露节气的华北，真可以说是"早穿棉袄午穿纱"了。父辈们还没有理由说服自己马上生炉送上暖气。城里是集中供暖，村里则全靠自己。也许是为了省那一点煤钱吧，豪放地说："大不了，洗涮后钻到被窝里，用土炕加自己的一身正气来御寒。"

母亲的腰痛得厉害，父亲关心地问："要不要喝药？"母亲声称是累了，不是生病。借着下雨缓缓自己疲惫的身子，这下觉得这场秋雨似乎没那么讨厌了。几日来的劳作，从没敢提起过累，两位七旬老人的坚持，实属不易。

村里的路灯在秋雨的掩护下，孤零零地矗立在青纱帐前，似乎在诉说着某种无奈。监控灯下的蛾子争抢着那点光的温暖，以期熬过短短的夜、长长的冬……

那年中秋月正圆

毕稼州

中秋，本是属于团圆的日子，但对于我来说，好似再难达到真正的团圆了。几年前，姥姥姥爷的相继离世，不知让我流过多少泪。特别是在每年的中秋，我都会回忆起他们在世时的团圆和美往事。

记得小时候，每次中秋节回老家，姥爷总会带着我在村子里"游荡"，追追小狗、逗逗小猫，姥爷知道我很喜欢小动物，就总会带回几只小动物给我玩。我也总会欢喜地笑，然后抱住姥爷，每当这时候，姥爷就会抚摸我的头，微笑地看着我，那和蔼的样子，我经常忆起。姥姥也总会张罗一桌好饭，还有各式各样自制的水果罐头。中秋节照例是要吃月饼的，每年中秋，厨房里就会有姥姥忙碌的身影，他要给家里人做月饼。姥姥做的月饼总是好吃的，比外面买的要好吃不知多少，甜甜的，香香的，回味无穷。除了做月饼，姥姥还有在中秋节做罐头的习惯。姥姥说，在中秋节做罐头可以将幸福保留起来，留在罐头里，这样的罐头才有家的味道，才好吃。

那年中秋节的晚餐，姥姥姥爷一起忙活着在小院里摆桌，全家人也跟着端菜、摆椅子。月亮这时正好悬在高空，散发着明亮的光，照在每一个人的笑脸上。姥爷照例喝上一点酒，他酒量小，只喝一点，脸就变得红红的，但他也顾不上这些，专注着张罗子女们喝酒吃菜。我早已吃饱，偷偷地爬到房顶，独自赏着月。月亮是那样大，是那样圆，雪白明亮的月亮照向我，咬一口月饼，心里暖暖的，是团圆、幸福的感觉！

时过境迁，姥姥姥爷已离开了我，他们的笑脸，好像早已化成沙，被风吹着，划过脸颊，飘向远方。今年中秋，我又回到老家，同样的地方，不同的人；同样的月饼，不同的味；同样的罐头，不一样的甜；同样的月亮，不一样的圆。姥姥姥爷在的那年的月正圆……

吃完饭，我又一次来到房顶，望着月亮回忆着往事。低头无意间，看到了角落里堆放的罐头瓶，那是姥姥生前用的，追思和伤感瞬间化作了泪，在月亮的照耀下，在脸上闪闪发光，缓缓落在地上化作一个半圆……

故乡的日常

乡村的一天

崔光明

相比于城市，乡村一直是宁静的。这里无高楼，无立交桥，蜿蜒的乡村小路上沾染着那层最原始的尘与土。由远到近，有山鸡的鸣叫，有松籁的韵律，有小溪的潺潺，有绿柳的摇曳。恬静的农家院落里，大白狗和小黄狗正在嬉戏，拱形的石砌窑洞里住着我的娘亲。古老的院落历经岁月，稍显苍老，但在我心中一直像图腾一样存在。多少次梦里的坚持都在这个院落，从来都是精神抖擞，从来都是豪情万丈，是因为有父母勤劳的付出和累月的坚持。

初春的早上 4 时 50 分，鸡已叫过三遍。天刚放白，母亲已起床到厨房准备早餐，父亲也起来到院子里取柴火准备烧炕。不分春夏秋冬，父亲出去取柴火是从来不记得关门的，为此事母亲不止一次批评过他。父亲依然我行我素，取木柴还好，若取秸秆，从里到外会留下一条落叶通道，这依然是母亲批评父亲的话题。点燃炕洞里的柴火，父亲开始扫地、拖地，半个多小时的时间，母亲已将早餐准备好了，父亲将窗户上的棉窗帘摘下来，就开始吃早餐了。

早餐的"餐厅"在大门口，一个简陋的树墩，几块大石头，便是餐桌与坐凳。父亲端着小米饭，夹上土豆丝、酸菜豆腐，或舀上一勺油茶，自在地坐在门口。迎着晨曦，观着远山，听着溪流，品着家乡的风味，粗茶淡饭虽已吃了 70 多年，却从未厌烦过。三五邻居守时相约，端着碗从各个方向聚过来，这个乡村的信息中心算是形成了，论农耕，讲时事，应有尽有，真可谓"家事国事天下事，事事关心"。母亲出来会晚一些，听个半截就要先回去洗碗了，快收拾完的时候，父亲便回来了，把碗递过，算是交接，转身取下假牙洗刷干净，从窗台上取了手套，带上农具便去干农活去了，跟在他身后的是大白狗和小黄狗……这便是乡村的早晨。

快到中午 11 时 30 分，父亲从地里回来了。还未进院子，先锋官大白狗和小黄狗早已报到，用爪子挠着门，急着要进来，母亲听到声响，前去开门，一开门，它们直奔厨房，真是又累又渴，找到它们的食盆狼吞虎咽起来。

父亲进门洗手，径直走到冰箱前，开门取餐。回到小沙发边，支开小桌子，打开电视，顺手拿出一瓶白酒和一个杯子，什么酒不重要，只要是酒就行，下酒菜更不讲究，可以是豆腐干、酸菜、土豆丝，也可以是一小碟花生米，简易的酒菜在父亲心中是自由与惬意，电视节目什么内容不重要，只要电视机开着就行。由于耳朵稍有点背，电视音量总是开到 60 个音阶以上，母亲因此经常与他拌嘴。自饮了十几分钟，父亲一杯白酒下肚，母亲做的面条也盛了上来，浇点臊子，倒点醋，搅拌均匀，开始吃面了。母亲吃面时是背对电视的，只当是收音机。一碗面就是父亲的食量，吃完把碗一推，电视一关，脱鞋上炕，准备午休了。顺手从窗台上抽一本旧书（如《山西民间文学》《鬼吹灯》等）作为催眠曲，一会儿便进入了梦乡。母亲则在厨房收拾碗筷与桌椅，喂狗，等到收拾完了，母亲会习惯性地靠着被子刷一会儿"快手"，看一看"抖音"，这算是母亲的自由时间了。快下午 2 时，父亲午休结束，起来倒杯水，喝完就又去地里干农活去了。身后依然有大白狗和小黄狗……这便是乡村的中午。

日落西山，暮色霭霭。初春的北方，傍晚还是有几分寒意的，父亲会稍早点回来。进门，坐在沙发上，点支香烟休息一下。母亲正在准备晚餐，父亲会去厨房看看菜渣桶是否满了，煤球是否需要补充，出来进去总有活儿。父亲走路重，母亲说父亲太费鞋。

晚餐基本上都是稀饭加一点干粮，饼子、油条什么的，简单地吃完，就进入了父亲的电视剧场。选好台,备好小食,像是古代听堂会。瓜子、苹果、暖瓶、茶叶,大茶杯放在茶几上,一边吃一边看。快晚上9时出去准备关大门,关门前要大声吆喝几声"小狗儿",直到确认大白狗和小黄狗全回到窝里,这才放心。母亲洗漱完早已躺下,刷着手机。父亲则专心致志地看电视,不时给母亲递个苹果,邀请母亲和他一起观剧,母亲会说困了想先睡觉了。父亲一个人会看到晚上11时后,关电视、上炕、熄灯,然后就鼾声如雷。偶然有几声犬吠,算作是夜的伴奏吧……这便是乡村的晚上。

日复一日,年复一年。父母亲在这片热土上度过了他们的青春,安度着他们的晚年,生活极简,但却自在。生活如初,两个人相敬如宾,多少年都没红过脸。父亲享受着那份"吃饱放展,闲事不管"的"清闲",母亲则勤俭持家,以一个传统家庭妇女的美德生儿育女,照顾着家中的里里外外,不计得失,不说辛劳,相互扶持着,相伴着。夜很静,静得只能听到二老的鼾声。

明天还是早上4时50分起床,因为已经习惯了。

担　子

崔光明

躺在温暖的土炕上,从未有过的踏实。看着圆形窑洞拱顶,听着枕边父亲的青春回忆。想着农业社,说着联产承包责任制,包产到户,从公平到效率,走在自己承包的土地上,起早贪黑的积极性大增,生产工具的落后,肩挑手扛就是现实,为难的就是自己的膝盖,打压的就是自己的肩膀。苦有多重，担子就有多重。父亲以自己的英雄主义，一担谷子曾挑回186斤的重量，创造他的了历史，演绎了一个农耕文明践行者的不屈。

凌晨4时，秋露如霜，大地还在梦中，周围一片寂静。一双老解放球鞋，一条扁担，一个手电筒，还有一条看家狗，如急行军，穿林越野，奔赴谷子地，趁天未亮，要赶出两担谷，谷穗碾小米，秸秆作骡子饲料，这就是赶早担的任务与目标。

狗狗走在父亲前面，算作先锋，一是扫"雷"，二为壮胆。手电筒的光束穿梭在旷野中，时不时被玉米叶遮挡，偶尔能听到山野中有鸡鸣的声音，仿佛在言"莫道君行早，更有早行人"。偶有对面山岗上的黑影，那也是起早担粮食的农耕人，汗水与秋露混杂，冷的是自然，暖的是自律。

盘过几道岗，绕过数块田，终于到谷子地了。父亲将扁担立在土地上，铺好珠珠绳。一正一反均匀地将谷垛码在一起，争取多码点，虽然重，但能少挑一次。用母亲的话说，这是"懒汉活压死"。码好谷垛，拉紧绳索，紧勒三次，直到不再反松。父亲取过扁担插入后一垛，用力挑在肩上。转身再将扁担另一头插入另一垛，双手靠前用力扶，把前垛撬起，靠着后垛的重量，慢慢地在扁担中间找到一个平衡点，直到平稳起挑，向着家的方向返程。

谷垛有一人多高，前后都看不到人，父亲挑着担子，如同自行移动的草垛。下坡的局促，弯道的干扰，周边庄稼的阻碍，让挑担的路异常难行。狗狗如向导般穿插在山野便道上，哪里转，何时拐，哪里换肩，父亲记得很熟。一旦挑起，父亲是很少中途休息的，他常说"一鼓作气，干什么都一样"。压在肩上的扁担"咯吱咯吱"作响，父亲用坚挺的肩，不屈的膝与自然对抗着。他心中有信念，勤能补拙，仿佛自己一直是少年。

在早上6时前一定要挑回两趟，放下担子，擦擦汗，洗洗手，坐在小板凳上抽袋旱烟。母亲端上一碗土豆丝丝小米饭，一边递碗，一边问谷子垛是否很重，路是否滑，还要几个早晨才能挑完，父亲大致说着答案，顺手接过碗开始吃早饭,刚出锅的米饭入口,甚是香滑。父亲静静地吃着早餐,心里计划着白天的秋收安排。

记得有段名言:"盐放入一杯水中,会咸得发苦,而撒进一个湖里,会没什么味道。同样,我们生命中的痛苦是盐,它的咸淡,也取决于盛它的容器。"也许父亲是将生活的苦撒在他整个人生的大海中,所以他很自信,从不言苦。

午 餐

崔光明

秋意已深,蓦然回首,又是一季,岁月以相同的方式经过每个人,每个人却以不同的方式经过了岁月。

我在这头,在一线城市的甲级写字楼里,吹着空调,刷着手机,享受着鹅肉与手撕鸡带例汤的快餐美味,心里都觉得吃腻了;父亲在那头,在北方老家的玉米地里,就着冷风,吃着没完全泡开的方便面,喂着小黄狗,玉米垛便是凳子,两个塑料桶便是餐桌。

年年如此,如此艰难,父亲年老腿脚不好,可他却从没埋怨过。每年秋收,为了减少中午往返奔波之苦,省下时间能多剥几穗玉米,午餐基本上都是就地解决。一个保温壶,两袋方便面,加上几块中秋节没吃完的月饼便是全部。戴上那顶晒得发白的帽子,套上下地专用的夹克,穿上厚实的裤子。小黄狗形影不离,一路相随。只要吃饭,父亲总不忘分享给他的小黄狗,就当是对它的奖赏吧,因为它是陪伴大使,形影不离,功不可没!

父亲在玉米地里吃午饭　　　　父亲剥的玉米

国庆假期特意从广州飞回，指望能帮助父亲把秋收，没承想竟遇到了40年不遇的连阴雨，连绵不断下了5天。天晴了，我也该返程了。我无功而返，父亲却要负重前行，几十亩的玉米收割全留给了他，以往可借助机械完成的任务，今年因雨水过多，收割机进不了地，可能也要手工收割了，工作量可想而知。此刻的我很矛盾，心在滴血、眼在流泪。

"如果父母依旧辛苦，那我们长大还有什么意义？"每每听到这句话，就觉得特别惭愧。觉得自己特别没用，觉得字字说的都是自己。怨自己没出息，怪自己没本事。父母今已70岁有余，还要面朝黄土背朝天地劳作。

只要能动，父母就不想拖累孩子们，沿用他们几十年来传承下来的固有的生活方式，农耕劳作。虽然辛苦、劳累，但他们总是信心十足，并用欣赏的眼光打量着孩子，一句话的安慰便是："我们几代人都在土里刨食，绝不能让你们这一代人再跟着受苦，我们苦点累点没啥。"他们忽略了他们的艰辛与付出，我却要背负着不舍，带着愧疚，走向远方。

年龄愈长，心情便愈加复杂，感觉越对不起父母。因离家较远，不能帮着父母操持家里的大小事务，不能在父母需要的时候及时出现。很想对父母说一声："对不起！这些年，未能成您的骄傲，您却待我如宝！"

父亲简单的午餐画面让我声泪俱下。玉米地里的风依然很大，沙沙作响，饭盆里的面几乎没了温度；写字楼里的音乐瞬间变得没那么动听了，我的快餐也不香了。

身无饥寒，父母无愧于我；人无长进，我以何待父母？我们成长的速度一定要努力地超越父母老去的速度，不然如此努力给谁看？我暗自检讨着。

冷风撕扯着玉米叶，小黄狗无忧地在玉米地里撒欢，那个佝偻的身影又开始不紧不慢地劳作，娴熟而优美。耳边响起"长大以后，我只能奔跑，我多害怕，黑暗中跌倒；明天你好，含着泪微笑……"我收拾行装回到岗位上努力工作，玉米地里的这份午餐便是动力！

午　餐

王秀芬

昨天，老乡光明用微信发给我一张他的父亲在地里剥玉米的照片，我立马回复"这个画面我太喜欢"。转念又一想，不对啊，儿子看到自己父亲这样的情景一定很心酸的吧！于是，立马又补充道："是不是看着心疼了？"同样的一张照片，不同的人，从不同的角度，会有不同的感受。

我看到画面时内心的那种喜欢也是由衷的。一人一狗，彼此都那么专注，那么温馨，那么祥和，先不说吃的是什么，整个画面已经让我备感温馨。喜欢这幅图的另一个原因是，图中的景物对于我来说都是曾经的印记，每一寸泥泞、每一片叶子，它们都是立体的，是有温度的，也是有味道的；夹带着丝丝凉意的秋风，玉米叶子沙沙作响，带着一层薄霜，透着泥土的气息；锋利如刃的玉米叶子不小心触在脸上的刺痛。一切的一切都是那么熟悉，那么自然，恍如昨日。

一碗泡面加一块月饼，看似寒酸简陋的午餐，其实也别有情趣，玉米秸秆拢一拢便是弹性十足的坐垫，水桶倒扣起来就是一张小圆桌，小黄狗在一旁虎视眈眈地盯着，让泡面增加了几分滋味，你一口我一口，岂不乐哉！

地里的一餐毕竟是凑合，等劳作一天晚上归家，老伴儿做上一锅热腾腾的面片儿汤，就上自家腌的老咸菜，全身透着微微的薄汗，一天的劳累疏解了大半，晚上倒在热炕头上舒坦地睡上一觉，谁又能说这不是一种幸福呢？反正我觉得是一件很惬意、很幸福的事情。

看着年逾七旬的老父亲下地干活，对儿子来说，那一定是心疼和心酸的；但对于我这个已经失去父亲的人来说，内心是多么羡慕。这个年纪还能下地干活，是多大的一件幸事。

农活对他们来说是本分，干起来是那么娴熟，那么顺其自然，说不累那肯定是假的，但老人也一定是乐在其中的，想着自己还能尽一份绵薄之力补贴家用，不拖累儿女。其实现在农村七八十岁还在下地干活的老人还真不少，也正因为他们一直坚持在田里劳作，才有了棒棒的身体。仔细想想，天天下地，可谓是和大地亲密接触，脚踏在松软的土地上，抬头是暖烘烘的太阳，真可谓"头顶一片天，脚踏一方土"，多霸气，多接地气！

天还是那片天，地还是那块地，变的是时间，不变的是情怀。他们是兢兢业业的一代人，永远值得被记住，值得被尊敬！

他的父亲是地地道道的农民，我的父亲也是！

儿时玩具（男生版）

崔光明

儿时，正处在各种物资缺乏的年代，玩具种类非常有限，那时没有乐高积木、无人机、奥特曼，有的只是毽子、皮筋、弹弓、树皮哨、铁环、滑冰车、土弓箭，形式简单，器具简陋，但快乐却不少。

杏苗

春天一到，不经意间，你会在腐熟的秸秆里找到一棵由杏核长出的杏树苗，由衷地感到亲切，也许就是去年夏天你吃杏时丢下的杏核。小心翼翼用一个铁铲轻轻地挖出来，移种到菜园里，又是浇水又是施肥，生怕杏苗死掉，每天去看，真是比写作业还用心。

当当样样

黄土崖下僻静处，自然下滑的细土中，会因滑土形成一个小酒窝儿似的形状，里边有一种小虫，不知道学名叫什么，我们小时候叫它"当当样样"，靠近了，大声喊"当当样样"，因为声音的振动，细土会滑落，里边的虫子就会爬出来。

弹弓

提起弹弓，就会感到莫名的兴奋。那绝对是童年里最让我开心的玩具，简单有趣，动感十足。儿时的农村男孩们可以说人手一把弹弓，都是自己动手或者在父辈们的协助下制作完成的。弹弓架有木质和铁质两种。其中，木制弹弓架一般是在柳树、槐树、榆树上选择尽量呈等腰三角形的树杈做成。铁质弹弓架一般用8号铁丝制作，先用钳子将铁丝折叠成一把手柄，上边分成"U"形，两边的铁丝再折弯回来。然后，用废弃自行车或汽车内胎裁出两根长度相等的皮筋，剪块废旧皮做弹兜，在弹弓架上扎绑结实，一副完整的弹弓便做成了。"子弹"在农村可以说是遍地皆是，如碎石子、红土泥、自行车废钢珠、玻璃球，甚至小的落果等都可以。

打弹弓，如同任何一项射击类竞技项目，万事同理，都须做心到眼到手到。眼睛、手里的子弹和攻击目标三点一线，而且出手要快，稳、准、狠，不犹豫，不拖泥带水，这样才能打出水平。

土弓箭

弓箭作为冷兵器时代两军交战的利器，是唯一一种远距离的攻击性武器。

自制的土弓箭，就地取材，仅供我们儿时娱乐使用。土弓箭的弓往往采用柔韧性比较好的树枝做成，柳树、榆树的枝条最佳，不易折断。折一截柳树或榆树枝条，剪掉叶，弯成半圆形，两端系上绳子，弓就制作完成了。再搭上用高粱秆做成的箭（或相对比较直溜的树枝截成合适的尺寸也行），这就是儿时的弓箭。

儿时玩射箭游戏，都希望自己能够百步穿杨，练成神箭手，小说中的李广、花荣便是偶像。挎上弓箭出门，套在胸前，手持"利箭"，特别神气。与伙伴们相约切磋技艺，比远射距离，比射击准头。箭在弦上，用力拉满弓，嗖的一声射出去后，保持姿势，回味着那股成就感、幸福感，久久不愿放下。

拧树皮哨

说起拧树皮哨，那仅限在开春之际，杨树和柳树快要发芽的时候才可得。这时候树皮可"离骨"，也就是树皮可以整个地从树的木质部上拧松，拧松后把树的木质部从树皮里整体抽出去，再处理一下头部，一个树皮哨就做成了。想做树皮哨，非这个季节不行。早了，树皮不"离骨"，拧不松；晚了，树枝发芽了、长叶子了，或者发杈了，都不行，即使能拧"离骨"，往外抽拉木质部时树杈会把树皮划破，也做不成。

"不知细叶谁裁出，二月春风似剪刀"。北方的春天来得稍晚些，清明前后，鹅黄的柳枝、嫩叶、柳花飘飘荡荡，甚是温柔诗意。在单调的枯树林中，显得格外醒目，好像整个春天都在这几棵树梢上。几个小伙伴"噌噌"爬上树，"咔嚓咔嚓"一顿折。选好几条比较直溜的柳枝，从粗的一头剥开，用拇指与食指用力捏住，然后顺时针旋转，轻轻地扭动树枝外皮，让树枝骨皮分离，待整枝的树皮全都松动后，离骨，抽去木芯，形成管道，刚抽出的柳树枝芯像脱了衣服的孩子一样，白嫩光溜。用剪刀或刀片去掉树皮破损和粗糙的部分。用刀刃将树皮管的一头削去 0.5 厘米，形成一个类似簧片构造的发声装置，放在唇齿间，腮帮子一鼓，用力一吹，便发出"嘟嘟"的声响，稍长一些的树皮管还可在哨身上打几个孔，让音律更加丰富，如同唢呐、短箫一般。

若再粗大一点的树枝，则需要大人们协助，手握树枝整体用力慢慢地旋转，一点一点地直到整个皮层松动，轻轻地取出光溜溜的树干，粗一点的甚至都可以用作擀面杖。

儿时游戏（女生版）

王秀芬

在人民生活水平不断提高和独生子女政策的双重影响下，儿童玩具已经成为一种产业，各个年龄段、各种功能、各种材质的玩具应有尽有。而在我小时候，能有一件属于自己的玩具几乎是一种妄想，父母辛苦劳作养活一大家子人已经不易，买玩具属于奢侈消费。事实上，我记忆中曾拥有的唯一玩具就是从姐姐们那里传下来的一个少了一条腿的布娃娃，红红的脸蛋，娃娃站起来的时候眼睛就会睁开，平躺下的时候眼睛就会闭上。虽然没有花钱买过像样的玩具，但当时我们可玩的游戏项目却是一点都不少，有过家家、打沙包、抓杏核、染指甲、烫头发、跳谷垛、跳皮筋、翻花绳、踢毽子等。

过家家

过家家说白了就是小孩模仿大人过日子的游戏，是一款尽人皆知的群体游戏，也是一款即兴游戏。只要两人以上就可以玩，所需道具皆来自家里的生活用品或自制。小朋友自己根据游戏参与人数自己确定人物关系。我脑海里至今仍有两段儿时玩过家家时的场景：一个是和海忠爷爷的外孙女坐在我家房后梯子上假装看大戏的情景，当时我们两个并排坐在梯子上，手里抱着用毛巾叠的布娃娃，事实上，梯子的对面并没有大戏可看，而是一片郁郁葱葱的玉米地，可这并不影响我们两个孩子的兴致，我们学着大人的样子，一边哄着"孩子"一边拉着家常，不亦乐乎；另一个是我和三姐在炕头上玩扮新娘子游戏的情景，当时我们村里还没有通电，晚饭后，哥哥姐姐们共用一盏煤油灯、一条大长凳，趴在柜子上写作业，母亲则用另外一盏煤油灯坐在炕头上纳鞋底，我和三姐则借着煤油灯的余光围在母亲身边玩，用红头巾直接做红盖头或者用皮筋把头巾扎成头纱的样子戴在头上，在炕头上互相追着跑来跑去，好不热闹。

沙包游戏

沙包，寿阳方言称作"枕头头"，我们小时候几乎人手一个，自己就可以制作，用母亲做衣服剩下的布头，缝制成沙包。沙包有很多种玩法，可以分组踢沙包、打沙包，这两种游戏尽人皆知，故不作详细介绍。我们小时候还有沙包的另外一种玩法，叫"跑城"。具体的玩法是：首先用粉笔在地上画出城的图形（下图），一般画3～4层。参与游戏的人分为两组，一般分组方法是"手心手背"。一组跑城，另一组站在城外用沙包对城里的人发起攻击，跑城的一组成员从写有数字1的格子出发，游戏即开始，另一组成员选择站在城外的有利位置开始用沙包击打城内的人，城内的人要设法不让沙包击中自己。如果被沙包击中，被击中的人就要下场；如果沙包被城里的人接住，即得1分，这时，如果城外已经有下场的人，就可用这1分"救活"，重新回到游戏，如果之前没有被击中的人，分数可以

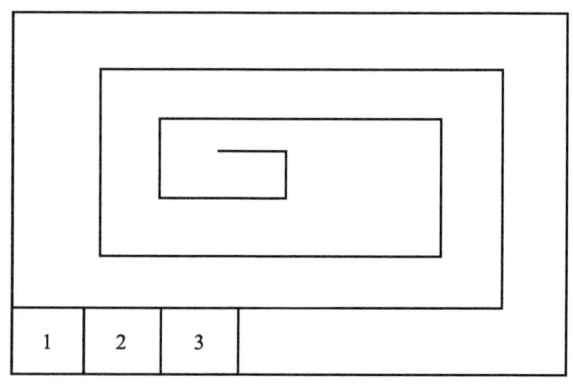

玩"跑城"游戏画出城的图形

攒起来，再有成员被击中时，可以不下场。如果跑城组全组都被击中，则两组交换角色，换另外一组跑，原跑城组进行攻击；如果跑城的组员中其中有一个跑进城中心，算完成第一关。这儿游戏虽然很简单，但对同组成员的配合度要求比较高。每每玩这个游戏，课间10分钟会被利用得淋漓尽致，直到老师召唤才会气喘吁吁朝教室奔去，等下一次课间，又踩着下课铃冲出教室，继续游戏。

抓杏核

类似玩羊骨拐的游戏。但羊骨拐并不那么容易获得，所以娃娃们就地取材，用杏核来代替。首先是杏核的挑选，杏核要饱满，大小一致，选好后在杏核的两面分别涂上蓝色和红色的墨水，并充分晾干以后就可以玩了。具体的玩法是，找一个平坦光滑的地面，把手里抓的一把杏核中的一个抓在手里，其他的都撒落在地面上，然后把手里的那颗杏核抛到空中，趁此时机去抓散落在地上的同色系的杏核，一次抓的杏核个数越多，得分就越高，在抓的同时还要注意，手不能碰到任何一个此次不准备抓的其他色系杏核，如若碰到，则游戏结束。玩这种手眼协调型游戏时我总是最笨的那个，看着邻居姐姐游刃有余的样子，着实是羡慕。

染指甲、烫头发

爱美之心，人皆有之。寻找零成本的手边材料让自己变得更美是女孩子们的一大乐趣。和我一起长大的爱美的邻居姐姐，她家里种了指甲花，到指甲花盛花期的时候，就会召集几个小姐妹去她家一起染指甲。烫发的操作步骤比较简单，关键是要掌握好铁筷子[①]的温度，把家里的铁筷子放在火里烧红了，火红火红的铁筷子是断然不能直接用来卷头发的，温度过

---

① 铁筷子是做剔拨股（又称剔尖）的工具，比筷子略细一些、长一些，主要用于把面从碗边剔下来。剔拨股是家乡的家常便饭，所以铁筷子是家家必备的厨房用具之一。

高会把头发直接烧焦,而是要等到铁筷子温度稍微降下来一些,不再发红但依然很烫,这时候用铁筷子去卷刘海,卷好后停留一会儿,卷卷的刘海就烫好了。烫发的是爱美的邻居姐姐,我只是旁观者。爱美的邻居姐姐初中毕业后去太原打工,后来通过自己的努力把变美做成了自己一生的事业,在太原开了两家女人馆。

跳谷垛

我们村子里有个打谷场,从打谷场一侧的坡爬上去是学校的操场,操场和打谷场之间有5米左右的垂直落差。村民们打完谷子后就会把谷垛靠着操场边的墙摞起来,摞成2~3米高的草垛,正好给顽皮的孩子们搭建了一个天然大蹦床。从操场边一跃跳到谷垛上,大概也要2米的高度,腿会直接陷在谷垛里,身上沾满了秸秆的碎片,打着滚把腿从谷垛里拔出来,再从谷垛上出溜下来,随便拍打一下身上的秸秆碎片,飞奔着爬上坡,然后再跳下来,乐此不疲。

我大姐有天在微信群里和我们说,小孙子正在上感统课,每节课要好几百块钱。大姐感觉统感课和我们小时候玩的游戏本质上没多大区别,不过是训练手眼协调能力和反应能力而已,但付出的成本却大大不同,而且失去了那种像风一样自由的感觉。

那盏煤油灯

崔光明

常言道:"有光明的地方,就有人类文明。"远古时代,人类就懂得使用自然之火来御寒、加工食物和照明。3000多年前，人类开始使用简单灯具承载火烛，书写文明史。从粗糙的石灯到青铜灯，从陶瓷灯到现代的电灯，灯具的历史变迁打上了深刻的时代烙印，同时也是社会经济和文化的缩影。

顺着那丝光亮，蜿蜒去寻找我的记忆，寻找着我的灯时代。记忆中的那盏灯永远是温暖的、励志的。它默默地照亮了一个时代，照暖了一代人，照明了回家的路。它便是家里的那盏煤油灯。它虽然灯光昏暗，袅袅黑烟，如孔雀翎般的灯焰却摇曳多姿，漆黑的夜晚被它的热情烫了一个洞，如墨的烟柱执着地熏黑了窑洞。

20世纪70年代初，村里唯一的照明光源就是煤油灯。一个铸铁的灯盏底座（高度约有40厘米），加载着一个单葫芦状的玻璃瓶，里面装上煤油，瓶口是用棉线制成的灯芯，被一根细细的铁管（形如现在的签字笔芯）束缚着。划燃一根火柴，点燃灯芯，灯芯通过毛细现象源源不断地喝着玻璃瓶"肚腩"里的煤油，时间一长灯芯会变硬结块，便影响了光亮，须用剪刀将灯芯剪齐，灯会重新亮起来。

拱形的窑洞里，如影幕般投射着一家老小的忽远忽近的轮廓与背景，忽明忽暗的灯光下是糙木粗漆的桌椅，土炕上父辈们正歇着，东家长、西家短地聊天，看家狗正懒洋洋地倚在炕洞口做着美梦，炕沿边上猫正居高临下地展示自己的不凡与高贵。

茶余饭后的山村除了蛐蛐、知了、青蛙比较忙外，整个青纱帐都是寂静的。还没通电的时代，无网络、无手机，干电池驱动的调频收音机算是最奢侈的娱乐电器，一到晚上八九点钟，家家户户基本进入睡眠状态，无"微信"之乱耳，无"抖音"之劳形，充足的睡眠让你天天振奋异常、精力充沛。无近视眼、散光之眼疾，人们遵循着"日出而作，日落而息"的生活节奏，过着惬意的慢生活，尽管物资匮乏，但生活得很快乐。

也许，朴素的煤油灯永远无法理解其与电灯之间的差距，也许它只知道自己和电灯都是灯家族的一员。岁月在追逐时代脚步的同时,也抛弃了过往,包括那盏煤油灯。

明灯熄灭,旁人方知价值。若想论证灯的价值,请去看看它的工作环境。

"圪蹴"下的往事

崔光明

圪蹴在此处,蹲看云起时。如今富贵的你是否还记得曾有圪蹴的真功夫。你可能还在留恋"圪蹴下吃饱,站起来正好"的那种豪迈与气势,生怕别人不知道你是饮黄河水长大的北方人。

圪蹴,是一个动作态势,是一种心态,是一脉思想。圪蹴是低姿态做人,是仰慕和学习,是思考和奋进,是蓄势待发。

圪蹴,是陕西、甘肃、内蒙古、山西等地的方言,意思为蹲。圪是口语中的助词,没有意思,蹴意为缩、蹲。

如果人生是艺术品,那就让我们圪蹴下来看,聚精会神、认真端详,看世间百态,看人间冷暖,看小河流水,看晨露白霜,看邻居家二婶子绣鞋垫——一针绣山水,观五大爷擎海碗吃面条的神情——一碗定乾坤,关键是你要圪蹴下去品。

农村的生活总是那么简单,用吃饭的理由来聚会,用圪蹴下来的姿势来候场、来倾听。凑成这个饭场的基础不仅是生活理念、生活目标、生活方式相同,更多是一种文化或文明的传承。圪蹴在一个自然形成的一个比较固定的地方去吃饭,具有环境的认同感与思想的统一度,或胡同口,或古树下，或向阳背风处。满眼的农具和生活元素，身边是石碾、磨盘、碌碡或捣米臼，坐在或蹴在条石、条木或废树桩上，总有一种特殊的舒适感，那种体验感不亚于乘坐飞机头等舱。

秋天的早上，天公经过一晚上的忙碌，让草叶上的露水变成了白霜，又添了一层寒意。早上6时，便听到门口的小广场上已经开唠了，什么你家谷子还没黄，他家的玉米可能今年要减产，二狗家的高粱今年长势不赖，田家的黍子地里草长到一人多高，都分不清哪里是庄稼哪里是蒿草了，说笑着、热闹着、争执着，永远有无限的话题。

每每到了饭点，到饭场集合成为一种发自内心的习惯，只有到饭场吃饭才觉得香。不用人去喊、去叫，四邻八舍都会不约而同地聚在一起。人人捧着个粗瓷大碗，早上碗里盛有一早煮的南瓜、甘薯熬的小米饭，也有昨天剩下的焖面，有刚上火炒的挠（当地小吃）、不烂子，中午时有豆汤捞饭，晚上有玉米撒面粥、黄豆豆沫饭，简直就是粗粮"T台秀"，花样百出，应有尽有。如果是夏天就会选择有树荫的位置坐下来，秋冬季因较冷就蹴在石头或木头上，也有人直接席地而坐，姿态各异，无拘无束，就喜欢那股自由劲。着装更是随便，有昨天干活儿时沾满泥的布鞋，有上山打榆树条背回时染绿后背的外套，有摘豆角时挂着的豆角叶的包头巾，偶有一两位在饭场上穿着整齐的，那必定了今天家里有喜事，或相亲，或去城里镇上买办采购，一切都不是秘密，从来都不会遮掩。

圪蹴下来参加的这个饭场，是农村慢生活的特殊表现。在这里，既没有高楼林立的压抑，也没有汽车尾气的混浊干扰，更没有街坊邻居不认识的尴尬。同在一片蓝天下，生于斯，长于斯。听惯了每天的鸡鸣狗叫，闻惯了身边的花香鸟语，朴实的农耕生活让每个人心中充满阳光。在这里无官无民，无辈无分，发言不分先后，唠嗑一律平等。人人都是新闻发言人，个个都是小记者，没有局限，不设主题，上通天文，下达地理，家事国事天下事，事事关心。

若偶遇村里教学的老师凑场，出于大家对文化人的敬仰，老师一开腔便赢得无限尊重，周围出奇的安静，那一双双眼睛齐刷刷盯着老师，竖着耳朵听，生怕漏掉一点新闻和往事，那股认真劲儿，不亚于课堂上的小学生。

家长里短，随性的生活、豁达的交流，让人感到特别舒心，效果不亚于听一场音乐会或参加一次小型聚会。前后半个多小时，讨论的决议是否产生并不重要，未完不急，永远有下集，晚上或明天继续。有道是天下没有不散的筵席，散场时的动作，躬身扶膝站起，年长者一阵"哎哟哟"地苦叫，仿佛听到骨头和筋工作的声音，"都站不起来了，老了！"说笑着，顺手拍拍屁股上的尘土，不必担心是否干净，从没人计较，也没人关注。在这个无限熟悉的熟人圈子里，家家如此，代代一样，简单交流，直接反馈，话不多，却从来都是最高效的沟通。画面内外都呈现着人与人之间的淳朴情感和浓郁的乡土氛围，画面温馨，让你流连忘返、念念不忘。

城乡"双栖"人的生活

崔光明

暑假对于孩子们来说是快乐的，也是开心的，对于当年参加高考的学生来说可能是一种煎熬，因为要根据考试分数报志愿，既考家长又考学生。小外甥今年高考，这是一个家庭的大事，姐姐相信我，让给她参谋出主意，我认真地对比着，宗旨是保证录取，目标是尽可能找孩子感兴趣的专业。姐姐苦苦坚持了12年，陪读、伴读，数不尽的艰辛。由于村里撤了小学，所有的义务教育阶段上学都要到镇里或县城里，为了保证孩子的学习效果，姐姐毅然决定到县城里去上小学，从此她就成了"城乡两栖人"。

首先要在城里靠近就读学校的地方租间房，前提是方便接送孩子。这也就是人们常说的"学区房"。学校周边有人建了很大的院子，盖了6~8间房子，有的房间取暖需要烧炉子，有的房间直供暖气，都是租给学生及其家长。

平常孩子上下学都是由父母接送，遇到春播或秋收季节，村里有地的租户要回去播种或收割，只好请孩子的爷爷奶奶或姥姥姥爷来照顾，虽然一年中只有两个月的时间，但对孩子和老人来说都是一种无奈，更是一种煎熬，但是没有选择，家家如此。为了教育，全家都豁出去了，真正是"再穷不能穷教育，再苦不能苦孩子"。

自从上了初中后，孩子上下学不用家长接了。租住在县城里学区房的住户们在非耕种季节会选择出去打点零工补贴家用，男的去做维修、搬运等工作，女的去做保洁、清理等工作。工资按天结，零风险。随着城市建设的高速推进，这类工作的需求越来越大，若要赶上春节前家里想搞保洁（擦窗、室内清洁）都要提前预约，姐姐和她的几个伙伴一到冬天早早就预约满了，保洁工作一天能收入80~100元，户主中午供一餐饭，虽然辛苦，但也算是增加点收入。

之前看有媒体报道观点认为，他们是城市的"入侵者"，也终将是乡村的"背叛者"。但"入侵"是否合理，"背叛"是否无奈，自有旁人评说。这也许也是我国现阶段特有的一种社会现象和一类特殊群体，前期是为了孩子的教育租住在城里，慢慢地习惯了城里的生活，于是就会在城里自建或购置住房。但村里还有地，春秋两季还是要回去耕种的，说他们是"城乡两栖人"应该是比较形象的。

我在想，越来越多像他们这样的农村人通过各种方式离开乡村走向城市。正是他们的存在让城市的面貌更整洁,正是他们的存在让农田发挥了本身的作用。也许,我们将城市"入侵者"改称为城市"建设者",将乡村"背叛者"定义为"农田的守卫者",更直观,更形象,更具现实意义。

故乡的变化

传统的耕作方式

崔光明

记得去年中秋,得闲回家团聚,与父亲一起去看荞麦长势,父亲领我走一条羊肠小道,道上杂草丛生,与其说是路,倒不如说是草地,父亲蹒跚着,一路给我讲述他年轻时候的经历。说实话,好多年了,我没有与父亲这么近距离地单独在一起待过,很静,也很惬意。一路上,父亲饶有兴致地述说他的过往,什么农业社记工分,什么联产承包责任,什么种地地头书——"过去是喊破嗓子打烂钟,出工最早九点钟。现在是不用队长叫一声,上工天不明,收工点着灯""三十亩地一头牛,老婆孩子热炕头"等脍炙人口的口号,清晰地反映着改革开放改变了产品分配方式与基层生产组织形式,给农村带来的变化和动力。父亲是联产承包责任制真正的践行者,父亲回顾着他的经历,由交农业税、交公粮,到免征农业税、不摊派、免送公粮,以及发放农业种植直接补贴、老年人直补老年金等一系列政策的变化。父亲用一生的时间感受着这个"面朝黄土背朝天"的工作的变化,由消极对待到积极主动,由集体分配到自主决策包产到户,从牛拉马耕到农业机械化,每一个进步和变化都镌刻着时代烙印。

其间,父亲的装备(抽烟)也发生了很大的变化,从旱烟袋到纸卷烟,"大前门""红梅""金钟""黄金叶"以及平遥火柴,都承载着太多的记忆,倍感亲切。父亲清楚地记得,当时联产承包责任制分田承包,因担心交不上公粮,在村常住的农户都不敢选择成片大块的好地块,退而求其次,选择的都是小块的丘陵地,理由很简单,就是产量低,交得少,殊不知,只有大地块才有可能用现代化的农机具,靠肩扛牛拉的时代已经过去。好的地块都让给了那些大胆的、临时来落户的农户，结果不言自明，村里最早的万元户也是那些胆子大的人。

记得在原始耕种的年代，父亲在前面扛着犁牵着牛，我在后边用一根木棍扛着耙，行走在窄窄的小道上。由于气候干燥等原因，这片地区本来是不适合进行农业生产的。原先以农业生产为主的经济模式下，收成极低，再加上没有任何副业和其他产业，这片地区的人民往往生活比较艰辛。常年缺水是这些地区农业发展最大的障碍。父亲多年与这块黄土地交流，坚信自己采用的是正确的耕种方式，肩挑背扛成为常态。黄土高坡上崎岖的山路压弯了一代又一代农民的腰，却从来没压弯他们奔向往美好生活的斗志和改变当前困境的决心。

30年前的生态循环农业

王秀芬

我国农业在经历了以资源过分消耗和环境破坏为代价的发展阶段后，开始坚持绿色发展，生态循环农业成为未来农业的发展方向。生态循环农业在中国并不是什么新鲜事。近日，兰州大学环境考古团队题为《新石器时代中国北方可持续的集约化粟作农业系统》的研究成果在《自然·可持续发展》在线发表，揭示了秦安大地湾遗址5500年前就有了"生态循环农业"，与现代可持续集约化农业模式完全一致。

仔细一回想，我小时候一家一户的经营模式也是不折不扣的生态循环农业模式。农作物种植过程中产生的秸秆，一部分作为饲料用来喂牛、羊，一部分作为燃料用来烧炕取暖，剩下的部分通过焚烧还田；作为燃料烧炕形成的秸秆灰会被从炕洞里掏出来，堆放在固定的地方，将每天晚上夜壶里的尿倒在秸秆灰堆上，等到开春播种前翻田的时候，把这种被称作"尿泼粪"的肥料还田。粮食加工的副产品，如米糠、菜叶都用来喂猪。人粪尿都通过堆肥还田。大田作物从不打农药，田里的杂草，一部分也会被有效利用，作为野菜食用或作为饲料喂兔子。源于自然，归于自然，何其完美的生态循环农业系统！

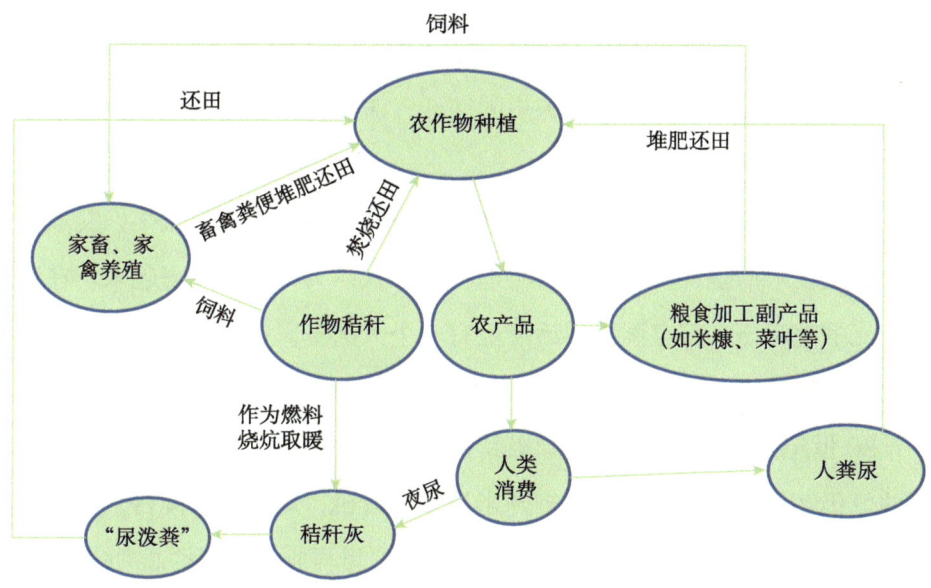

20世纪80年代山西省寿阳县农村的生态循环农业模式

灯

崔光明

"二月二，烛照梁，打打墙，人间蛇虫无处藏。"母亲说，这

样照一照，敲一敲，就不招贼惦记了。——《活着的灯光》

阴历二月二，品读着挚友推荐的这段唯美文字，感受到朱成玉老师的情真意切，也让我想起了我的母亲，想起了我生命中的灯。

从我记事起，煤油灯、马灯、蜡烛、自制蜡烛、电石灯、电灯泡、白炽灯、节能灯、LED 灯，灯的使命没变，灯的形式却在一变再变。从点燃后灯芯的随风跳动、灯光影影绰绰的煤油灯，到防风效果超好，经常出现在秋收打谷场上扇车前使用的电石灯，再到现在节能省电的 LED 灯，近半个世纪的灯火革命，讲述着历史的变迁，演绎着人生的希望，也记录着母亲的艰辛。

天黑了，母亲打着手电筒，父亲提着一桶水，到牛圈里饮牛，父亲把桶提起放在木槽里，耕牛急不可待地将嘴伸入，大口大口地喝起来。在手电筒光的映照下，石窑洞拱形后墙上有一个大的身影在牛旁边守着，那便是父亲。随着一桶水咕咚咚入肚，一项简单的饮牛工作便算完成。

20 世纪 80 年代，电力资源极其紧张，农村的电灯形同虚设，常态下煤油灯仍然是主力。晚饭后，打开半导体收音机，调一个新闻台，播放着世界、国家发生的大事，一家人围坐炕上，侧耳倾听，是否能听懂不重要，重要的是这个休闲的过程。不远处的缝纫机上放着一张大皮革，算作台布，上面放着那个用墨水瓶改造的煤油灯。泛黄的灯光中，透着一丝无精打采的倦意。借着微弱的灯光，母亲正纳着鞋底，并不时用钢针调节着煤油灯的灯芯，墙壁上晃动着的身影，那是我和姐姐在调皮捣蛋。

秋收的打谷场上是忙碌的，遇上停电则成了忙上添忙。碾好的豆子、黍子被堆在打谷场中央，等着用扇车风选。一个铃铛状的小铁桶上加一根细管并留一个针眼，里边装着被砸成小块的电石，放在一个大茶缸里，倒满水完全浸没，气泡一出，用火柴一点，灯就亮了，火力十足，不用担心风将其吹灭。这还要得益于姨父在矿上工作，带回来的福利。秋收时节，或遇上红白事，电石灯是最忙的，父母很热心，街坊邻居若有借用，从不拒绝。把电石灯放在扇车前，随着一簸箕一簸箕的豆子、黍子被风选，良莠清明，颗粒归仓，庄稼人才踏实，才安心。离场的人影逐渐变大、变虚，大家拖着疲惫的身体散场，这便是秋收的忙碌，电石灯也圆满完成了打场照明的使命。

系着一块棕黄色方头巾的母亲在土地上忙碌着。她性子急，一到有活儿马上就想完成，从不言累。母亲的坚韧和耐劳，时刻激励着我。她眼神里的光，坚定执着。她不只赋予我生命，还给了我光亮和希望。

以灯为塔，以光为梦，灯里充满温暖，光里充满能量，灯光里是母亲浓浓的期望和对未来的美好憧憬。

农村娱乐方式的变迁

崔光明

父亲首先是一名农民，但更是一名文学爱好者，或者说是一名疯狂的阅读者。从我记事起，父亲的床头就摆放着好多书，有《山西民间文学》《七侠五义》《毛泽东选集》，以及各种探案集，遇上镇上庙会或邻村赶集，第一件事不是买吃的，而是先买一本书。父亲总有讲不完的故事，记得那时候电力供应紧张，经常停电，电视机还没有普及，于是在煤油灯下、收音机旁，父亲的故事就成了我童年最美好的记忆。静静的夜幕中，煤油灯冒着烟，墙上映射着一对父子听与讲的影子，演绎人生，记载岁月。

父亲也是一名老戏迷。从我记事起，邻村或镇上但凡有庆典、庙会，只要有戏唱，父亲一定会去看，步行、夜路、手电筒是标配，与邻居三个一群五个一伙，步行5~10公里，从不嫌路远，赶到戏台前，在戏场周边找几块砖或石头，就算是雅座，甚至冬季也不会缺席。在那个年代，为了看场夜戏，真是豁出去了，动力十足。

从父亲那里，我了解了晋剧。晋剧又名山西梆子，是我国北方的一个重要戏剧剧种，也叫中路戏。中国的传统戏曲让我了解到更多的历史人物和历史知识。《打金枝》让我知道了唐代宗的明事理、顾大局，不听女儿升平公主的一面之词，以家国为先，作为一代明君治国治家率先垂范，国事也是家事，家事也是国事。《三娘教子》以民间用戏曲的形式演绎中国的忠孝文化，并告诉人们一个简单的道理：欲尝甜瓜自己种，自种苦瓜自己尝。

从剧中知情，从情中悉意。戏台两侧的对联"看我非我，我看我，我亦非我；装谁像谁，谁装谁，谁就像谁"，此联据说被京剧大师梅兰芳奉为座右铭。此联中代词被反复使用，功力娴熟精到，令人叫绝！处处留心皆学问。只要做有心人，看闲戏也会看出些门道，学一些知识，悟得些道理。跟着父亲看戏让我除了学到一些新知识，还感受到了一些为人处世的道理，耳濡目染，收获颇丰。

1984年的夏天，父亲借钱从县城里买回我家第一台黑白电视机，这不仅是我家的大事，也是我们村的大事，大家闻讯而来，院子里站满了人，房顶上有帮着转动用杨树杆加铝线做成的天线架以试角度，院子里有人接力传声指挥着房间里调台的父亲。父亲很好客，专门空出一间房，放上几排长凳，后排还放上炒好的瓜子、核桃、山楂果、香烟什么的，迎接每晚到我家来看电视的街坊邻居。条件虽然简陋，但大家很有热情，很准时，也很坚持，每晚不看到"晚安"二字是绝不会散场的。《霍元甲》《凯旋在子夜》《血溅津门》等影视剧在那个年代都给我们留下了深刻的记忆。当时通信不发达，电视成为农村文化生活的核心部分，人们聚精会神地看着上集，散场时热情高涨地猜测议论着下集，充满想象，个个是导演，人人是编剧，从他们快乐的笑容里能够看到生活的信心和勇气，也看到对美好生活的向往与追求。

2017年，村里通了互联网，家家户户都可以装 Wi-Fi，现在城乡差别越来越小，村里人也拥有了广阔的天地。

昙花一现的沼气池

崔光明

近年来，各地为了改善民生，大力发展农村沼气能源，以助建设新农村，促进节能减排，进一步提高农民生产生活水平。村里有好几户积极响应政府有关部门号召，按标准建设了沼气池，听说还可获得到中央及地方财政各级补助共 2400 元，农民自己基本上不花钱。推广使用沼气，与改圈、改厕、改厨等有机结合，不仅能实现人畜粪便的无害化处理，还能有效改善农村人居环境，而且，利用沼气替代液化气做饭，将沼渣、沼液用于种植业、养殖业，还可带来一定经济效益。据测算，农户每建一口沼气池，每年可以节支增效 1600 元以上。

尝试使用新事物出发点都是好的，但曾经风靡的沼气池如今在农村却渐渐销声匿迹了，取而代之的是罐装液化气、电磁灶。之所以沼气被淘汰、被冷落，可能与它的缺陷有关，农民们感到不方便、不安全，自然就会将其淘汰了。

一是原料缺乏。现在农村散户养猪都不具规模，自建猪圈面积有限，想多养也没条件，加上猪瘟病害，生猪价格不稳定，许多养猪户都觉得效益不好，放弃了养猪。不养猪，沼气就没了原料来源，这样一来要自己去买牛粪。随着农村农机具的普及，家家户户都用机械，鲜有养牛，牛粪也没有了来源；即使有，也要到邻村有牛的地方去买，加上交通油耗，刚开始一小"翻斗车"牛粪的成本是 20 元，后来居然涨到了 80 元，而且越来越贵，很多农户接受不了，都不愿再使用沼气，因此沼气池设施便成了摆设。

二是稳定性差。沼气池供气适用于小家小户，遇上人口多的家庭，用量大，气压就跟不上，做饭做到一半没气了，让人很尴尬。冬天天气很冷时，可能等很久都供不上气，有的甚至超过 24 小时都没反应。

三是存在安全隐患。沼气池的承受压力是有限的，池子体积也有限，如果时间久了不用，沼气压力增加，万一泄漏，后果不可想象。

四是尾料处理难度大。沼气池排出的尾料处理起来较麻烦，受场地面积小的制约，尾料池都建设得很小，在夏天，隔几天就会满，需要及时清理一次。现在村里都是留守老人和儿童，雇人清理，价格高负担不起；自己清理不安全，不敢操作。另外，为了安全，沼气池必须盖上盖子，否则人或动物容易掉入。如果遇上设施老化，没有后续质量监控保障，用起来更缺乏安全保障。农户嫌麻烦，慢慢地就将其遗忘了。

空"心"的村落

崔光明

记忆中外婆家所在的村是一个人口较多的自然村，虽然交通不便，但却是我们寒暑假的乐园，外婆家房前屋后都是菜地，典型的田园生活。我小时候总喜欢到菜园里玩，别小看这个"菜篮子"工程，里面黄瓜、番茄、辣椒、茄子、西葫芦等应有尽有，外婆喜欢做南瓜须豆角猪肉烩菜，盛上一碗拉面，浇上烩菜端着大碗往屋檐下那么一蹲，就着新鲜的嫩辣椒和香菜做成的霸王菜，酣畅淋漓，从来都是肚饱眼不饱。

　　那是2018年春节，大年初三到外婆家去串亲戚，远望北方冬闲时的田野，丘陵地里夹杂着田垄里未融化的白雪，层次分明，高高的树杈上搁着几个用树枝搭成的鸟窝，如同炮楼一般，有着"居高临下，一目千里"的优越感，几只喜鹊飞落枝头到田间觅食。地垄里时不时有被西北风吹起的塑料地膜，土地收获完玉米后只剩下根结，一根根像士兵一样矗立在那里。有些比较用心的农户早早就买了鸡粪，将其堆在地里发酵，外面用黄土包起来，待到冬去春来时，摊开撒到农田中。

　　进入村庄，远远映入眼帘的是那座大戏台，"生旦净末丑，扮尽人间相；官商角徵羽，奏遍戏中曲"。如今，虽已人去台空，但"台上笑台下笑台上台下笑惹笑，看古人看今人看古看今人看人"的热闹场面似乎一直未散。家家户户大门前的红灯笼与对联甚是喜气，门前整齐地摆放着"玉米屯"，黄澄澄的甚是夺目，农户们期待到冬尾或春初价格好的时候将其卖掉，这基本上也算是一个农户一年的全部收入。与之不相称的是到处都有闲置的房屋，偶尔会听到有几声狗叫鸡鸣，就好像在提醒我这里是农村。刚入院，除了一只癞皮狗先是吠几声，接着摇摇尾巴很尴尬地迎接外，再也看不到我的外婆——那位个子不高、头顶一块围巾的老人，步履蹒跚地走出来问长问短。房间里空落落的，总觉得少了点什么，一种揪心的痛涌上心头。"什么时候回来的，放几天假？"舅舅的声音打断了我的思绪。午饭间，问起舅舅，村里的人都去哪儿了，记得原来好多人的。"上学的上学，打工的打工，还有娶了媳妇的，媳妇要住楼房，都搬到城里去了，剩下的就都是老人们了。"舅一边给炉子填着煤，一边回答道。我问："那你有想过要离开村里到城里住吗？""种了一辈子地，到城里做什么？啥都不会，再说还是村里清静，人老了，腿脚又不好，住不惯楼房。"正思考着舅舅的感叹，一阵鼓声打断了我的思绪，在村中心有一面大鼓，几个人围着正在敲鼓。记得小时候春节来外婆家，能看到敲鼓的人围了几大圈，人们挥动的彩绸，扭着秧歌，鼓手打着节奏铿锵有力，人们乐呵着，三个一群，五个一伙，互相祝福，闲聊着来年春耕的美好愿景，发自内心地满足。我在想，也许只有年轻人才想着进城，当年老想回乡的时候，希望那时候乡村依然在这里等待着游子归家。

鹊儿窝的担忧

崔光明

松山五指秀，蟒河绕石流。垂柳一鹊窝，全村十户留。

寂静的村落里有一条公路穿村而过，倚河一侧的路边有一棵大柳树。树大根深，枝繁叶茂，树杈上有一个大喜鹊窝，既沧桑又夺目。一阵风吹过，里边夹杂着乡村振兴的"糖"，甜甜的味道。此刻大柳树下机声隆隆，在做什么，修路！树上两只喜鹊开始担忧："不会把我们的树也"修"了吧？我们的窝少说也几十年了，树若没了，我们的窝怎么办？"

大柳树的年轮见证着寒来暑往。从手指可动的小树苗长到如今已是参天大树。岁月蹉跎，树干像老年人的手掌，苍劲有力。

鹊是幸运的，在每根枝杈间观摩着这里的秋收冬藏。可居高临下，看古今，知远近。

路是久远的，在每块石砾上磨砺着这里的南北西东。路基由窄变宽，由泥变石，再到水泥硬化，演绎了悠久的故事。农业社的大皮车，吱吱扭扭，从这里走过；改革开放后"二八大杠"自行车，摇摇摆摆，从这里走过;"幸福250"摩托车,油门嗡嗡,从这里走过;"铁牛55"拖拉机,突突突,从这里走过;解放大卡车,一身绿装,从这里走过;212绿色吉普,不顾崎岖,从这里走过;还有桑塔纳、12轮大卡、越野车……

鹊上枝梢,盯着这里的变化。新生的鹊一茬接一茬,不变的是那个窝。变化的是长大的树,以及愈加平整的路……

人们常说"要想富,先修路",农村"最后一公里"既牵动民心,又关乎幸福。尽管留在这山沟沟里的农户越来越少,但路的变化如同父辈一样让他们时刻惦记,处处关心。路修到哪里了,涵洞是否铺设完成,边墙水泥是否凝固,出村的漫水桥是否还能使用,拓宽的位置是否占了自留地……流浪的人在外想念你,想念这里的一草一木,一村一路,一树一窝。

一块块料石,一根根排水管,一罐罐的水泥浆,为修这条致富路助力着,翻开黄土,垒起边墙,倒入水泥,埋入涵管,用现代化的施工机械涂装现在、描绘未来。

挖机愈靠近树,鸟儿愈加紧张,生怕一铲下去,树就倒了,窝就没了。只有声音的交流,心里的忐忑:"是否应该抓紧迁窝?一旦折柳,便什么都没有了。人类为了筑路,是为了富民,我们'站位'这么高,难道还想不通?如果鸟窝搬迁的价值如此之大,我们应该感到欣慰才对,又何必拘泥于小我!"两只喜鹊瞬间愉快地达成了共识,收拾家当准备搬迁。

须时日,看一长练舒展,整洁、宽敞、高标准的乡村干线公路修成,掀开了这片田野新的历史。过往的车辆和行人用心体会着乡村振兴,那对"另攀高枝"的喜鹊也喜迁新居。庆贺之余,它们为自己的贡献和牺牲而神气十足,"喳喳喳"叫个不停,声音悠扬,山谷回荡,真可谓"喜鹊枝头叫,幸福快来到,耳听婴童闹,全村抿嘴笑"。

"退一步天高海阔,让三分心平气和"。谦让虽使我们暂时失去"利益",却让我们拥有了优雅的风度、快乐的心境,看到了天高云淡的风景。

得与失总是相对平衡的，失去的总会以另一种方式得到加倍补偿。

高枝上，鹊窝里正在传扬着一个哲学故事："一纸家书只为墙，让它三尺又何妨；万里长城今犹在，不见当年秦始皇。"清代宰相张英主动撤墙后让，是多么宽宏的气度，正所谓"争一争，行不通；让一让，六尺巷"。

鹊窝能让，它让出了修养，让出了美德，让出了至高境界。

乡村振兴在路上

崔光明

春节假日里，家人带我到邻村农庄玩，一则让孩子在家乡体验一下草莓采摘，二则去感受一下新农村建设的崭新面貌。经过十多分钟车程，沿着乡级公路转入村里的水泥硬化路，路面平坦。由于是冬季，田里没庄稼，视野很开阔，途中经过一座刚建好的入村大桥，建设标准高，外观好，很是便民。爬到山顶，极目远眺，一片很具规模的大棚和现代化建筑映入眼帘，据了解该生态庄园以乡村旅游和休闲养生为主业，传承、演绎极具北方特色的饮食文化、农耕文明、福寿文化，是一个集采摘、餐饮、会议、游泳、手工、垂钓、农耕体验于一体的综合休闲庄园。在充分利用当地得天独厚的自然资源的基础上，变农为工，让邻村的农户在家门口打工，不远行，不出户，有钱花，有饭吃，加上电商平台的接入，直接与全国客户无缝对接，是很好的一种农业转型的尝试。每斤50元的草莓从外甜到心，真正好品质。看到在这山旮旯里竟然有现代化的设施，瞬间觉得，此村已非彼村，家乡的变化真是太大了。感受到党和政府对农村的扶持和开发。农民务工的思维和方式也逐步改变。农业机械化、产业规模化、服务智能化润物细无声地走进了每个农户,他们的文化层次在提高、专业技能在更新,改变了靠天吃饭的传统。要想富,就要先从改变自己的思维模式开始,大胆创新,敢想敢干,借着党的好政策,因势利导,迎头赶上,路好了,口袋鼓了,生活质量提高了,蓦然回首,看山还是那座山,看水还是那道水。

去年国庆回家,一进村庄,见路边隔断后建了一个标准的方形垃圾池,农村垃圾开始实行集中管理、集中投放。随着国内经济的快速发展和消费方式的转变,农村的生活垃圾排放量日益增长,生活垃圾类别日益复杂。由于村民居住分散,环保意识薄弱,加上长期投入不足,农村地区生活垃圾处理的问题日益严峻,农村生态宜居条件的恶化使得城市人口无法选择逆向流向农村。打破农村"垃圾围村"等治理缺失和无序局面将成为实施乡村振兴战略的重要一步。

农村生活垃圾治理是为了改善人居环境,提高人民生活质量,美化家园,建设富裕、文明、和谐的新农村。农村生活垃圾治理事关民生,事关群众福祉,事关环境保护,对乡村振兴战略的推进有重要意义。

若村里建好了,你还会回来吗?

崔光明

逢年过节回家,每每经过破旧的村落或满是蒿草的院子,都顿生伤感,一直有一种担忧,担心随着时间的推移,恐怕以后连这种场景都看不到了,长此以往,村将不"村"。可能我有点悲观了,直到近期看到外婆家所在村子发生的巨大变化，新农村建设与布局使村民如沐春风。老戏台被修葺一新，旧庙堂亦重新加固，村民广场平展而舒心。路宽了，灯亮了，树绿了，房屋街道也粉刷一新，可人呢？漂亮的房屋为谁而建？原来的留守村、空心村、老年村是否会因为新农村建设的布局和规划有根本的变化？人员回流了吗？有多少人会回流？村里的院墙是否还会坍塌？院子里是否还会长草？我的脑海里产生了一堆的问号。

随着城镇化进程的快速推进，城市化水平越来越高，建设速度也越来越快，加之传统农业的产值低，种地产粮后的盈余太少，让农民放弃了祖祖辈辈赖以生存的土地进城，从事价值产出更高的制造业或服务业。除了解决基本收入问题外，城市里发达的医疗条件、高水平的教育、便利的社会服务都是农村无法比拟的，一系列的问题造成了能够适应城市生活的农村人口涌入城市甚至定居下来。

对于老年人而言，他们宁愿选择留守在村里，终其一生。即使"被迫"进城，也是阶段性的，也仅是为了帮助子女照看一下孩子而已。究其原因主要有几个方面：一是他们担心妨碍年轻人的生活；二是不想给子女增加负担；三是不习惯城里的生活。环境塑造习性，习惯是多年养成的，很难改变。进城生活，很多习惯是一时半会改不过来的，让自己感到不自在，束缚了自己的心，所以选择了留守农村。这就是为什么会出现留守村、空心村、老年村。

翻开历史，或许你还会记得1978年安徽省凤阳县小岗村18位农民签下的"生死状"，将村内土地分开承包，开创了家庭联产承包责任制的先河。1978年的家庭联产承包责任制改革，将土地产权分为所有权和经营权。所有权仍归集体所有，经营权则由集体经济组织分包给农户自主经营。家庭联产承包责任制的推行，纠正了长期存在的管理高度集中和经营方式过分单调的弊端，使农民在集体经济中由单纯的劳动者变成既是生产者又是经营者，从而大大调动了农民的生产积极性，较好地发挥了劳动和土地的潜力。在特殊的年代，这个政策确实是发挥过积极作用的。

对于黄土高原上千沟万壑的山区丘陵地带而言，牛耕时代的慢生活尚能满足，但随着农业现代化的快速发展，现在农村几乎看不到耕牛，全靠机械化耕种，农户不愿意或无能力对现在有土地进行大规模的平整改造，使得大型农机具无法进场，仍靠手抬肩扛来耕种，产出效率极低，加之年轻劳动力大量流失，农村劳动力老龄化，使用不了机械，不得已只好放弃，从而让这些山地的命运发生了变化，抛荒现象严重，土地流失亦成为常态。

如何在新的时期，将土地资源重新整合起来，新的土地政策呼之欲出，农民们期待与之相匹配的土地政策出台，既能解决他们对土地的"后顾之忧"，又能最大限度保护农户的利益，这是农民们最关心的问题。

农业是"国之大者"，粮食又是关键，保护耕地是要摆在首位的。近几年，国家对土地进行了重新确权，农村将实行集约化或集体化的土地经营模式，农民将自己的土地租出去，重新受雇于新的农场主，在自家的地里当工人，享受挣工资的"乐趣"。农民虽还是土地的主人，但已渐渐地成为半工半农的新型农民群体。

心无归属，到哪里都是流浪，只有故乡才能让灵魂安放。树高千丈，叶落要归根。随着新农村建设的布局与发力，原来的旧村换新颜，让更多的城市"流浪者"想起了自己的家乡，也动了回归的念头。但久居城市生活方式的改变和村里诸多的不便，让回归之路变得如此之难，既无奈又酸楚。没有人的村庄是没有灵魂的，那如何让原有的村庄再次注入新的活力？我想，田园养老应该是一个有效途径。众所周知，人老了，都喜欢清静，曾经住在城里的中老年人有可能会选择城郊的村庄住下来，感受自然，惬意田园。在并不是自己的家乡的乡村度过自己的晚年，筛选条件只设一个：离自己所在的城市邻近的村庄。到那时，村庄将成为田园生活的体验地，共享经济的试验田，以及乡村旅游的载体。只是不知道我的猜测是否有道理，让我们拭目以待。

后　记

　　六载春秋，笔耕不辍，《我心念的那一亩三分地》终于破茧成书，得以与读者相见。那些挑灯疾书的深夜、反复推敲的字句，最终都化作对故乡最深情的告白——记忆里熟悉的音容笑貌、相伴多年的老物件、萦绕舌尖的家乡风味、镌刻于心的山水景致，还有桩桩陈年旧事、代代相传的民俗风情、绵延不绝的思乡情愫，以及故土在时光长河中的点滴蜕变。这些细碎而珍贵的片段，编织成对故乡最真挚的眷恋。

　　合卷之际，满心皆是感恩。在此特别感谢同乡崔光明在书稿撰写过程中给予我专业的指导和无私的支持，为本书注入灵魂。每当我在构思困境中徘徊，是他点亮前行的灯塔；当初稿青涩稚嫩时，是他以独到的眼光精心雕琢；面对创作瓶颈带来的迷茫，也是他热忱鼓励给予我坚持的勇气。这份难能可贵的情谊，让我得以在文字的田园里精耕细作，和他一起将万千思绪与对故乡的满腔深情，凝结成这本饱含心血的作品。感谢出版社的编辑史咏竹，她的耐心和细致，是本书质量的有力保障，她的辛勤付出和努力，让我们的作品更加出色。

　　此次成书，是我们文学创作的初次尝试。故乡的故事如汩汩清泉，蕴藏着无数动人的篇章。未来，我们将以此为起点，推出系列作品，继续探寻故土的深邃肌理与文化灵魂，用文字延续这份绵长的乡愁，期待为读者带来更多关于故乡的温暖与感动。

王秀芬

2025 年 3 月 17 日